M.C. BEATON

Hamish Macbeth gerät ins Schwitzen

Weitere Titel der Autorin:

Hamish-Macbeth-Reihe

Hamish Macbeth fischt im Trüben | Hamish Macbeth geht auf die Pirsch | Hamish Macbeth und das Skelett im Moor | Hamish Macbeth spuckt Gift und Galle | Hamish Macbeth und das tote Flittchen | Hamish Macbeth ist reif für die Insel | Hamish Macbeth und der tote Witzbold | Hamish Macbeth hat ein Date mit dem Tod | Hamish Macbeth riecht Ärger | Hamish Macbeth lässt sich nicht um den Finger wickeln | Hamish Macbeth riskiert Kopf und Kragen | Hamish Macbeth kämpft um seine Ehre | Hamish Macbeth vergeht das Grinsen | Hamish Macbeth verschlägt es die Sprache | Hamish Macbeth fängt einen dicken Fisch | Hamish Macbeth macht sich die Finger schmutzig

Agatha-Raisin-Reihe

Agatha Raisin und der tote Richter | Agatha Raisin und der tote Tierarzt | Agatha Raisin und die tote Gärtnerin | Agatha Raisin und die Tote im Feld | Agatha Raisin und der tote Ehemann | Agatha Raisin und die tote Urlauberin | Agatha Raisin und der Tote im Wasser | Agatha Raisin und der tote Friseur | Agatha Raisin und die tote Hexe | Agatha Raisin und der tote Gutsherr | Agatha Raisin und die tote Geliebte | Agatha Raisin und die ertrunkene Braut | Agatha Raisin und der tote Kaplan | Agatha Raisin und das Geisterhaus | Agatha Raisin und der tote Auftragskiller | Agatha Raisin und der tote Göttergatte | Agatha Raisin und die Tote am Strand | Agatha Raisin und die tote Witwe | Agatha Raisin und das tödliche Kirchenfest | Agatha Raisin und die tote Rivalin | Agatha Raisin und der Tote im Blumenbeet | Agatha Raisin und der tote Polizist | Agatha Raisin und der tödliche Biss

Über die Autorin

M. C. Beaton ist eines der zahlreichen Pseudonyme der schottischen Autorin Marion Chesney. Nachdem sie lange Zeit als Theaterkritikerin und Journalistin für verschiedene britische Zeitungen tätig war, beschloss sie, sich ganz der Schriftstellerei zu widmen. Mit ihren Krimi-Reihen um die englische Detektivin Agatha Raisin und den schottischen Dorfpolizisten Hamish Macbeth feierte sie große Erfolge in über 17 Ländern. Sie starb Ende 2019 im Alter von 83 Jahren.

M. C. BEATON

Hamish Macbeth

Hamish gerät ins Schwitzen

Kriminalroman

Aus dem Englischen von
Sabine Schilasky

Lübbe

Die Bastei Lübbe AG verfolgt eine nachhaltige Buchproduktion.
Wir verwenden Papiere aus nachhaltiger Forstwirtschaft und
verzichten darauf, Bücher einzeln in Folie zu verpacken. Wir stellen
unsere Bücher in Deutschland und Europa (EU) her und arbeiten mit
den Druckereien kontinuierlich an einer positiven Ökobilanz.

NACHHALTIG
PRODUZIERT

MIX
Papier | Fördert
gute Waldnutzung
FSC
www.fsc.org   FSC® C014496

Vollständige Taschenbuchausgabe

Deutsche Erstausgabe

Für die Originalausgabe:
Copyright © 2002 by Marion Chesney
Published by Arrangement with M. C. BEATON LIMITED
Titel der englischen Originalausgabe:
»Death of a Celebrity«

Dieses Werk wurde vermittelt durch die Literarische Agentur
Thomas Schlück GmbH, 30161 Hannover.

M. C. BEATON® and HAMISH MACBETH®
are registered trademarks of M.C. Beaton Limited

Für die deutschsprachige Ausgabe:
Copyright © 2024 by
Bastei Lübbe AG, Schanzenstraße 6–20, 51063 Köln

Vervielfältigungen dieses Werkes für das
Text- und Data-Mining bleiben vorbehalten.

Textredaktion: Dorothee Cabras, Grevenbroich
Umschlaggestaltung: Kirstin Osenau und Guter Punkt, München
Einband-/Umschlagmotiv: © iStock / Getty Images Plus: Hajdarowicz |
Vudhikul Ocharoen | Carol Gray | Renphoto | dule12;
© Adobe Images: FotoRequest
Satz: two-up, Düsseldorf
Gesetzt aus der Garamond
Druck und Verarbeitung: GGP Media GmbH, Pößneck

Printed in Germany
ISBN 978-3-404-19242-7

1   3   5   4   2

Sie finden uns im Internet unter luebbe.de
Bitte beachten Sie auch: lesejury.de

Für Benjamin Wiggin
von Honington Hall, Warwickshire,
in Liebe

Kapitel 1

Hamish Macbeth mochte keine Veränderung, so ungern er es sich auch eingestand. Immerhin hielt er sich gern für einen fortschrittlichen, modernen Mann.

Doch die Zeitschleife, in der sich das Dorf Lochdubh im Nordwesten von Schottland befand, war ihm sehr recht. Als Dorfpolizist kannte er jeden Bewohner. Er genoss es, durch den Ort zu schlendern oder in den heidebewachsenen Hügeln und Bergen herumzufahren und hier und da auf eine Tasse Tee und ein wenig Plaudern anzuhalten.

Man gelangte nur über eine gewundene Landstraße nach Lochdubh, das am Fuße zweier riesiger Berge an einem langen Meeresarm lag und dank der Atlantikwinde launenhaften Wetterumschwüngen ausgesetzt war. Abgesehen von wenigen

Touristen während der Sommermonate waren Auswärtige hier rar.

Die Tage verliefen ungefähr so wie seit hundert Jahren, auch wenn die Schafpreise wie Steine gefallen waren, was die Kleinbauern schmerzlich zu spüren bekamen. Aus dem fernen Glasgow und Edinburgh schlugen autoritäre Stimmen vor, dass die Leute zusätzlich auf andere Erzeugnisse setzen sollten, nur war der Boden hier hart und steinig und kaum für etwas anderes als Schafzucht geeignet.

Deshalb empfand Hamish das Eindringen einer Zeitungsredaktion in seine Welt als beunruhigend. Der Besitzer und Herausgeber Sam Wills hatte eine alte viktorianische Pension am Wasser übernommen und mithilfe von Subventionen der Highlands and Islands Commission eine Wochenzeitung namens *Highland Times* ins Leben gerufen.

Die hatte schlagartig Erfolg gehabt und war auf eine Auflage von annähernd tausend Exemplaren gewachsen – was in den sehr dünn besiedelten Highlands unbedingt als Erfolg zu werten war. Diesen hatte die Zeitung nicht ihren Nachrichtenbeiträgen zu verdanken, sondern den Klatschkolumnen, den Rezepten und ganz besonders den Horoskopen.

Die wurden von Elspeth Grant verfasst und waren verblüffend detailliert. Erschrockene Highlander lasen dort beispielsweise, dass sie um genau acht Uhr am Montagmorgen unter Rückenschmerzen leiden würden; und da Rückenschmerzen allenthalben der Lieblingsvorwand waren, nicht zur Arbeit zu gehen, sagten die Leute, dass die Vorhersagen ungemein verlässlich seien.

Hamishs anfänglicher Widerwille verblasste dennoch, obgleich er Astrologie für einen riesengroßen Humbug hielt. Die Redaktion, die irgendwie wöchentlich sechs Seiten im Tabloidformat zustande brachte, bestand aus lediglich drei Personen: Sam, Elspeth und einem alten, dauerbetrunkenen Reporter.

Allerdings ahnte Hamish nicht, dass bald die größere Medienwelt in seine ruhige Welt einbrechen sollte.

Drüben in Strathbane steckte der Fernsehsender *Strathbane Television* in Schwierigkeiten. Er hatte sich halbwegs über Wasser gehalten, indem er hauptsächlich Wiederholungen alter amerikanischer Sitcoms zeigte und wenige billig produzierte Lokalserien. Ihnen war kürzlich angedroht worden, die Lizenz zu verlieren, sollten sie nicht innovativer werden.

Entsprechend angespannt war die Atmosphäre im Besprechungsraum. Trotz der *Rauchen-verboten*-Schilder stand die Luft vor Zigarettenqualm.

»Was wir brauchen«, sagte der Feature-Chef Rory MacBain, »ist ein Programm, das richtig zur Sache geht.« Hinter und etwas oberhalb von ihm lief auf einem Bildschirm eine Wiederholung von *Mr. Ed*. »Leute kommen in die Highlands, aber sie bleiben nicht. Warum?«

»Ganz einfach«, antwortete der Geschäftsführer Callum Bissett. »Das Wetter ist mies, und es ist verdammt hart, sich hier seinen Unterhalt zu verdienen.«

Während mehrere Stimmen anhoben, um sich zu beklagen und zu erklären, lehnte Rory sich auf seinem Stuhl zurück und erinnerte sich an einen interessanten Abend mit einer Produktionsassistentin der BBC in Edinburgh. Er hatte sie bei der jährlichen Fernsehpreisverleihung auf dem Edinburgh-Festival kennengelernt, und ihn hatte fasziniert, dass eine so zukunftsorientierte und noch dazu umwerfende Frau nur Produktionsassistentin war. Noch erstaunlicher war, dass sie sogar mit ihm geschlafen hatte. Er hatte ihr versprochen, an sie zu denken, sollte sich mal eine große Chance auftun.

Jetzt lehnte er sich vor und übertönte das Stimmgewirr: »Ich habe eine Idee!«

Alle sahen ihn hoffnungsvoll an.

»Unser größter Reinfall ist *Countryside*«, sagte er in ruhigem Ton.

Felicity Pearson, die diese Sendung produzierte, stieß ein empörtes Quieken aus.

»Die Einschaltquoten sind lausig, Felicity«, fuhr Rory brutal fort. »Erstens ist das auf Gälisch. Zweitens hast du da eine Menge schräge alte Käuze, die predigend an einem Schreibtisch hocken. Wir sollten eine neue Serie starten – nennen wir sie … sagen wir, *Highland Life* – und sie von jemand Modernes und Glamouröses moderieren lassen. Fangen wir damit an, dem Mythos vom armen Kleinbauern den Garaus zu machen.«

»Die *sind* aber arm«, widersprach Felicity. »Die Schafpreise sind im Keller!«

Rory fuhr fort, als hätte sie nichts gesagt: »Auch wenn die

Leute ungern in den Highlands leben, mögen sie Sendungen über die Gegend. Mit einer schillernden Moderation und saftigen, witzigen Texten können wir die Zuschauer ködern.« Je mehr Rory sich an die bezaubernde blonde Produktionsassistentin erinnerte – wie hieß sie noch gleich? Crystal French, das war es! –, desto überzeugender wurde er.

Hinterher zog er sich in sein Büro zurück und durchsuchte seine Unterlagen, bis er Crystals Edinburgher Telefonnummer fand.

Nach dem Telefonat legte Crystal auf. Ihr Herz klopfte wie verrückt. Dies war ihre große Chance, und sie würde das Beste aus ihr machen. Noch dazu wäre sie froh, weg aus Edinburgh zu kommen und mehr zu sein als eine kleine Produktionsassistentin. In ihrem gegenwärtigen Job arbeitete sie absurd viel und musste sich trotzdem den Launen eines jeden Moderators beugen.

Wer hätte gedacht, dass sich ein One-Night-Stand mit dem fetten kleinen Mann derart auszahlen würde? Und da hatte sie eben angenommen, dass eine Frau sich doch nicht nach oben schlafen konnte! Ihr war nicht bewusst gewesen, dass sie bisher nicht vorangekommen war, weil sie in dem Ruf stand, ebendas zu versuchen. Heutzutage saßen eine Menge Frauen in den oberen Etagen der Fernsehsender, die es mit viel Arbeit und Verstand nach oben geschafft hatten und wenig gnädig auf ihre Geschlechtsgenossinnen herabsahen, die es immer noch mit den alten Methoden versuchten. Wenn also ihr Name bei Beförderungsbesprechungen aufkam, gab es immer eine Frau, die dafür sorgte, dass sie nicht in Betracht kam.

Als Rory sie am Bahnhof von Strathbane abholte, war er aufs Neue hingerissen von ihrem Aussehen. Ihr langes blondes Haar umfloss Crystals Schultern, und sie trug ein Kostüm mit einem kurzen Rock, der ihre fantastischen Beine zur Geltung brachte. Ihre Augen waren groß und grün, beinahe hypnotisch.

Crystal küsste ihn innig. Sie hatte nicht vor, wieder mit ihm ins Bett zu gehen. Er hatte seinen Zweck erfüllt und war nur Feature-Leiter. Falls nötig, würde sie einen seiner Vorgesetzten verführen.

Hamish Macbeth sah nicht viel fern. Aber er las Zeitung – und merkte auf, als er erfuhr, dass eine neue Serie namens *Highland Life* auf Sendung gehen und mit einer Folge über Dorfläden in den Highlands starten wollte. Er beschloss, sie sich anzusehen, denn er stellte sich vor, dass es dort nette Interviews gäbe.

Die erste Folge sollte um zweiundzwanzig Uhr gesendet werden. Hamish aß zu Abend, fütterte seinen Hund Lugs und machte es sich vor dem Fernseher gemütlich, als an die Küchentür geklopft wurde. Er öffnete und fand sich zu seinem Unglück den Currie-Schwestern gegenüber. Es regnete, und die beiden Schwestern, die Zwillinge waren, standen mit identischen Plastikhauben über den Haaren, identischen Brillen und identischen Regenmänteln vor der Tür.

»Unser Fernseher funktioniert nicht«, sagte Nessie und drängte sich an ihm vorbei. Jessie folgte ihr, nahm ihre Regenhaube ab und schüttelte sie in der Küche aus, sodass einiges Wasser auf den Boden tropfte.

»Ich wollte gerade ins Bett«, flunkerte Hamish, doch die beiden hängten unbeirrt ihre Mäntel auf und trotteten in sein Wohnzimmer.

Seufzend folgte Hamish ihnen. Die Currie-Schwestern waren unverheiratete Damen mittleren Alters, die faktisch in dieser Gemeinde regierten.

»Wir sind hier, um die neue Sendung zu sehen. Die neue Sendung zu sehen«, erklärte Jessie. Sie hatte die verwirrende Angewohnheit, alles doppelt zu sagen. »Haben Sie keine Fernbedienung? Keine Fernbedienung?«

»Nein, denn ich brauche Bewegung«, antwortete Hamish verärgert.

»Eine Tasse Tee wäre prima«, bemerkte Nessie.

»Ich hole in der Werbepause Tee«, konterte Hamish.

»Psst!«, schalt Nessie. »Es fängt an.«

Die Moderatorin ging eine Dorfstraße entlang.

»Das ist Braikie«, zischte Nessie, die das nahe gelegene Dorf als Erste erkannte.

Crystal Frenchs wohltönende Stimme war zu hören: »Alle bejammern das Aussterben der Dorfläden. Was sich aber jeder fragen muss, ist, würden Sie in solch einem Laden einkaufen? Oder fahren Sie auch in den nächstgrößeren Ort oder zum Supermarkt? Falls ja, was versäumen Sie?«

»Das ist der Laden von der alten Mrs. Maggie Harrison,

in den sie da geht, in den sie da geht«, kommentierte Jessie. »Oh, guck dir Mrs. Harrisons Gesicht an! Das kann nicht eingeübt sein, nicht eingeübt sein. Sie ist ganz schön baff. Baff.«

»Wir kommen von *Strathbane Television*«, erklärte Crystal, »und wir wollen uns nur mal Ihr Angebot ansehen.« Sie nahm einen Einkaufskorb auf.

»Dieser Rock bedeckt ja kaum ihren Hintern!«, rief Nessie entsetzt aus.

»Was haben wir hier?« Crystal hielt eine Dose Bohnen in die Kamera. »Warum sind so viele dieser Dosen verbeult?«, fragte sie und zwinkerte in die Kamera. »Ich glaube, hier gibt es keine einzige Konservendose, die nicht angestoßen ist.«

»Weil sie die billiger kriegt«, murmelte Nessie. »Aber sie verkauft sie auch billig. Das ist in Ordnung. Wie soll die Arme denn sonst mit den Supermärkten mithalten?«

»Und dies hier?« Eine Kekspackung. »Hier ist das Verfallsdatum schon abgelaufen.«

So machte Crystal immer weiter, anscheinend ohne mitzubekommen, dass Mrs. Harrison bereits zitterte und weinte.

Hamish war ungemein erleichtert, als die schreckliche Frau aufhörte, die Ladenbesitzerin zu quälen. Leider stellte sich heraus, dass sie zu Jock Kennedys Geschäft in Drim weitergezogen war, und Jock ließ sich ihre herablassenden Bemerkungen nicht gefallen.

»Raus hier, und zwar ein bisschen plötzlich, Sie fiese Kuh!«, schrie er. Ähnlich setzte es sich fort, von einem Laden zum anderen.

»Wie Sie also sehen«, fasste Crystal French vor einem prächtigen Hintergrund von Bergen und Heide zusammen, »sterben die Dorfläden aus, weil sie unmöglich Waren zu den gleichen Preisen anbieten können wie die Supermärkte. Und warum sollte man um sie trauern? Ich würde sagen, um dieses schlechte Angebot ist es nicht schade.«

Die Currie-Schwestern saßen zunächst wie benommen da.

»Na, was für eine Frechheit! Was für eine Frechheit!«, sagte Jessie schließlich.

»Ein Gutes hat es«, merkte ihre Schwester an. »Es wird so viele Beschwerden geben, dass sie die Sendung wieder aus dem Programm nehmen.«

Insgeheim dachte Hamish, dass die Fernsehsendung genau die Reaktion bekommen würde, auf die ihre Macher es abgesehen hatten. Wütende Zuschauer würden nächste Woche wieder vor dem TV-Gerät sitzen, um zu sehen, wie gemein die Beiträge noch wurden, und die Einschaltquoten würden in die Höhe schnellen. Es hatte nur wenig Werbung gegeben, aber auch die würde mehr werden.

Er schaltete aus und brachte die Currie-Schwestern zur Tür. Die beiden waren viel zu aufgebracht, um zu bemerken, dass er ihnen keinen Tee serviert hatte.

Angespornt von Mrs. Harrisons öffentlicher Erniedrigung strömten Zuschauer und Einheimische in der folgenden Woche in ihren Laden, um dort einzukaufen und der Frau ihr Mitgefühl auszudrücken. Zeitungsreporter interviewten sie. Elspeth schrieb eine vernichtende Kritik der Sendung und einen schmeichelhaften Artikel über Mrs. Harrison und deren Laden.

Die Highlands formierten sich hinter ihrem Underdog und vergaßen, dass Mrs. Harrison einige ziemlich furchtbare Waren anbot und ihr Spitzname vor ihrem Fernsehauftritt »Salmonellen-Maggie« gewesen war. Obwohl Elspeth einen weiteren Artikel schrieb, in dem sie die Leute aufforderte, die nächste Folge nicht anzusehen, weil nur niedrige Einschaltquoten dafür sorgen könnten, dass sie eingestellt wurde, schalteten alle in Lochdubh, Hamish Macbeth inbegriffen, die nächste Folge von *Highland Life* wieder ein. Diese Folge hieß *»Der Mythos vom armen Kleinbauern«.*

Das erste Interview führte Crystal French mit *» The Laird«.* Barry McSween war kein echter Gutsherr, sondern hatte sich den Spitznamen verdient, indem er mehrere kleine Bauernhöfe bewirtschaftete. De facto hatte er also einen recht großen Hof. Doch der Verfall der Schafspreise hatte ihn arg getroffen und seine Stimmung entsprechend gesenkt. Schafe zu schlachten war teuer, denn die Regierungsbestimmungen verlangten, dass die Wirbelsäule vollständig entfernt wurde, was die Kosten enorm in die Höhe trieb.

In der Hoffnung, dass es bald besser werden würde, hatte Barry sich einen nigelnagelneuen Volvo gekauft, und die Kamera fokussierte auf das neue Nummernschild und den funkelnden Lack, bevor sie auf Barrys rotes rundes Gesicht schwenkte.

Anfangs schmeichelte Crystal ihm und fragte mitfühlend, wie schlimm es stehe und wie Barry sich halten könne. Wie eine Menge Leute hatte auch er insgeheim davon geträumt, im Fernsehen zu sein. Er lud die Moderatorin in sein Haus ein, das er in besseren Zeiten ausgebaut hatte.

Die Kamera filmte die teuren Wohnzimmermöbel und danach die große, lichtdurchflutete Küche, in der es alle erdenklichen arbeitserleichternden Geräte gab. Munter prahlte Barry mit seinem Besitz, während Crystal ihn lächelnd anspornte. Entzückt strahlte Barry und erzählte, dass er eine schöne Stimme habe, ob er etwas singen solle?

Crystal bejahte.

Hamish betete, dass der ahnungslose Barry ein schottisches Lied zum Besten geben würde, doch er sang furchtbar nasal *I Did It My Way*, und die Kamera fing Crystals hübsches Gesicht ein, auf dem ein spöttisches Lachen zu sehen war.

Als Barry fertig war und sich mit einem selbstzufriedenen Grinsen auf seinem Ledersofa zurücklehnte, setzte Crystal zum Todesstoß an. Sie sagte, gerade im Süden würden die Menschen viel von den armen Kleinbauern hören und sich gar nicht bewusst sein, dass jemand wie Barry so viel Land besaß und in solchem Luxus lebte.

Zu spät wurde »*The Laird*« klar, in welche Richtung sich das Interview bewegte. Er schimpfte, dass er kaum über die Runden komme, doch Crystal machte erbarmungslos weiter. Am Ende warf Barry sie aus dem Haus. Leider fuhr ausgerechnet in diesem Moment Barrys Frau in ihrem Jaguar vor. Barry hatte ihr befohlen, sich vom Haus fernzuhalten, weil er die Show ganz für sich haben wollte. Bei dem Wagen handelte es sich um ein altes Modell, das Barry günstig bekommen hatte. Aber seine Frau pflegte den Jaguar sehr gut, und er sah extrem edel aus.

Hätte Crystal es dabei belassen, wären die Reaktionen auf ihre Sendung vielleicht weniger harsch ausgefallen, denn Barry war nicht beliebt. Doch dann nahm sie sich einen anderen Bauern vor, Johnny Liddesdale, einen stillen Mann. Er hatte sein Haus über Jahre nach und nach selbst vergrößert. Die Möbel hatte er ebenfalls selbst gebaut.

Johnny stammelte und errötete, als Crystal ihn wie einen Idioten aussehen ließ, noch dazu einen verlogenen. Wie konnte er behaupten, arm zu sein, wenn er solch ein hübsches Zuhause hatte?

Hamish ertrug es nicht mehr und schaltete den Fernseher aus.

Eine halbe Stunde später klopfte jemand an die Küchentür. Die Einheimischen benutzten so gut wie nie die Vordertür der Polizeiwache. Er öffnete und erkannte Elspeth Grant.

»Kommen Sie rein«, sagte Hamish. »Was führt Sie her? Kündigen die Sterne irgendwas an?«

»Tatsächlich tun sie das«, antwortete sie ruhig. Es war Frühherbst, und die Abende wurden bereits frostig. Sie trug einen Fischerhut aus Tweed und einen Männeranorak. In der Küche nahm sie den Hut ab und hängte den Anorak über eine Stuhllehne.

Elspeth hatte dichtes, krauses braunes Haar und einen blassen Teint. Ihre Augen indes waren auffallend: groß und hellgrau, beinahe silbern. Manchmal waren sie wie klares Bachwasser, manchmal wie Quarz, und Emotionen wie Gedanken spiegelten sich in ihnen wie Wolken, die an einem Sommertag über die Berge zogen. Ihre sanfte Stimme hatte den typisch melodischen Highland-Klang.

Hamish mochte sie nicht. Er hielt ihre astrologischen Prophezeiungen für eine gerissene Veralberung der Leser. »Kaffee?«, fragte er dennoch.

»Gerne.«

»Der ist nicht koffeinfrei«, fügte er hinzu.

»Ist in Ordnung. Haben Sie gedacht, das macht mir etwas aus?«

»Ja, und ich vermute außerdem, dass Sie wahrscheinlich Vegetarierin sind.«

Sie stützte das spitze Kinn in die Hände und betrachtete ihn. »Warum?«

»Ach, wegen der Astrologie und so.« Er befüllte zwei Becher mit dem heißen Wasser aus dem Kessel, der immer auf dem Herd stand.

»Anscheinend sind Sie ein sehr konventioneller Mann.«

Hamish gab ihr einen Kaffeebecher und setzte sich ihr gegenüber hin. »Sind Sie um diese Zeit vorbeigekommen, um mich über meinen Charakter aufzuklären?«

»Nein. Haben Sie die Sendung gesehen?«, fragte sie.

»Die mit Crystal French?«

»Ja, die.«

»Was ist damit?«, wollte er wissen.

»Jemand wird sie umbringen«, antwortete Elspeth ruhig.

»Was?! Herrgott, Frau! Ihr abscheuliches Programm wird eine Staffel lang laufen. Dann wird es noch eine weitere geben, aber bis dahin wird es nichts Neues mehr sein, und entweder verschwindet diese Crystal French dann von der Bildfläche, oder sie geht nach London.«

Elspeth schüttelte den Kopf. »Das glaube ich nicht. Ich denke, sie wird ermordet werden.«

»Sehen Sie das in den Sternen?«, spöttelte Hamish.

»Könnte man so sagen. Es ist etwas an ihr. Sie *bettelt* förmlich darum, umgebracht zu werden.«

Hamish runzelte die Stirn. »Und wer wird das tun?«

Sie zuckte mit den Schultern. »Tja, wenn ich das wüsste, könnte ich es vielleicht verhindern.«

»Ich fürchte, in der Welt des Fernsehens gedeihen und grünen die Gottlosen wie ein Lorbeerbaum«, erwiderte Hamish.

»Sie zitieren die Bibel, Hamish Macbeth? Sie?«

»Warum nicht? Ich bin kein Heide. Also, Sie kommen spätabends her, um mir zu erzählen, dass Sie ein *Gefühl* haben?« Wenn Hamish aufgebracht war, wurde sein Highland-Akzent prononcierter, und dann rollte er die Rs besonders stark. »Und dennoch scheinen Sie eine vernünftige Frau zu sein. Ich traue Ihnen nicht. Ich denke, dass Sie hergekommen sind, um sich auf meine Kosten zu amüsieren.«

Und obwohl Elspeth keine Miene verzog, hatte Hamish seinerseits das Gefühl, die Privatperson Elspeth nähme ihn nicht ernst.

Sie trank ihren Kaffee, setzte ihren Hut wieder auf und warf sich den Anorak über die Schultern. »Sagen Sie später nicht, ich hätte Sie nicht gewarnt.«

Er lehnte sich auf seinem Stuhl zurück und blickte zu ihr auf. »Und was soll ich mit dieser Warnung anfangen? Meine Vorgesetzten anrufen und sagen, ich hätte *das Gefühl*, Crystal Frenchs Leben sei in Gefahr?«

»Sie könnten behaupten, dass Sie anonyme Anrufe von Leuten bekommen haben, die gedroht haben, sie zu ermorden.«

»Oh, ich denke, solche Anrufe gehen schon bei *Strathbane Television* ein.«

Sie winkte ab. »Tja, ich hab's versucht.«

Und dann war sie fort. Sie ging so schnell und leise, dass es Hamish vorkam, als wäre sie eben noch da gewesen und im nächsten Augenblick verschwunden. Die Tür hatte sie offen gelassen.

Er versuchte, die Geschichte aus seinem Kopf zu verbannen, war jedoch wider Willen beunruhigt.

Rory MacBain suhlte sich in Crystals Erfolg. Die ersten beiden Folgen sollten im überregionalen Fernsehen laufen, gefolgt von weiteren. Die Telefonzentrale wurde von wütenden Anrufen geflutet. Der Postsack quoll über von Drohbriefen. Und das *war* Erfolg. Reaktion war Erfolg. Rory war enttäuscht, dass Crystal ihn immer wieder zurückwies, aber das Lob, das er für seine Idee bekam, machte jede Enttäuschung wett.

Für die nächste Folge würde es mehr Geld geben, sehr viel mehr. Diese war ad hoc entstanden, innerhalb nicht einmal einer Woche. Am Montag wurde das Thema entschieden.

Hinter den Spitzengardinen sollte ein Exposé darüber sein, was wirklich in den Highland-Dörfern vor sich ging. Produktionsassistentinnen gingen alte Zeitungen durch und gruben Skandale aus, von denen die Leute gehofft hatten, sie wären längst vergessen.

Crystal hatte wenig zu tun, weil alles für sie recherchiert und ihr Skript von anderen geschrieben wurde, auch wenn sie gern in letzter Minute noch ihre eigenen Kommentare ergänzte. Nun beschloss sie, aus Strathbane herauszufahren und ein wenig durch die Dörfer zu gondeln. Ihr Weg sollte den von Hamish Macbeth kreuzen, und das an exakt dem Tag, an dem er glaubte, seine Welt würde untergehen.

Den Morgen zuvor hatte er sein Horoskop gelesen, das für das Sternzeichen Waage, und dort hatte Elspeth geschrieben:

> *Am Montag erhalten Sie eine Nachricht, die Ihnen das Herz bricht. Aber bedenken Sie, Schmerz ist Leben. Dies ist nicht das Ende. Es ist der Beginn eines neuen Kapitels.*

»Blödsinn«, murmelte Hamish. Er drehte eine Runde mit Lugs, fütterte ihn und wollte sich eben aufbruchbereit machen, als das Telefon klingelte.

Es war Mrs. Wellington, die Pfarrersfrau. »Ich nehme nicht an, dass Sie es wissen«, sagte sie. »Lesen Sie die *Times?*«

»Nein«, antwortete Hamish.

»Dachte ich mir. Es stand vor vier Tagen in der Gesellschaftskolumne und ist schon im ganzen Dorf herum. Ich habe gesagt, dass jemand es Hamish erzählen muss, aber dann wurde mir klar, dass es mal wieder ich selbst sein muss.«

»Mir was erzählen?«, fragte Hamish geduldig.

»Priscilla Halburton-Smythe heiratet … Sind Sie noch da?«, hakte sie schließlich nach.

»Ja.«

»Es stand in der Gesellschaftsspalte«, fuhr Mrs. Wellington fort. »Sie heiratet einen Peter Partridge.«

»Danke«, sagte Hamish matt.

Er legte auf und starrte blind auf seinen Schreibtisch. Lugs legte winselnd eine große Pfote auf Hamishs Knie. Priscilla Halburton-Smythe, Tochter des Colonels, dem das *Tommel Castle Hotel* gehörte, war einst seine große Liebe gewesen. Sie hatten sich sogar einmal verlobt. Sie hätte es ihm erzählen können. Er sagte sich, dass er seit Langem über sie hinweg war, dennoch empfand er Trauer und Verlust.

Ihm fiel sein Horoskop wieder ein, und plötzlich wurde er wütend. Elspeth musste den Tratsch gehört haben, denn sie bekam alles mit. Und irgendwie hatte sie herausgefunden, wann er Geburtstag hatte. Sicher war das alles für sie äußerst amüsant.

Er streichelte Lugs' Kopf. »Bleib.« Er würde wie üblich seine Dienstrunde machen. Arbeiten wie immer. Das Leben ging weiter.

Als er in den Land Rover der Polizei steigen wollte, wendete weiter unten am Hafen ein hellgrüner BMW und raste die Küstenstraße entlang, deutlich schneller als erlaubt. Hamish sprang in den Wagen, schaltete Blaulicht und Sirene ein und hielt das Blitzgerät, das zum Glück auf dem Beifahrersitz lag, mit einer Hand aus dem Fenster und auf das fliehende Auto gerichtet, während er hinterherfuhr.

An der Buckelbrücke, die aus Lochdubh hinausführte, stoppte der BMW abrupt. Hamish hielt hinter ihm an und stieg aus. Er ging zu dem Wagen, bückte sich und schaute in das Fahrzeug, aus dem ihm Crystal French entgegenblickte.

Kapitel 2

Denn in den Sternen steht geschrieben, weiß Gott
Klarer als in Glas für den, der es zu lesen verstehe,
der Tod eines jeden Menschen.

GEOFFREY CHAUCER

Hamish verurteilte es von jeher aufs Schärfste, wenn Polizisten ihre Launen an der Zivilbevölkerung ausließen. Folglich hätten die Chancen gut gestanden, dass er Crystal mit einer strengen Verwarnung davonkommen ließ – wären da ihre ersten, sehr arroganten Worte nicht gewesen: »Wissen Sie nicht, wer ich bin?«

»Sie sind eine Autofahrerin, die eben mit gefährlich überhöhtem Tempo gefahren ist. Die Papiere bitte.«

»Hören Sie, die habe ich nicht bei mir …«, antwortete sie.

»Legen Sie sie innerhalb einer Woche auf der nächsten Polizeiwache vor – Fahrzeugschein, Zulassung und Versicherung. Den Führerschein bitte.«

»Ich bin Crystal French«, gab sie mit empörter Miene zurück.

»Danke für die Information. Den Führerschein bitte.«

Sie kramte in einer großen Lederhandtasche und hielt ihm das Gewünschte hin. »Sollten Sie nicht Verbrecher fangen, anstatt gesetzestreue Bürger zu belästigen?«

»Die zulässige Höchstgeschwindigkeit zu überschreiten ist ein Verstoß gegen das Gesetz.« Er sah sich ihren Führerschein an und gab ihn zurück. »Steigen Sie bitte aus dem Wagen.«

»Warum?«

»Ich will einen Atemalkoholtest machen«, erklärte er.

»Seien Sie nicht albern.« Crystal schaltete den Motor ein.

»Falls Sie keinem Test zustimmen, müssen Sie mir zur Praxis von Dr. Brodie folgen, damit er Ihnen eine Blutprobe abnimmt.«

Crystal warf die Fahrertür so schwungvoll auf, dass Hamish einen Satz rückwärts machen musste, um sie nicht gegen die Beine zu bekommen. Sie funkelte ihn wütend an und fauchte: »Dann machen Sie schon.«

Er ging zurück zum Land Rover und sah auf das Blitzgerät. Dann kehrte er zu Crystal zurück. »Sie haben sich schon sechs Punkte wegen überhöhter Geschwindigkeit eingehandelt«, sagte er. »Die Kamera zeigt, dass Sie in einer Dreißiger-Zone fünfundsechzig gefahren sind.«

Crystal starrte ihn unglücklich an. Sie wusste, dass sie wahrscheinlich ein Fahrverbot für drei Jahre bekommen würde. Also änderte sie die Taktik und lächelte ihn an. »Hören Sie, Officer … Wie heißen Sie?«

»Hamish Macbeth.«

»Ich bin mir sicher, dass uns etwas Netteres einfällt, als hier herumzustehen und zu streiten.« Sie benetzte ihre Lippen und legte ihm eine Hand auf den Arm.

Hamish wischte die Finger weg wie lästige Insekten. »Sie werden bald benachrichtigt, wann Sie vor Gericht zu erscheinen haben«, entgegnete er ruhig.

Crystal wurde zusehends nervös. Der BMW war neu, und sie liebte es, darin herumzufahren. Sie griff in den Wagen und holte ihre Handtasche heraus. Die öffnete sie, nahm ihr Portemonnaie hervor und blätterte durch die Scheine. »Als Dorf-Bobby können Sie nicht viel verdienen«, erwiderte sie süßlich lächelnd.

»Trotzdem bin ich nicht bestechlich, und sollten Sie keine weitere Anklage wollen, rate ich Ihnen, Ihre Geldbörse wieder einzustecken.«

Nun verlor Crystal die Fassung. »Ich habe nicht versucht, Sie zu bestechen, Sie Dorftrottel!«

Auch mit Hamishs Beherrschung war es vorbei. »Bloß weil Sie eine Fernsehberühmtheit sind, die herumläuft und Leuten das Leben zur Hölle macht, dürfen Sie nicht die Dorfbewohner von Lochdubh gefährden, indem Sie rücksichtslos Auto fahren.« Frauen, zum Teufel mit ihnen!, dachte Hamish eingedenk Priscillas bevorstehender Hochzeit und wurde lauter. »Verschwinden Sie verdammt noch mal von hier!«

»Was ist los?«, hörte er eine kühle Stimme in seinem Rücken.

Hamish drehte sich um. Da stand Elspeth Grant. Sie trug

ein zerschlissenes T-Shirt unter einer ausgeleierten Strickjacke, eine Cordhose und Turnschuhe. »Ich bin von der *Highland Times*«, erklärte sie Crystal. »Sie sind die berühmte Crystal French. Du meine Güte, in natura sind Sie genauso schön wie im Fernsehen.«

Hamish musterte die beiden angewidert. »Wir sehen uns vor Gericht«, sagte er zu Crystal. Er stieg in den Land Rover und kehrte zur Wache zurück, wo er seinen Bericht in den Computer tippte und an Strathbane schickte.

Dann widerstand er dem Impuls, zum *Tommel Castle Hotel* zu fahren und mehr über Priscilla in Erfahrung zu bringen. Es war vorbei.

Stattdessen legte er Lugs die Leine an und machte sich auf den Weg zu Angela Brodie, der Frau des Arztes.

»Kommen Sie rein«, sagte Angela, deren schmales Gesicht vor Freude aufleuchtete. »Lugs tut meinen Katzen doch nichts, oder?«

»Nein, dazu ist er zu faul«, antwortete Hamish, und tatsächlich tapste Lugs in die Küche, ignorierte die Katzen und legte sich in eine Ecke, wo er die Augen schloss. Seine komisch großen Ohren waren ausgebreitet wie Flügel.

»Was gibt es Neues?«, fragte Angela. Sie war die Einzige, mit der Hamish über Priscilla redete.

»Mrs. Wellington hat mich angerufen, um mir von Priscillas Verlobung zu erzählen.«

»Das hätte ich Ihnen sagen sollen«, gab Angela reumütig zurück. »Es war schon im ganzen Dorf herum. Aber dann habe ich gehört, wie Mrs. Wellington zu Elspeth Grant gesagt hat, sie würde es Ihnen in wenigen Tagen erzählen, falls es sonst keiner tut, und Elspeth hat gefragt, wann Sie Geburtstag haben.«

»Ich dachte mir schon, dass das der Grund für mein Horoskop war«, murmelte Hamish.

»Und wie fühlen Sie sich? Erschüttert?«

»Ich war verletzt und traurig. Jetzt weiß ich es nicht mehr so genau. Priscilla hätte es mir schon selbst erzählen können. Jedenfalls habe ich danach bei dieser schrecklichen Crystal French die Beherrschung verloren.« Er erzählte Angela von Crystals Geschwindigkeitsübertretung.

»Ich wette, man wird Sie bitten, die Anzeige zu vergessen«, bemerkte sie.

»Warum?«

»Callum Bissett ist Freimaurer. Er ist der Geschäftsführer von *Strathbane Television*.«

»Und?«

Sie wiegte den Kopf. »Na ja, Peter Daviot ist auch Freimaurer.«

»Jetzt hören Sie aber auf, Angela! Das würden die doch nicht wagen.«

»Sie könnten es versuchen.«

Und am Nachmittag erhielt Hamish einen Anruf von Superintendent Peter Daviot. »Ich wünschte, Sie hätten sie einfach weiterfahren lassen«, sagte Daviot. »Eben hatte ich Callum Bissett am Telefon, der mich gebeten hat, die Sache fallen zu lassen. Sie haben sie geblitzt?«

»Ja, Sir.«

Daviot seufzte. »Ach, nun, dann müssen Sie es durchziehen. Aber das ist übel, ganz übel.«

»Es ist ein klarer Fall von Geschwindigkeitsübertretung in einer geschlossenen Ortschaft.«

»Nein, es ist mehr als das«, widersprach Daviot. »Crystal French soll eine Folge über die Polizeiarbeit in den Highlands machen, mitsamt einem Interview mit Ihnen.«

»Dem muss ich nicht zustimmen.«

»Oh doch, müssen Sie«, erwiderte Peter Daviot streng. »Und das ist ein Befehl. Wir müssen zeigen, dass wir nichts zu verbergen haben.«

»Na schön«, lenkte Hamish widerwillig ein. Er war schon zweimal vom Sergeant zum Constable degradiert worden und wusste, dass Crystals Produktionsassistentinnen alles ausgraben würden, was sie gegen ihn finden konnten.

»Das Interview soll nächsten Montagnachmittag um zwei Uhr sein«, erklärte Peter Daviot.

»Muss ich?«

»Muss ich *was?*«

»Ich meine, muss ich mich interviewen lassen, *Sir?*«

»Ja«, kam es knapp von Daviot zurück.

»Wissen Sie, dass sie versucht hat, mich zu verführen, und, als das nicht zog, mich bestechen wollte?«

»Gibt es dafür irgendwelche Zeugen?«

»Nein«, antwortete Hamish.

»Na, da haben Sie es. Machen Sie es einfach.«

Nachdem Daviot aufgelegt hatte, starrte Hamish das Telefon an. Vielleicht hatte Elspeth etwas mitbekommen. Wie lange hatte sie dort gestanden? Er nahm den Hörer wieder auf, wählte die Nummer der *Highland Times* und bat, Elspeth Grant zu sprechen. Doch Sam Wills informierte ihn, dass sie in Braikie war, um von den *Highland Games* zu berichten.

Hamish setzte Lugs in den Land Rover und fuhr nach Braikie. Dort sollte er heute Nachmittag ohnehin Dienst haben.

Die *Highland Games* von Braikie waren keine große Sache. Nicht so wie die in Drumnadrochit oder Balmoral. Aber das spätsommerliche Wetter hielt sich, und sanftes Sonnenlicht beschien die Veranstaltungen und das Nebenprogramm.

Hamish hatte angenommen, dass es leicht wäre, Elspeth hier zu finden. Vage hatte er vermutet, dass sie an einem der Stände Weissagungen anbot. Dann erinnerte er sich, dass Sam gesagt hatte, sie würde von den Spielen berichten. Er ging zum Pressezelt. Dort erkannte er ein paar Lokalreporter, die an einem der wackligen Tische Bier tranken.

»Hat jemand Elspeth Grant gesehen?«, fragte er.

»Die ist gerade weg«, antwortete einer der Reporter. »Zum Baumwerfen.«

Hamish begab sich zum Hauptplatz, auf dem der Wettbewerb im Baumwerfen bereits in vollem Gange war. Ein bulliger Mann stolperte herum und versuchte, ein riesiges Baumstück von sich zu schleudern.

»Er hätte es nicht probieren sollen«, sagte ein Zuschauer abfällig.

Hamish blickte sich in der Menge um. Es gab keinen gesonderten Pressebereich, aber er wusste, dass sie sich normalerweise zusammenscharten, um ihre Notizen zu vergleichen. Er sah eine Fernsehkamera und ging in die Richtung. Zuerst erkannte er Elspeth gar nicht, weil sie eine fleckige Baseballkappe trug, unter die sie ihr Haar gestopft hatte. Aber als sie sich umschaute, bemerkte er ihre auffälligen Augen.

Sie lächelte ihm zu, und er rief: »Auf ein Wort.«

Elspeth kam zu ihm.

»Wie lange haben Sie da gestanden, als ich mit Crystal French gesprochen habe?«, fragte Hamish.

»Keine Minute.«

Hamish war enttäuscht. »Also haben Sie nicht gesehen, wie sie mich bestechen wollte?«

»Nein, doch ich kann das aussagen, falls es hilft.«

»Sie werden nicht für mich lügen!«, entgegnete er.

Sie zuckte mit den Schultern. »Das Angebot steht. Vielleicht brauchen Sie es noch.«

»Übrigens war das ein gemeiner Streich, den Sie mir da gespielt haben«, bemerkte Hamish.

»Was?«

»Ihr Horoskop«, antwortete Hamish verärgert. »Sie hatten meinen Geburtstag herausgefunden, von Priscillas Verlobung erfahren und dass Mrs. Wellington es mir erzählen wollte, und dann haben Sie diesen Quatsch von ›Schmerz ist Leben‹ geschrieben.«

Sie blickte ihn ruhig an. »Wieso sollte ich das tun? Das Waage-Horoskop ist nicht nur für Sie.«

»Sie wissen, dass ich Waage bin. Das haben Sie herausbekommen, weil Sie Angela Brodie nach meinem Geburtstag gefragt haben.«

»Ist das alles?« Elspeth wandte sie sich wieder den Spielen zu. »Ich muss hierüber schreiben. Faszinierend zu sehen, wie Männer mit Baumstämmen werfen.«

»Halten Sie sich ja fern von mir!«, befahl Hamish ihr wütend.

Sie drehte sich zu ihm um. »Sie sind zu mir gekommen, nicht ich zu Ihnen.«

Hamish stapfte davon wie ein empörter Kater.

Als er sich offiziell im Polizei-Caravan zum Dienst gemeldet hatte und das Festgelände abwanderte, ertappte er sich dabei, wie er über den Fall »Crystal« grübelte. Er hatte den Beweis auf Kamera. Sicher bestand kein Grund zur Sorge. Dennoch wurde er das Gefühl nicht los, dass er einen Fehler gemacht hatte, weil er wütend gewesen war.

Drei Tage verstrichen, und er entspannte sich allmählich. Er hatte seine Hühner zur Nacht eingesperrt und näherte sich der Küchentür, da kam Elspeth Grant auf ihn zu. Zu seiner Überraschung war sie in einem eleganten Kostüm und hohen Schuhen. »Haben Sie eben einen Bankmanager besucht?«, fragte er.

»Ich war unten bei *Strathbane Television*, für einen Beitrag über Crystal French.«

»Mich wundert, dass sie Sie empfangen hat, nachdem Sie ihre Sendung in der Zeitung verrissen haben.«

»Das hatte sie nicht gelesen … zum Glück«, erwiderte Elspeth.

»Tja, ich will jetzt zu Abend essen, und ich habe Ihnen das mit dem Horoskop noch nicht verziehen. Also gehen Sie wieder.«

»Was für ein reizbarer Mann Sie sind!«, bemerkte sie. »Ich bin hergekommen, um Ihnen von dieser Anzeige wegen Geschwindigkeitsübertretung zu erzählen.«

»Was ist mit der?«

Elspeth schmunzelte. »Wie wäre es, wenn Sie mich reinbitten?«

Hamish zögerte. Doch dieses nagende Gefühl in seinem Hinterkopf war noch da. »Meinetwegen. Kommen Sie.«

Sie folgte ihm in die Küche. Hamish holte die Whisky-Flasche nebst zwei Gläsern aus dem Küchenschrank und stellte alles auf den Tisch. »Möchten Sie einen Schluck?«

»Einen kleinen, ja, aber ohne Wasser. Pur.«

Er schenkte ein, und sie setzten sich. »Also, was gibt es?«, fragte er.

»Crystal hat einen ganz scharfen Hund von Anwalt, der Sie vor Gericht in Stücke reißen wird.«

Hamish zuckte mit den Schultern. »Was soll er denn ausrichten können? Die Frau ist gerast, und ich habe sie geblitzt.«

Elspeth nickte. »Das ist das Problem. Das Blitzgerät.«

»Was soll mit dem sein?«

»Sind Sie einhändig gefahren und haben das Gerät mit der anderen Hand aus dem Fenster gehalten, wobei Sie sich über den Beifahrersitz lehnen mussten?«, erkundigte sie sich.

»Ja, na und?«

»Sie lesen nicht so viel Zeitung wie ich, Hamish. Es sind schon Leute verhaftet worden, weil sie eine Hand vom Lenkrad genommen haben, um ein Mobiltelefon zu benutzen. Eine Frau wurde sogar mal angeklagt, weil sie ihre Puderdose hervorgeholt und sich die Nase gepudert hatte, während sie an einer roten Ampel wartete. Verstehen Sie jetzt, was er sagen wird? *Sie* sollten als eine Gefahr für die Öffentlichkeit angeklagt werden, nicht Crystal.«

»Aber das ist doch bekloppt!«, begehrte Hamish auf.

Elspeth seufzte. »Ja. Trotzdem wird das ihre Taktik sein. Und um der Richterschaft ein bisschen einzuheizen, hat Crystal angekündigt, eine Folge über schottische Sheriff Courts zu machen. Ihnen dürfte bekannt sein, dass der Sheriff von Strathbane ein Hasenfuß ist.«

»Verdammt.« Hamish trank einen Schluck Whisky. »Moment mal. Sie kommt nächsten Montag her, und ich habe Weisung, ihr ein Interview zu geben. Sie dürfte mich nicht treffen, wenn wir vor Gericht gehen.«

»Das kann sie angeblich umschiffen. Sie reden nicht über die Geschwindigkeitsübertretung und Crystal auch nicht. Sie besteht aber immer noch darauf, das Interview zu machen. Und sie verschiebt sogar die *Hinter-den-Spitzengardinen*-Folge deswegen.«

»Ich werde auch einen Anwalt haben«, sagte Hamish.

»Ein guter Anwalt könnte sie locker in die Tasche stecken, aber Sie sind ein Vertreter der Polizei und werden von Boozy Burroughs vertreten«, erklärte Elspeth.

»Oh.«

»›Oh‹, genau.« Sie nickte. »Falls er überhaupt wach sein sollte, würde es an ein Wunder grenzen. Deshalb bin ich hier, um Ihnen zu sagen, dass ich bereit bin, vor Gericht auszusagen, ich hätte gesehen, wie Crystal versucht hat, Sie zu bestechen.«

»Aber das haben Sie nicht«, erwiderte er.

»Mir ist auf einmal wieder eingefallen, dass ich es doch beobachtet habe.«

Hamish schüttelte den Kopf. »Nein, das geht nicht. Ich kann Zeugen unter den Einheimischen auftreiben, die gesehen haben, dass sie viel zu schnell war, und es könnte sich jemand melden, der in letzter Minute sagt, er hätte beobachtet, dass Sie bei dem Bestechungsversuch nicht in der Nähe waren.«

»Eventuell finden Sie einen Zeugen, der aussagt, dass er es gesehen hat.«

Hamish fuhr sich mit der Hand durch sein dickes, leuchtend rotes Haar. »Sie hatte ihre Geldbörse hervorgenommen, in den Scheinen geblättert und etwas gesagt wie, als Dorfpolizist könnte ich nicht viel verdienen. Aber es war niemand nahe genug, um das zu hören. Sie könnte einfach behaupten, dass sie in der Börse nach den Autopapieren gesucht hat.«

Elspeth leerte ihr Whisky-Glas und stand auf. »Vielleicht stirbt sie.«

»Ja, und vielleicht können Schweine fliegen.«

»Oh, jemand wird die Frau früher oder später umbringen«, sagte Elspeth.

Er sah sie aufmerksam an, aber diese seltsamen Augen waren nicht zu lesen.

»Sie ist ein Skorpion, was mich nicht überrascht«, bemerkte Elspeth auf dem Weg zur Tür.

»Sie glauben diesen Quatsch doch nicht wirklich, oder?«, erwiderte Hamish.

»Oh doch, tue ich. Wiedersehen.«

Als sie fort war, beschloss Hamish, Peter Daviot zu Hause anzurufen. Crystal French würde den Fall bei dem Interview nicht erwähnen, aber er war sich sicher, dass sie versuchen würde, ihn wie einen kompletten Idioten aussehen zu lassen. Und gewiss würde sie alles daransetzen, dass er vor der Kamera seine Abneigung gegen sie durchblicken ließ.

Gegenüber Daviot sagte er nichts von dem Blitzgerät, wies jedoch auf die Gefahren hin, die ein Interview mit Crystal French direkt vor der Gerichtsverhandlung barg.

Aber der Superintendent war nicht zu überzeugen. »Es ist nur ein Fernsehinterview«, entgegnete er, »und wenn wir es ihr verweigern, wird sie denken, dass wir etwas zu verbergen haben.«

Resigniert legte Hamish auf und staunte mal wieder, welche Macht das Fernsehen hatte. Wäre es ein Zeitungsinterview, würde ihn niemand zwingen, aber beim Fernsehen taten alle, als wäre es eine Art Vollzugsbehörde. Leute, die niemals mit der Presse reden würden, öffneten freiwillig die Haustür für Fernsehkameras.

Er dachte an Elspeth. Es war nett von ihr, dass sie für ihn lügen wollte. Andererseits war das Horoskop grausam gewesen. Lugs kläffte in der Küche und klapperte mit seinem Futternapf.

Seufzend ging Hamish hin. »Du bist schon gefüttert worden, du Vielfraß«, brummte er verdrossen. Lugs winselte erbärmlich, als Hamish einen Auflauf aus dem Ofen nahm. »Ach, na schön«, sagte er matt. »Nur einen kleinen Happen. Was soll ich nur wegen dieser furchtbaren Frau tun, Lugs?«

Leider richtete der Mischling seine strahlend blauen Augen ausschließlich auf den Auflauf.

Am Montag wachte Hamish mit einem mulmigen Gefühl auf. Irgendwie würde er das Interview schon durchstehen, sagte er sich. Er würde freundlich lächeln, ganz gleich, was Crystal an Schandflecken aus seiner Vergangenheit aufgetan haben mochte. Seine Gratisausgabe der *Highland Times* fiel durch den Briefschlitz ins Haus.

Hamish kochte sich einen Kaffee und breitete die Zeitung auf dem Küchentisch aus. Er blätterte zu den Horoskopen, um nachzuschauen, ob Elspeth auch keine weiteren gemeinen Botschaften für ihn hatte. Er las, Waage-Geborene würden feststellen, dass ein Problem, das ihnen schon länger zusetzte, gewaltsam aus der Welt geschafft würde. Der Tod würde alle Probleme lösen. Er starrte auf den Text, bevor er zu dem Sternzeichen Skorpion wechselte. War die Frau wahnsinnig geworden?

Alle Schwierigkeiten und aller Unfriede, die Sie verursacht haben, werden sich an Ihnen rächen, und das gewaltsam. Verlassen Sie am Montag nicht das Haus. Schließen Sie die Türen ab, ziehen Sie die Vorhänge vor und gehen Sie nicht ans Telefon. Wenn Sie rausgehen, wird Ihnen Schreckliches geschehen.

Was in aller Welt führte Elspeth im Schilde? Dachte sie, Crystal würde ihr Horoskop lesen und das Interview absagen? Er griff nach dem Telefon, um sie anzurufen, entschied sich aber dann dagegen.

Hamish fütterte seine Hühner, sah nach seinen Schafen, reparierte ein Stück Zaun, und nach einem leichten Mittagessen bügelte er seine Uniform und zog sie an.

Um Punkt zwei Uhr klopfte es an der Vordertür der Wache. Hamish öffnete. Draußen standen vier Personen, die sich vorstellten. Eine dünne, nervöse Frau, Felicity Pearson, Produktionsassistentin; ein dicker, aalglatter Mann, Harry Jury, Kameramann; ein schlanker Bärtiger, Tom Betts, Regisseur; und ein mürrischer kleiner Mann, John Leslie, Tontechniker.

»Wo ist Ihre Chefin?«, fragte Hamish.

»Die müsste jeden Moment kommen«, antwortete Harry. »Wenn es Ihnen recht ist, bauen wir schon mal auf.«

»Kommen Sie rein.« Finster führte Hamish die Fernsehleute ins Büro.

»Gut«, sagte der Regisseur Tom Betts. »Setzen Sie sich an den Schreibtisch, und wir stimmen die Beleuchtung ab.«

Es schien eine Ewigkeit zu dauern! Hamish wartete geduldig, während ihm ein Mikrofon an die Uniformjacke gesteckt wurde und er mehrmals etwas sagen musste, bis der

Ton stimmte. Felicity hockte in einer Ecke und studierte einen Stapel Notizen.

»Sind das die Fragen?«, wollte Hamish wissen. »Können Sie mir ungefähr sagen, was ich gefragt werden soll?«

»Ich fürchte, nein«, antwortete Felicity. »Madam mag es nicht, wenn jemand vorbereitet ist. Sie will, dass das Interview natürlich wirkt. Und hinterher müssen wir schnellstens zurück. Es soll heute Abend schon gesendet werden.«

Hamish blickte auf seine Uhr. »Inzwischen ist es drei Uhr. Wann soll Miss French hier sein?«

Die anderen sahen verwirrt aus. »Sie müsste schon da sein«, erwiderte Harry.

Felicity kicherte nervös. »Sie war ganz fertig wegen ihres Horoskops.«

»Dem in der *Highland Times?*«, hakte Hamish streng nach. »Ich hätte nicht gedacht, dass sie die liest.«

»Ach, irgendeine Frau von der Zeitung hat sie interviewt und mit ihr über Horoskope geredet. Crystal ist ganz verrückt nach denen«, sagte Felicity. »Sie hatte mich heute Morgen losgeschickt, ihr eine *Highland Times* zu kaufen.«

Im Geiste sprach Hamish ein Dankgebet, dass Crystal sich als abergläubisch entpuppte.

Tom zückte ein Mobiltelefon und rief *Strathbane Television* an. Danach sagte er: »Das ist merkwürdig. Sie meinen, dass sie sehr zeitig losgefahren ist. Schon um acht Uhr heute Morgen. Sie soll gesagt haben, dass sie noch ein bisschen in Lochdubh herumfahren wollte, um ein Gespür für den Ort zu bekommen.«

»Nehmen Sie mir dieses Mikrofon ab«, befahl Hamish. »Ich fahre sie lieber suchen. Sie könnte einen Unfall gehabt haben.«

Der Tontechniker befreite ihn von dem Mikrofon. Hamish wollte durch die Küchentür hinaus, als sie aufgeworfen wurde und Angela Brodie ziemlich blass vor ihm erschien.

»Es ist entsetzlich, Hamish. Kommen Sie schnell! Sie ist tot.«

»Wer ist tot?«

»Crystal French.«

Kapitel 3

Meine Dame, fallende Sterne sind blass und klein.
G. K. CHESTERTON

»Wo ist sie?«, rief Hamish.

»Oben in der Seitenstraße. Ich denke, es ist Selbstmord.«

Hamish begann zu laufen, dass sich seine langen Beine Hubkolben gleich bewegten. Er rannte an Patels Laden vorbei, die Gasse seitlich hinauf und zu dem schmalen Sandweg, der wenig genutzt wurde.

Dort stand der grüne BMW, ein leuchtender Farbklecks im Lila der Heide zu beiden Seiten. Der Motor lief noch. Ein Schlauch führte vom Auspuff in den Spalt eines der Seitenfenster.

Hamish riss am Türhebel. Verriegelt. Er schnappte sich einen Stein, schlug die Scheibe auf der Beifahrerseite ein und griff ins Wageninnere, um die Tür zu öffnen. Dann stieg er ein und beugte sich über die auf dem Lenkrad zusammengesunkene Crystal, um den Motor auszuschalten. Er holte sein Taschentuch hervor und hielt es sich zum Schutz vor den Dämpfen vor Mund und Nase, ehe er an Crystals Hals nach einem Puls tastete.

Nichts.

Dr. Brodie kam angefahren. »Überlassen Sie sie mir, Hamish«, sagte er. »Rufen Sie einen Krankenwagen.«

»Ich glaube, für den ist es zu spät.« Hamish stieg aus dem Wagen. Er würgte und hustete, ehe er wieder ins Auto griff, um Crystals Mobiltelefon aus der Halterung am Armaturenbrett zu nehmen. Er rief einen Krankenwagen und wählte danach die Nummer der Polizeizentrale.

Dr. Brodie hatte Crystal aus dem Wagen gezogen, auf den Weg gelegt und ihr eine Sauerstoffmaske aufgesetzt. »Ich habe direkt die Sauerstoffflasche mitgebracht, als Angela mir Bescheid gegeben hat, aber, Mann, es nützt nichts. Gar nichts.« Er blickte auf. »Zeigen Sie etwas Anstand, um Himmels willen!«, schrie er.

Harry war angekommen, zusammen mit Tom, Felicity und John, und filmte eifrig.

Widerwillig nahm Harry die Kamera herunter. Hamish ging zu Crystal und kniete sich neben die Leiche. Ihr einst hübsches Gesicht war gespenstisch rosa. Vorsichtig tastete er ihren Hals und den Hinterkopf ab. »Da ist eine Schwellung«, sagte er zu Dr. Brodie.

Der Arzt bückte sich neben ihn. »Wo?«

»Fühlen Sie mal, am Hinterkopf.«

»Ja, da ist eine kleine Beule«, stimmte Dr. Brodie zu. »Ich

kann die Maske auch wieder abnehmen. Die Frau ist eindeutig tot, Hamish.«

Eine Menge Schaulustiger fand sich ein. Alle standen stumm in einigem Abstand da. Hamish bemerkte Elspeth unter ihnen. Mit ihr musste er sprechen.

Es schien sehr lange zu dauern, bis er den Krankenwagen kommen hörte.

Die Polizei traf gleichzeitig ein. Die führte nicht Detective Chief Inspector Blair an, der Urlaub hatte, sondern seine Vertretung: ein großer, hagerer Detective Chief Inspector namens Carson.

Hamish berichtete kurz, wie er den Wagen mit laufendem Motor vorgefunden hatte.

»Ein Glück, dass es eindeutig Suizid zu sein scheint«, sagte Carson.

»Was das betrifft …«, entgegnete Hamish vorsichtig, »sie hat eine Beule am Hinterkopf.«

Carson hatte ein längliches Gesicht, eine lange schmale Nase und blasse Augen, die immerzu halb geschlossen wirkten. Die musterten nun Hamish. »Sind Sie Gerichtsmediziner?«

»Nein, Sir, aber …«

»Nichts ›aber‹. Sie sagen nichts mehr hierzu, bis die Fachleute ihre Arbeit gemacht haben. Gehen Sie zurück zu Ihrer Wache, tippen Sie Ihren Bericht und fragen Sie anschließend im Dorf, ob jemand gesehen hat, wie die Frau dorthin kam, oder irgendetwas anderes.«

Hamish sah, dass Detective Jimmy Anderson ihn mitfühlend anschaute. Als Hamish an ihm vorbeiging, flüsterte er: »Halten Sie den Whisky bereit. Ich versuche, später vorbeizukommen.«

Als er in die Wache zurückkehrte, läutete das Telefon. Er nahm ab. Es war Superintendent Peter Daviot, der streng und nervös klang. »Was passiert gerade?«

Hamish beschrieb ihm, wie er Crystal gefunden hatte.

»In gewisser Weise ist es ein Segen«, folgerte Daviot. »Ein schöner, sauberer Selbstmord. Alles passt. Kein Aufruhr, kein Skandal.«

»Da ist eine Sache, Sir«, wandte Hamish ein. »Crystal hat eine Beule am Hinterkopf. Jemand könnte sie bewusstlos geschlagen und dann den Selbstmord vorgetäuscht haben.«

»Sie müssen sich irren. Eine Menge Menschen haben verbeulte Köpfe – von Geburt an, meine ich. Diese Fernsehleute neigen zu Depressionen. Es liegt an dem Leben, das sie führen. Was sagt Carson?«

»Im Moment geht er auch von Selbstmord aus, aber ich glaube, das ist Wunschdenken.«

»Carson ist ein guter Mann und ein sehr erfahrener Officer«, erwiderte Daviot. »Wie dem auch sei: Wäre es Mord, raten Sie mal, wer der Hauptverdächtige wäre?«

»Wer?«

»Sie«, antwortete Peter Daviot fies und knallte den Hörer auf.

Ich könnte es so sehen, dachte Hamish, als er sich vor seinen Computer setzte. Ich könnte mich ihnen anschließen, einen

Bericht schreiben und die Beule verschweigen. Wenn ich die erwähne, müssen sie etwas unternehmen. Alle wollen, dass es Suizid ist. Crystal hat zu den Methoden der Highland-Polizei recherchiert und wollte mich fertigmachen.

Andererseits ist dies mein Zuständigkeitsbereich, und da draußen läuft ein Mörder herum. Dessen bin ich mir sicher. Ein solch eitler und egozentrischer Mensch wie Crystal French würde niemals Selbstmord begehen; allerdings müssen sich viele Leute ihren Tod gewünscht haben.

Hamish begann zu tippen. Er schrieb, wie er den Wagen mit laufendem Motor gefunden und aus Crystals Gesichtsfarbe geschlossen hatte, dass sie an Kohlenmonoxidvergiftung gestorben war. Doch er hatte ihren Hinterkopf abgetastet und dort eine Schwellung entdeckt, weshalb für ihn die Vermutung nahelag, dass sie zuvor bewusstlos geschlagen worden war.

Er arbeitete zügig und schickte seinen Bericht an Strathbane. Und jetzt, dachte er, unterhalte ich mich lieber mal mit unserer Astrologin.

Er ging zur *Highland Times*. Dort gab es keinen Empfang. Von der Straße aus gelangte man direkt in die Redaktion.

Sam Wills blickte auf, als Hamish hereinkam. »Tolle Story, Hamish«, sagte er. »Ein Jammer, dass es nicht später in der Woche passiert ist. Bis unser Blatt nächsten Montag erscheint, ist die Sache Schnee von gestern.«

»Ein Jammer«, erwiderte Hamish sarkastisch. »Ist Ihre Astrologin da?«

»Nein, Elspeth ist noch unterwegs. Eine großartige Mitarbeiterin. Sie kann so gut wie alles.«

»Auch morden?«, fragte Hamish und ging wieder. Sam starrte ihm nach.

Elspeth kam ihm unten am Wasser entgegen. Als sie bei ihm war, sagte er: »Ich möchte, dass Sie mit auf die Wache kommen. Ich hätte einige Fragen an Sie.«

Auf der Wache führte er sie ins Büro. »Setzen Sie sich«, forderte er sie kurz angebunden auf.

»Was machen die Fernsehlampen und Kabel hier?«, fragte Elspeth.

»Ich sollte Crystal French doch ein Interview geben. Aber etwas anderes: Ich habe Ihr Horoskop heute Morgen gelesen ...«

»Noch ein Fan?«

»Bleiben Sie ernst«, entgegnete er. »Sie wussten, dass Crystal Skorpion war. Ich denke, all der Kram davon, nicht aus dem Haus zu gehen, war an sie gerichtet. Und Waage? Der Tod würde meine Probleme lösen?«

Elspeth sah schuldbewusst aus. »Ich dachte, es wäre einen Versuch wert. Ich wollte Ihnen einen Gefallen tun.«

»Wie das?«

»Na, Crystal war fasziniert, als sie herausgefunden hat, dass ich Astrologin bin. Sie glaubt an das alles. Und sie sagte, dass sie sich die Zeitung heute kaufen würde. Da dachte ich, sie könnte zu Hause bleiben und Sie vom Haken lassen.«

Hamish runzelte die Stirn. »Warum sollten Sie das für mich tun? Sie kennen mich nicht einmal!«

»Ich war diese Pute leid, die nur Ärger machte, und wollte ihr bloß einen Schreck einjagen.«

»Jemand hat mehr als das getan.«

Elspeth riss die Augen weit auf. »Sie meinen, es war kein Selbstmord?«

»Das habe ich nicht gesagt.«

»Aber Sie haben doch …«

»Vergessen Sie es«, unterbrach er sie.

Es wurde zaghaft an die Küchentür geklopft, bevor Harry, Tom, John und Felicity hereinkamen. »Wir holen nur unsere Sachen«, erklärte Harry, »und machen uns auf den Heimweg.«

»Ich würde Ihnen gern einige Fragen stellen«, erwiderte Hamish. »Das wäre alles, Miss Grant. Ich komme noch mal auf Sie zurück.«

Er wartete, bis sie gegangen war, dann fragte er: »War Miss French depressiv?«

»Nicht, dass ich wüsste«, antwortete Harry. »Was meinst du, Tom?«

Der Regisseur zuckte mit den Schultern. »Sie hatte jede Woche einen neuen Regisseur. Mich haben sie von Manchester hergeholt. Ich hatte noch nicht einmal mit ihr gesprochen. Der Produzent müsste mehr wissen.«

»Wer ist das?«, hakte Hamish nach.

»Alistair Campbell.«

»Und er ist nicht mit Ihnen gekommen?«, wollte Hamish verwundert wissen.

»Nein«, erklärte Tom, »das ist der Job des Regisseurs. Ich bringe das Material, und der Produzent sieht sich alles an und schneidet es. Er sucht auch die Regisseure aus.«

Hamish wandte sich an Felicity. »Würden Sie sagen, dass sie depressiv war?«

»Na ja ... In letzter Zeit war sie sehr angespannt. Sie hat eine Menge gemeiner Briefe bekommen. Ich glaube, die haben sie bedrückt. Keiner will so gehasst werden.«

»War sie verheiratet?«

»Nein«, antwortete Felicity, deren blasse Züge sich zu verhärten schienen. »Obwohl es Gerüchte gibt, dass sie eine Affäre mit dem Feature-Chef hatte und mit dem Geschäftsführer im Bett war.«

»Die Namen bitte«, forderte Hamish sie auf.

»Callum Bissett ist der Geschäftsführer, und Rory Mac-Bain ist der Feature-Chef.«

Hamish notierte sich die Namen. »Und sind beide Männer verheiratet?«

Felicity nickte. »Ja. Meinen Sie, das könnte sie deprimiert haben? Dass sie nur auf verheiratete Männer anziehend wirkte?«

»Nein, das meinte ich ganz und gar nicht«, erklärte Hamish. »Sind Sie ihre feste Produktionsassistentin gewesen?«

»Eigentlich bin ich Produzentin«, entgegnete Felicity. »Ich helfe aus, weil ich gerade zwischen zwei Projekten stecke. Ich hatte die Folge über die Dorfläden gemacht, aber Amy Cornwall war für die über Kleinbauern zuständig.«

»Wenn Sie mir bitte alle Ihre Durchwahl bei *Strathbane Television* aufschreiben ... Ich werde Sie sicher noch einmal sprechen wollen.« Er gab ihnen einen Notizblock, auf den sie ihre Nummern schrieben. »Woher kam Crystal French?«

»Aus Edinburgh«, antwortete Tom.

»Und was hatte sie da produziert?«

»Sie war nur Assistentin«, erwiderte Harry. »Es war Rory, der sie als Moderatorin vorgeschlagen hatte und sie dringend wollte. Zuerst haben wir das verstanden. Sie war ein echter Hingucker, und von denen haben wir sonst keine bei *Strathbane Television*. Aber was für eine Ziege! In dem Moment, in dem die Sendung national ging, verlangte sie täglich eine Flasche Champagner in ihrer Garderobe. Hat sich wie eine Königin aufgeführt. Ich glaube, es gab nicht eine Person, zu der sie nett war.«

»Wenn sie Affären mit diesen beiden Männern gehabt hat, muss sie zu denen nett gewesen sein«, wandte Hamish ein.

»Oh, das war sie zu jedem, von dem sie geglaubt hat, er könnte ihr nützlich sein«, sagte Harry.

Sie packten ihre Sachen und fuhren weg.

Hamish setzte sich wieder an den Computer und tippte einen kurzen Bericht über die Gerüchte zu Crystal French, den er wegschickte. Danach machte er sich auf den Weg durchs Dorf, um nach Zeugen zu suchen, doch niemand schien ihm helfen zu können. Schließlich erzählte Mrs. Wellington ihm, dass Willie Lamont, ein ehemaliger Polizist, der jetzt im italienischen Restaurant in Lochdubh arbeitete, oft mit seinem Hund auf jenem Sandweg spazieren ging. Hamish wanderte zum Restaurant.

Drinnen schrubbte Willie gerade den Fußboden. Er putzte für sein Leben gern. »Sie sind es, Hamish!« Er warf die Wurzelbürste in einen Eimer mit Seifenwasser.

»Haben Sie gehört, dass Crystal French tot ist?«

»Ja, eine üble Geschichte.« Willie seufzte. »Ich meine, keiner wird sie vermissen, aber es ist schlecht, dass sie sich Lochdubh ausgesucht hat, um sich umzubringen.«

»Mir wurde erzählt, dass Sie oft mit Ihrem Hund den Weg oben entlanggehen. Haben Sie da jemanden oder etwas gesehen?«

»Nein, ehrlich gesagt war ich heute Morgen nicht mit ihm spazieren. Ich hatte ihn in den Garten gelassen.«

»Warum das?«, hakte Hamish nach.

Willie wurde verlegen. Dann gab er kleinlaut zu: »Ich bin Skorpion.«

»Glauben Sie etwa diesen Unsinn, dass Sie nicht aus dem Haus gehen sollen?«

Willie zuckte mit den Schultern. »Es könnte ja was dran gewesen sein.«

»Mich erstaunt, dass Sie trotzdem zur Arbeit gekommen sind!«

»Lucia hat mich gezwungen«, erwiderte Willie. Lucia war seine italienische Frau und eine Verwandte des Restaurantbesitzers. »Sie hat gesagt, dass es ein Haufen Müll ist, was in den Horoskopen steht. Aber ich wette, diese Crystal war Skorpion.«

»Geben Sie mir Bescheid, falls Sie etwas hören, Willie. Ich gehe noch mal da rauf.«

»Ist Blair für den Fall zuständig?«, wollte Willie wissen.

»Nein. Der ist Gott sei Dank verreist, auch wenn ich denke, dass seine Vertretung genauso unangenehm ist.«

An diesem Abend studierte Detective Chief Inspector Carson die Berichte von Hamish. Er schickte nach Jimmy Anderson. »Erzählen Sie mir von diesem Hamish Macbeth«, sagte er und tippte auf die Berichte.

»Oh, Hamish ist ein kluges Kerlchen«, antwortete Jimmy. »Tatsächlich wollte ich gerade zu ihm fahren. Er schnappt Sachen auf, die normale Polizisten übersehen.«

»Ich würde gern glauben, dass es Suizid war«, erwiderte Carson. »Aber Macbeth sagt, sie hatte eine Beule am Hinterkopf. Er scheint zu denken, dass jemand sie bewusstlos geschlagen und dann den Selbstmord vorgegaukelt hat.«

Jimmy nickte. »Ja, typisch Hamish. Er kommt immer mit irgendetwas, was keiner glauben will, und es stellt sich dann jedes Mal heraus, dass er recht hatte.«

»Der Bericht des Gerichtsmediziners ist noch nicht da.« Carson runzelte die Stirn. »Kommt Macbeth gut mit Blair aus?«

»Nicht immer. Hamishs Methoden sind ein bisschen unorthodox.«

»Ich habe das Gefühl, dass wir hier einen unorthodoxen Verstand gebrauchen könnten. Fahren Sie hin, plaudern Sie mit ihm und finden Sie heraus, was er sonst noch weiß.«

»Es könnte jemand gewesen sein, der Crystal gekannt hat«, sagte Hamish, der Jimmy großzügig Whisky einschenkte.

»Wie kommen Sie denn darauf?«

»Natürlich könnte sich jemand hinten in ihrem Wagen versteckt und auf den richtigen Moment gewartet haben.

Aber wahrscheinlicher ist, dass sie jemanden mitgenommen hatte.«

»Wenn ihr eins über den Schädel gegeben wurde, muss der Täter hinter ihr gewesen sein«, wandte Jimmy ein. »Ich meine, wenn sie jemanden mitgenommen hat, hat der doch garantiert auf dem Beifahrersitz gesessen.«

»Stimmt. Aber warten Sie. Hätten wir doch den Bericht der Gerichtsmedizin! Jedenfalls könnte sie woanders niedergeschlagen und dann zu einer ruhigen Stelle gefahren worden sein – wie diesem Sandweg.«

»Sie hat *Strathbane Television* morgens verlassen, also nicht im Dunkeln«, erwiderte Jimmy. »Ich meine, es ist ein enormes Risiko, am helllichten Tag solch einen Selbstmord zu inszenieren. Es hätte jederzeit jemand vorbeikommen können.«

»Willie Lamont führt da oft seinen Hund aus, aber er hat sich nicht aus dem Haus getraut.«

Jimmys Gesicht, das an das eines Fuchses erinnerte, wirkte sehr verdutzt. »Wieso nicht?«

»Er hatte sein Horoskop in der Zeitung gelesen, das Skorpione warnte, nicht rauszugehen.« Hamish wollte sich auf die Zunge beißen, dass er das Horoskop erwähnt hatte. Elspeth hatte versucht, ihm einen Gefallen zu tun.

Doch Jimmy musterte ihn mit seinen blauen Augen. »Ich nehme nicht an, dass unsere Crystal Skorpion war?«

»Offen gesagt war sie es.«

»Na, das ist ja ein Ding. Haben Sie das Horoskop?«

Hamish wollte behaupten, er hätte die Zeitung weggeworfen, aber dann würde Jimmy bloß losgehen und eine neue besorgen. Der Schaden war bereits angerichtet. Er griff mit einem langen Arm hinter sich und reichte Jimmy die Zeitung.

Der Detective blätterte und las laut vor: »*Alle Schwierigkeiten und aller Unfriede, die Sie verursacht haben, werden sich an Ihnen rächen, und das gewaltsam. Verlassen Sie am Montag nicht das Haus. Schließen Sie die Türen ab, ziehen Sie die Vorhänge vor und gehen Sie nicht ans Telefon. Wenn Sie rausgehen, wird Ihnen Schreckliches geschehen.*« Jimmy legte die Zeitung hin. »Wer hat das geschrieben?«

»Eine junge Frau, Elspeth Grant.«

»Hatten Sie sie darum gebeten?«, fragte Jimmy. »Davon stand nichts in Ihrem Bericht.«

»Hören Sie, erzählen Sie es Carson nicht. Sie hat versucht, mir zu helfen.«

»Sie meinen, um Sie vor dem Interview zu bewahren?«

Hamish seufzte. »Ja. Sie wusste, dass Crystal Skorpion war und an Horoskope glaubte. Vergessen Sie das mal einen Moment, Jimmy. War Crystal irgendwem bei *Strathbane Television* auf den Schlips getreten?«

»Vielen, würde ich vermuten. Doch jetzt faseln sie alle, was für ein Schatz sie gewesen ist, einschließlich Felicity Pearson.«

»Warum erwähnen Sie sie im Besonderen?«

»Sie war die Produzentin von *Countryside*, und das Format wurde abgesetzt, um Platz für Crystals Sendung zu machen, und Felicity musste ihre Assistentin sein.«

»Da sind auch noch die Ehemänner«, sagte Hamish.

»Ehemänner?«

»Das habe ich in dem Bericht geschrieben.«

»Den habe ich nur überflogen«, gab Jimmy zu.

»Crystal hatte Affären, zum Beispiel mit Callum Bissett, dem Geschäftsführer, und dem Feature-Chef Rory MacBain. Beide Männer sind verheiratet.«

»Möglich wär's. Könnte aber auch eine gehässige Erfindung sein.«

Hamish schüttelte den Kopf. »Das glaube ich nicht. Felicity war sehr erschüttert über Crystals Tod. Ich nehme an, dass sie, der Kameramann, der Regisseur und der Tontechniker bereits gefragt worden sind, wann sie wo waren.«

»Harry Jury und Tom Betts, Kamera und Regie, John Leslie, Ton, waren zusammen. Felicity ist allein mit dem Wagen hergekommen. Sie sollte vorher einen Dorfbewohner auftreiben, der sich kritisch über Sie äußert, Hamish, und konnte keinen finden. Die Leute für Ton, Kamera und Regie kamen gemeinsam in dem Van rechtzeitig zum Zwei-Uhr-Termin her.«

»Und wo war Felicity um kurz vor zwei?«, erkundigte sich Hamish.

»Es gibt eine ganze Liste von Dorfbewohnern, bei denen sie gewesen ist. Die habe ich im Büro. Um zwölf Uhr mittags war sie mit ihrem Gespräch mit Mary Hendry fertig. Wer ist das?«

»Eine Witwe«, antwortete Hamish. »Sie hat einen Laden für Kunsthandwerk. Highland-Kram. Auf Tommel Castle ist man wenig begeistert. Sie denken, dass sie mit dem Souvenirladen des Hotels konkurriert.«

»Ist sie neu im Dorf?«

»Nein, soweit ich mich erinnere, war sie schon immer hier. Aber den Laden hat sie erst letztes Jahr aufgemacht. Ihr Mann ist vor zwei Jahren gestorben. Er war immer knausrig, ein Kleinbauer und Wildhüter. Aber er muss sein Leben lang gespart haben, denn er hat ihr einiges an Geld hinterlassen.«

»Wie ist ihr Mann gestorben?«, wollte Jimmy wissen.

»In den Fluss gestürzt, betrunken. Ist über den Wasserfall getrieben worden und auf den Felsen in Stücke zerschmettert worden.«

»Jedenfalls bestätigt diese Mary Hendry, dass Felicity bis mittags bei ihr war. Danach war Felicity im italienischen Restaurant, wo sie bis zwei Uhr gegessen und ein Buch gelesen hat. Trotzdem habe ich das Gefühl, Hamish, dass wir zu viele Verdächtige haben werden. Angefangen mit Barry McSween. Er ist nicht beliebt.«

»Nein, ist er nicht«, bestätigte Hamish, »und eine Menge Einheimische dürften sich freuen, dass er sich im Fernsehen zum Idioten gemacht hat.«

»Ja, und es gab einen anonymen Anruf, dass Barry angedroht hätte, sie umzubringen. Und dann haben wir Mrs. Harrison.«

»Was ist mit ihr?«, fragte Hamish.

»Sie wurde neulich gehört, wie sie Kunden erzählte, dass Crystal etwas richtig Schlimmes passieren würde.«

Hamish stöhnte. »Ich weiß nicht mal, wo ich anfangen soll!«

»Ich glaube, bei diesem Fall haben Sie mehr Freiheiten, als Blair Ihnen ließe«, erwiderte Jimmy. »Carson war beeindruckt von Ihren Berichten. Ich befrage morgen früh die beiden untreuen Ehemänner bei *Strathbane Television*. Wollen Sie mitkommen?«

Hamish strahlte. »Macht es Carson denn nichts aus? Das ist nicht mein Zuständigkeitsbereich.«

»Das kläre ich mit ihm. Treffen wir uns um zehn vor dem Sendergebäude. Aber ich werde mit Ihrer Astrologin reden. Was hält eigentlich Angus Macdonald von der Konkurrenz in seinem Revier?«

»Weiß ich nicht«, antwortete Hamish nachdenklich. Angus Macdonald war der örtliche Seher. »Aber ich besuche ihn vielleicht später und finde es heraus.«

Angus Macdonald wohnte in einem kleinen, weiß gekalkten Cottage oberhalb des Dorfes an einem langen, sich schlängelnden Weg, der durch grüne Felder führte. Aus der Ferne wirkte sein Cottage in der Landschaft wie ein Bild aus einem Märchenbuch. Hamish ließ den Land Rover unten am Weg stehen.

Ihm war bewusst, dass es beinahe elf Uhr abends sein musste, und er hoffte, dass der Seher noch wach war. Als er sich dem Haus näherte, öffnete Angus ihm die Tür. Mit seinem zotteligen grauen Haar und dem langen Bart sah er wie der Inbegriff eines Propheten aus.

»Sie sind's, Hamish«, sagte er. »Schlimme Geschichte.«

»Ist es. Wie geht es, Angus?«

»Gut bis einigermaßen. Was haben Sie mir mitgebracht?«

»Gar nichts«, antwortete Hamish verärgert. »Sie können

nicht erwarten, dass Ihnen die Leute immerzu Geschenke bringen.«

»Sie helfen den Geistern«, erwiderte Angus bedeutungsschwanger.

»Die einzigen Geister, die Ihnen helfen, Sie alter Schnorrer, sind die hochprozentigen, und damit meine ich auch keine Flaschengeister.«

»Mir gefällt Ihre Einstellung nicht«, gab Angus überheblich zurück, »und deshalb werden Sie nicht in den Genuss meiner Gastfreundschaft kommen.«

Hamish lenkte seufzend ein. »Ich habe einen schönen Dundee-Kuchen zu Hause, den Mrs. Wellington mir gebacken hat. Den können Sie haben.«

»Dann holen Sie den.« Angus knallte die Tür zu.

Hamish war versucht, ihn zu vergessen, nur leider wusste er, dass Angus viel mehr hörte und mitbekam als andere im Dorf. Also kehrte er nach Hause zurück und holte den Kuchen.

»Nur herein«, sagte Angus munter, als sähe er Hamish heute zum ersten Mal, und nahm ihm den Kuchen ab.

Hamish zog den Kopf ein und trat ins Haus. Er glaubte, dass Angus sein Cottage so antik wie möglich gestaltete, um Besucher zu beeindrucken. Im Herd schwelte ein Torffeuer, über dem ein alter, geschwärzter Kessel an einer Kette hing. Angus ging durch in die Küche hinten im Cottage und stellte den Kuchen auf ein Regal voller Lebensmittel.

»Wollen Sie einen kleinen Schluck?«, fragte er, als er wieder im Wohnzimmer war.

»Nein, Angus, ich hatte schon einen und bin mit dem Wagen. Kommen wir zum Geschäftlichen. Sie hören und sehen Sachen, und ich will dringend herausfinden, ob diese Crystal French ermordet wurde oder ob es Selbstmord war.«

Angus sah ihn erbost an. »Und warum bitten Sie nicht Ihre kleine Freundin, die Astrologin, in die Sterne zu gucken?«

»Kommen Sie schon, Angus. Sie wissen, dass Elspeth sich das alles ausdenkt.«

»Ja, aber sie hat die Sicht, und das wird sie eines Tages überraschen.« Mit der »Sicht« meinte Angus das Zweite Gesicht, eine Gabe, die bedeutete, dass derjenige, der darüber verfügte, manchmal die Zukunft vorhersagen konnte.

»Die Zukunft interessiert mich nicht«, sagte Hamish, »sondern die Vergangenheit.«

Angus legte einen knochigen Finger an seine Stirn, was wie eine Tenniel-Illustration des Dodos in *Alice im Wunderland* aussah. Dann schüttelte er den Kopf. »Ich habe nichts.«

»Das passt nicht zu Ihnen, Angus. Ich meine, selbst wenn Sie nichts wissen, denken Sie sich normalerweise etwas aus.«

»Ich sage Ihnen was, Hamish: Ich horche mal herum und arbeite Tag und Nacht für Sie.«

»Und was verlangen Sie dafür?«, fragte er misstrauisch.

»Ihren Hund.«

»Nein, niemals, auf gar keinen Fall. Warum wollen Sie den überhaupt haben?«

»Ich habe noch nie einen kleinen Hund mit so blauen Augen gesehen.«

Hieraus schloss Hamish, dass Angus glaubte, Lugs wäre

eine zusätzliche Attraktion in seinem Cottage. »Nein«, wiederholte er.

»Dann«, sagte der Seher schnippisch, »schlage ich vor, dass Sie Elspeth Grant um Hilfe bitten. Wahrscheinlich war sie es selbst.«

Hamish stand auf und ging zur Tür. »Warum?«, fragte er, ohne sich umzudrehen.

»Ihre Vorhersagen sind so dämlich, dass sie entschieden hat, einen Mord zu begehen, damit sich wenigstens eine bewahrheitet«, antwortete Angus gehässig.

Was für eine Zeitverschwendung, dachte Hamish mürrisch, als er den Hang hinunter zu seinem Land Rover trottete.

An diesem Abend konnte er nichts mehr ausrichten. Morgen würde er zu *Strathbane Television* fahren und sehen, was er dort in Erfahrung bringen konnte.

Kapitel 4

Versuch die Sterne nicht, du kannst nicht spielen,
O Jüngling, mit der Strenge des Geschicks.

JOHN FORD

Als Hamish sich vor *Strathbane Television* mit Jimmy traf, sagte der Detective: »Carson ist schon drinnen. Sie überlassen uns einen Raum für die Befragungen. Sie dürfen dabeisitzen, Hamish.«

»Ist mal was anderes als bei Blair.«

»Carson ist ehrgeizig, und er denkt, Sie könnten Grips haben. Er kennt Sie ja nicht so gut wie ich.«

Hamish folgte Jimmy ins Gebäude, durch lange Korridore und zwei Treppen hinauf. Dort öffnete Jimmy eine Tür.

Detective Chief Inspector Carson stand auf und kam ihnen entgegen. »Setzen Sie sich in die Ecke, Macbeth«, sagte er. »Ich möchte, dass Sie nur beobachten.« Dann wandte er sich einer Polizistin zu, die Kaffee gebracht hatte. »Holen Sie den Ersten herein. Mal sehen. Das wäre der Geschäftsführer, Mr. Bissett.«

Hamish musterte die Führungskraft, die hereinkam. Der Mann war in den Vierzigern und trug einen anthrazitfarbenen Anzug, eine Seidenkrawatte und ein gestreiftes Hemd. Sein Gesicht war aufgedunsen mit fülligen Lippen, kleinen braunen Augen und einer großen Nase mit sehr ausgeprägten Poren. Sein braunes Haar war grau meliert.

Callum Bissett setzte sich und sagte: »Bringen wir das schnell hinter uns. Ich habe noch viel zu tun.«

»Wir auch«, antwortete Carson. »Ich habe den vorläufigen Bericht der Gerichtsmedizin. Miss French ist an einer Kohlenmonoxidvergiftung gestorben.«

»Das arme Mädchen.« Callum Bissett schüttelte den Kopf. »Sie hatte so vieles, wofür es sich zu leben lohnte.«

»Da gibt es nur ein Problem«, fuhr Carson fort. »Vor ihrem Tod hat sie einen kräftigen Schlag auf den Hinterkopf bekommen. Unserer Ansicht nach könnte sie bewusstlos geschlagen und der Selbstmord hinterher vorgetäuscht worden sein.«

Callum wirkte geschockt. »Sind Sie sicher? Ich meine, sie könnte sich den Kopf irgendwo zu Hause angeschlagen haben.«

»Möglich wäre es«, sagte Carson, »doch bis wir sicher sein können, müssen wir weiter ermitteln und Fragen stellen. Wie war Ihre Beziehung zu Miss French?«

»Ich habe sie kaum gekannt. Es war Rory MacBains Idee, sie von Edinburgh herzuholen. Natürlich hatte ich sie nach dem Erfolg der ersten Sendung zu mir kommen lassen, um ihr zu gratulieren und zu erzählen, dass sie landesweit gesendet wird.«

»Hat sie mehr Geld verlangt?«, fragte Carson.

Callum wurde nervös. »Nun, sagen wir mal so: Das musste sie nicht. Ich habe es ihr angeboten.«

Carson blickte dem Geschäftsführer ungerührt in die Augen. »Hatte sie irgendein Druckmittel gegen Sie in der Hand?«

»Wovon reden Sie?«, empörte sich Callum.

»Es gibt Gerüchte, dass Sie eine intime Beziehung zu Miss French hatten.«

»Blödsinn! Ich bin verheiratet!«, fuhr Callum auf.

Carson blätterte in seinen Notizen, und Callum Bissett nahm ein Taschentuch hervor, um sich die Stirn abzuwischen.

»Ah, hier ist es«, sagte Carson. »Miss Frenchs Wohnung ist gegenüber einer durchgehend geöffneten Tankstelle. Meine Männer gehen gerade die Aufnahmen der Sicherheitskameras dort durch. Die sind auf den Vorplatz der Tankstelle gerichtet, reichen allerdings bis zum Eingang des Hauses, in dem Miss French wohnte. Möchten Sie uns jetzt etwas erzählen, oder wollen Sie warten, bis wir das Material in Gänze gesichtet haben? Ich muss Sie warnen: Sollte sich herausstellen, dass Sie die Polizei belogen haben, können wir Sie wegen Behinderung der Justiz anklagen.«

Callum lächelte sehr gekünstelt. Auf die andere Seite der Kameras hätte er es nie geschafft, dachte Hamish. »Ich habe sie mehrmals in ihrer Wohnung besucht«, sagte Callum. »Ich weiß, dass es schlecht aussieht, doch ich war lediglich da, um bei einem Drink in Ruhe Geschäftliches zu besprechen.«

»Ich hoffe um Ihretwillen, dass es stimmt. Unsere Spurensicherung durchsucht die Wohnung noch. Aber ich kann Ihnen schon erzählen, dass die Kollegen eine Vase mit einem Dutzend roter Rosen und einer Karte gefunden haben, in der steht: *Für meine blonde Göttin. Von deinem ergebenen Callum.*«

Callum Bissett lehnte sich vor und blickte sehr ernst drein. Jetzt kommt eine saftige Lüge, dachte Hamish.

»Wie ich sehe, muss ich Ihnen die Welt des Showbiz erklären«, sagte Callum. »Wir sind alle ganz Küsschen hier, Küsschen da, überschütten einander mit übertriebenen Komplimenten.« Er breitete die Hände aus. »Okay, ich habe sie mit Blumen und Champagner verhätschelt, und warum auch nicht?«

»Belassen wir es vorerst dabei«, antwortete Carson. »Kommen wir zu Miss Frenchs psychischer Verfassung. Wie würden Sie die beurteilen?«

»Ich gestehe, dass ich mir Sorgen um sie gemacht habe. Sie war sehr angespannt, sehr nervös. Teilweise hatte ich mich schon gefragt, ob sie auf Drogen sein könnte – Speed oder so was.«

»Aha? Das werden wir überprüfen.«

»Ist sonst noch etwas?«, wollte Callum wissen. »Ich muss wirklich weiterarbeiten.«

»Im Moment wäre das alles. Schicken Sie Rory MacBain rein.«

Callum warf einen Blick in Rorys Büro. »Du bist dran mit dem Theater. Hör mal, erzähl denen, dass die verfluchte Frau kurz vor einem Zusammenbruch stand.«

Rory sah ihn überrascht an. »Warum das denn?«

»Arbeitest du gerne hier?«

»Selbstverständlich, ich ...«

»Dann erzähl ihnen das. Wenn du mich fragst, war das sonnenklar Selbstmord, aber jetzt schnüffeln die wegen Mord herum. Und rate mal, wen sie da ins Visier nehmen?«

»Wen?«

»Dich natürlich! Du hast sie von Edinburgh hergeholt. Und du hast sie gevögelt.«

Rory errötete. »Wer hat dir das erzählt?«

»Sie. Jetzt geh und leiste deinen Teil.«

Als Rory MacBain in den Befragungsraum kam, fand Hamish, dass er ein bisschen wie sein Chef aussah: korpulent, gepflegt, aber mit dünnem, mausgrauem Haar, das er über die rosige Halbglatze gekämmt hatte.

Carson kam direkt zur Sache. »Setzen Sie sich, Mr. MacBain. Beschreiben Sie Ihre Beziehung zu Crystal French.«

»Wir hatten uns bei einer Fernsehpreisverleihung in Edinburgh kennengelernt ...«, begann Rory.

»Wann?«

»Letztes Jahr. Beim Edinburgh-Festival.«

»In welchem Hotel waren Sie abgestiegen?«

»Im *George*.« Eine strahlende kleine Erinnerung huschte durch Rorys verängstigte Gedanken: wie er Crystal aus der

Bar mit hinauf auf sein Zimmer genommen hatte. Da war kein Personal auf dem Korridor gewesen, und er hatte ganz cool bleiben können.

»Hatten Sie eine intime Beziehung mit ihr?«

»Wie können Sie es wagen!«, rief Rory. »Ich bin ein verheirateter Mann.«

Carson tippte auf den Bericht der Gerichtsmedizin. »Hier gibt es zwei verstörende Dinge. Anscheinend könnte sie einen Schlag auf den Kopf bekommen haben; ihr Selbstmord könnte danach inszeniert worden sein. Und sie hatte kürzlich Geschlechtsverkehr. Wir werden DNS-Proben nehmen.«

Er war es sowieso nicht, dachte Hamish, der ein erleichtertes Flackern in Rorys Augen bemerkte.

Carson neigte sich vor. »Ich rate Ihnen, ehrlich zu sein, Mr. MacBain. Noch einmal: Hatten Sie eine intime Beziehung mit Crystal French?«

Rory senkte den Kopf. »Wenn ich es Ihnen erzähle, können Sie es bitte nicht meiner Frau sagen?«

»Sofern Sie nicht des Mordes schuldig sind, sehe ich keinen Grund, es Mrs. MacBain zu erzählen.«

»Ich hatte, ja, aber das war unten in Edinburgh. Nur die eine Nacht im *George*. Ich will Sie nicht belügen. Ich hätte die Affäre wieder aufgenommen, als sie herkam, doch sie hat mich hingehalten und gemeint, ich soll warten, bis sie sich eingelebt hat. Dann war sie ein Riesenerfolg und konnte mich so oft abweisen, wie sie wollte.«

Carson blickte ihn streng an. »Soll das heißen, Sie wollten Ihre Position nutzen, um eine Angestellte zu verführen?«

»Ach, jetzt bleiben Sie mal auf dem Teppich!«, erwiderte Rory. »Sie hatte mich verführt.«

»In welcher psychischen Verfassung war sie in letzter Zeit?«

»Ich habe mir Sorgen um sie gemacht«, antwortete Rory. Er ist ein besserer Schauspieler als sein Chef, dachte Hamish. »Sie neigte zu Gefühlsausbrüchen, aber … Nun ja, in dieser Branche gewöhnt man sich an so etwas.« Callum hat mit ihm geredet, dachte Hamish. Rory redete weiter. »Tatsächlich hatte ich vorgeschlagen, dass sie es mit einer Therapie versucht.«

»Wann war das?«, fragte Carson.

»Erst letzte Woche.«

»Und was hat sie gesagt?«

Rory seufzte. »Sie hat versichert, dass es ihr gut geht. Aber Sie wissen ja, wie es heißt: Wenn man verrückt ist, ist man selbst der Letzte, der es merkt.«

»War sie depressiv?«, hakte Carson nach.

»Ja, sie war unglücklich und ängstlich. Immerhin haben wir ihretwegen säckeweise Hass-Mails und Morddrohungen bekommen.«

»Morddrohungen?« Carson runzelte die Stirn. »Die haben Sie nicht gemeldet.«

»Ach, Mitarbeiter von Fernsehsendern bekommen dauernd Morddrohungen. Da draußen tummeln sich reichlich Irre. Aber es hat Crystal zugesetzt. Ich habe ihr gesagt, sie soll sich einfach nur ansehen, wie groß der Postsack war. Das ist doch alles, was zählt. Armes Ding, so Selbstmord zu begehen.«

»Noch einmal: Wir sind uns nicht sicher, dass es Suizid war.«

»Muss es gewesen sein«, erwiderte Rory. »Ich sage Ihnen doch, dass das arme Mädchen in einer furchtbaren mentalen Verfassung war.«

Er musste noch einige andere Fragen beantworten, dann durfte er gehen.

»Ich denke, wir sollten mit dieser Felicity Pearson sprechen«, überlegte Carson laut. »Sie scheint allen Tratsch zu kennen, nach dem zu urteilen, was sie Macbeth erzählt hat.«

»Sir, ich fürchte, dass sie uns jetzt nicht mehr viel erzählen kann«, wandte Hamish ein.

»Warum nicht?«

»Ich denke, man wird ihr aufgetragen haben, den Mund zu halten. Vielleicht bieten die ihr im Gegenzug sogar wieder ihre alte Sendung an.«

Carson konsultierte abermals seine Notizen und blickte fragend zu Hamish. »Glauben Sie? Und was würden Sie tun?«

»Die drei anderen, die mit dabei waren, als sie mit mir gesprochen hat – Harry Jury, Tom Betts und John Leslie. Ich würde sie zusammen mit Felicity befragen.«

Carson nickte. »Gut, versuchen wir es auf Ihre Art.«

»Obwohl ich annehme, dass auch sie inzwischen alle gewarnt worden sind«, erwiderte Hamish.

Die Polizistin wurde geschickt, alle vier zu holen, und gemeinsam kamen sie in den Raum geschlurft. Die Polizistin arrangierte vier Stühle vor Carsons Schreibtisch. Hamish sah sie mitfühlend an und fragte sich, was sie davon hielt, all die

Handlangerarbeiten erledigen zu müssen, wie Kaffee zu kochen oder Möbel zu rücken.

»Ich komme direkt zur Sache«, begann Carson, der seine Taktik änderte. »Dies ist jetzt eine Mordermittlung.«

Felicity stieß einen kleinen Schrei aus.

»Bevor Sie alle mir erzählen, in welcher schlechten psychischen Verfassung Crystal war und reif für einen Selbstmord, rate ich Ihnen eindringlich, die Wahrheit zu sagen.«

Noch ehe jemand etwas erwidern konnte, ging die Tür auf, und ein Mann schaute herein. »Ich habe mich bloß gefragt, ob Sie mich sehen wollen.«

Carson runzelte die Stirn. »Und Sie sind?«

»Alistair Campbell, der Produzent von Crystals Sendung.«

»Wir kommen später auf Sie zurück«, antwortete Carson.

»Ist gut.«

»Warten Sie kurz!«, rief Hamish, als der Mann sich bereits zurückzog.

Alistair Campbell trat wieder vor.

»Sind Sie gerade erst ins Büro gekommen?«, fragte Hamish.

»Ja, und das Mädchen am Empfang hat mir erzählt, wo Sie sind. Deshalb dachte ich, ich bringe die Fragen hinter mich, bevor ich mit der Arbeit loslege.«

Hamish drehte sich zu Carson. »Ich meine, Mr. Campbell sollte zuerst befragt werden, da er bisher noch niemanden hier gesprochen hat.«

Einen Moment lang sah Carson ihn nachdenklich an.

Dann wandte er sich an den Produzenten: »Kommen Sie herein, Mr. Campbell. Noch einen Stuhl bitte.«

Hamish durchquerte den Raum und sagte zu der Polizistin: »Ich mache das.«

Sie lächelte ihn dankbar an und kehrte zu ihrem Posten an der Tür zurück.

»Also, Mr. Campbell«, begann Carson. »Ich fange mit Ihnen an.«

Hamish bemerkte, dass Felicity an Alistairs Jackett zupfte, und ermahnte sie streng. »Miss Pearson!«

Sie wurde rot und legte die Hände in den Schoß.

»Was war Ihr Eindruck von Crystal French?«, fragte Carson.

Der Produzent war ein großer, dünner Mann von Mitte dreißig mit einem länglichen Gesicht, recht bewegter Mimik und einer Hornbrille. Er lehnte sich grinsend auf seinem Stuhl zurück. »Darf ich schlecht über die Tote reden?«

»Solange es die Wahrheit ist …«

»Ich glaube nicht, dass es Suizid war«, erklärte Alistair. »Sie war ein echtes Miststück, einer der schlimmsten Menschen, mit denen ich je gearbeitet habe. Mit einem Ego so groß wie der Mount Everest. Sie hat allen das Leben zur Hölle gemacht.«

»Würden Sie sagen, dass sie depressiv war?«

»Überhaupt nicht! Sie schien es für ihre Rolle im Leben zu halten, andere Leute depressiv zu machen.«

»Das ist interessant. Ihr Geschäftsführer und Ihr Feature-Chef behaupten, sie wäre verrückt geworden. Und sie wäre nervös, ängstlich und drogenabhängig gewesen.«

»Sagen sie das? Tja, sie kannten sie besser als ich.« Er zwinkerte. »Verstehen Sie, was ich meine?«

Felicity konnte nicht mehr an sich halten. »Du solltest nicht über deine Vorgesetzten reden.«

»Ich kann sagen, was ich will«, entgegnete Alistair gelassen. »Ich bin hier sowieso fertig, denn ich habe einen Job bei der BBC in Glasgow.«

Carson sah Felicity an. »Sie erwähnten Constable Macbeth gegenüber, dass Crystal French depressiv war.«

»Ich meinte bloß«, erklärte Felicity schrill, »dass diese Briefe sie fertiggemacht haben.«

»Und Sie sagten«, fuhr Carson fort, »dass sie eine Affäre mit Callum Bissett sowie mit Rory MacBain gehabt hatte.«

Nun wurde Felicity sehr blass. »Das habe ich nicht so gemeint. Ich war ganz durcheinander, weil sie tot ist.« Sie rang die Hände. »Oh, bitte erzählen Sie Callum nicht, dass ich das gesagt habe!«

Sie sah die Polizisten gequält an. Callum hatte sie vor einer Stunde zu sich gerufen und ihr versprochen, dass ihre Serie *Countryside* wieder weiterginge. Und er hatte mit einem vielsagenden Blick hinzugefügt, dass er und alle im Sender sich auf ihre Loyalität verließen.

Carson sah zu Tom Betts, und Felicity wurde sichtlich flau.

Tom bestätigte, was Hamish berichtet hatte, einschließlich dessen, was Felicity ausgesagt hatte. Er gab an, dass er noch nicht angefangen hatte, mit Crystal zu arbeiten, und sie daher nicht gekannt hatte.

Carson stellte noch mehr Fragen. Als er fertig war, bemerkte Hamish: »Miss Pearson, Sie haben für Miss French recherchiert. Ich bin mir sicher, dass Ihnen vor dem Interview mit mir gesagt wurde, Sie sollten durchs Dorf gehen und etwas gegen mich auftreiben.«

»Ja, aber ich habe nichts gefunden. Hätten wir doch bloß die Dorffolge zuerst gemacht! Sie wissen schon, über das, was hinter den Spitzengardinen so vorgeht. Aber Crystal war sauer wegen dieser Tempogeschichte und wollte der Polizei eins auswischen.«

»Wer hat die Recherchen zu der Dorffolge gemacht?«, fragte Hamish.

»Amy Cornwall.«

Hamish sah zu Carson. »Ich denke, wir sollten mit ihr sprechen.«

»Warum?«

»Weil es jemanden in den Highlands geben könnte, der nicht wollte, dass ein alter Skandal wieder aufgewühlt wird.«

»Stimmt.« Carson blickte zu der Polizistin. »Holen Sie diese Amy Cornwall her.«

»Und ich würde die anderen hierbehalten, bis sie da ist«, schlug Hamish vor.

Carson sah ihn mit einem Anflug von Verärgerung an. Ihm war klar, dass Hamish meinte, Felicity würde Amy andernfalls einen Tipp geben, was sie aussagen sollte. Dennoch gefiel ihm nicht, wie Hamish Macbeth diese Befragung übernahm. »Na gut«, antwortete er.

Schweigend warteten sie auf Amy Cornwall. Als sie da

war, entließ Carson die anderen. Amy setzte sich und lächelte süßlich in die Runde. Sie war das genaue Gegenteil von Felicity: in den Zwanzigern mit goldblonden Locken und einem frechen Gesichtsausdruck.

»Wie ich höre, war es Ihr Job, irgendwelchen Dreck über Dorfbewohner für Miss Frenchs Sendung auszugraben«, begann Carson.

»Ja, stimmt. Ich habe das gehasst, aber im Fernsehgeschäft zählt nur der Erfolg.«

»Und wie sind Sie vorgegangen?«

»Zeitungsausschnitte. Alte Skandale. Danach habe ich gesucht«, antwortete sie.

»Welche zum Beispiel?«, hakte Carson nach.

Amy wiegte den Kopf. »Mit besonders vielen Leuten hatte ich mich noch nicht beschäftigt. Nur einige Anrufe gemacht und Interviews verabredet.«

»Ich brauche eine Liste der Dorfbewohner, zu denen Sie wollten«, erwiderte Carson.

Sie nickte. »Ist gut.«

»Wie schnell geht das?«

»Ich habe sie hier.« Sie öffnete ihre Handtasche und zog ein zerknittertes, fleckiges Blatt Papier hervor. Carson beäugte es angewidert. »Gibt es keine Computeraufstellung, die Sie mir schicken können?«

»Doch. Aber Sie können erst mal meine handgeschriebenen Notizen haben«, antwortete Amy.

»Tja, meine Detectives haben schon die Aussagen einiger Sendermitarbeiter aufgenommen, wo sie am Tag von Miss

Frenchs Tod waren.« Danach hat er nicht gefragt, dachte Hamish, doch dann wurde ihm bewusst, dass Jimmy Anderson und die anderen schon erste Befragungen durchgeführt haben mussten. »Wo sind Sie am Montag gewesen?«

»Ich habe für die Autosendung recherchiert. Das war schön leichter Kram. Ich bin unten in Inverness bei einem Rover-Händler gewesen und habe für unseren Moderator eine Probefahrt in dem neuen Modell vereinbart. Ich war früh am Vormittag losgefahren und bin erst um sechs Uhr abends wieder zurückgekommen.«

»Ein langer Tag, um ein Interview zu vereinbaren«, stellte Carson fest.

»Na, ich war noch shoppen. Ich hatte es nicht eilig, wieder zurückzukehren. Da wusste ich ja noch nichts von Crystals Tod.«

»Heißt das, Sie mochten sie nicht?«, fragte Hamish prompt.

»Genau. Ich dachte, wenn ich zu früh wieder hier bin und mich im Büro blicken lasse, findet sie irgendwelche Arbeit für mich, und ich habe es gehasst, für Crystal zu arbeiten.«

»Warum?«

Amy schnaubte. »Weil sie richtig fies war, darum. Hat sich laufend beschwert und Leute tyrannisiert. Eine echt boshafte Frau. Mich wundert, dass sie sich das Leben genommen hat. Das konnte ich zunächst gar nicht glauben.«

»Es besteht die Möglichkeit, dass es Mord und der Suizid nur vorgetäuscht war«, erklärte Carson.

»Gut vorstellbar«, sagte Amy munter. »Ich hätte sie auch

umbringen können.« Sie lachte. »Wie gut, dass ich ein Alibi habe!«

»Mich erstaunt die ungerührte Art, in der Sie über diesen Tod sprechen.« Carson rügte sie beinahe.

»Ich bin noch nie eine Heuchlerin gewesen und habe nicht vor, jetzt eine zu werden«, entgegnete Amy.

»Das wäre alles«, sagte Carson.

Als sie den Raum verlassen hatte, fragte Hamish: »Wer steht auf der Liste?«

Carson blickte ihn ratlos an. »Wer steht auf der Liste – was?«

»Wer steht auf Amys Liste, Sir?«

Carson war versucht, ihm die Antwort zu verweigern. Er fand, dass Hamish Macbeth ihm nicht den nötigen Respekt erwies, trotzdem gab er ihm das Blatt.

Hamish zog die Augenbrauen hoch, als er sah, dass der erste Name auf der Liste der Bauer Barry McSween war. Danach folgte Mrs. McClellan, die Frau des Bankmanagers, die in Lochdubh wohnte; Mrs. Harrison, deren Laden in Braikie Crystal mit ihrer Sendung vernichtet hatte. Außerdem waren da Finlay Swithers, dem ein *Fish-&-Chips*-Imbiss in Cnochan gehörte, und Maisie Gough, ebenfalls aus Cnochan.

»Warum die?«, fragte Carson.

»Da gab es vor langer Zeit etwas mit Barry McSween«, antwortete Hamish nachdenklich. »Mrs. McClellan war mal Kleptomanin und wurde wegen Ladendiebstahls angeklagt, und zwei Leute hatten einst Mrs. Harrison wegen Lebensmittelvergiftung angezeigt. Finlay Swithers wurde mal wegen häuslicher Gewalt angeklagt. Aber Maisie Gough ist mir neu. Amy muss diese Leute angerufen oder persönlich angesprochen haben, um ein Interview mit ihnen zu verabreden.«

»Ich kann mir nicht vorstellen, dass jemand von ihnen einem Interview zugestimmt hätte«, sagte Carson. »Ganz besonders nicht Barry McSween und Mrs. Harrison. Die werden gefunden haben, dass ihnen das Fernsehen schon genug Schaden zugefügt hat.«

»Wahrscheinlich hatte Crystal vor, unangekündigt vor deren Tür aufzutauchen und Aufnahmen von richtig gemeinen Konfrontationen mit verängstigen Leuten zu bekommen«, mutmaßte Hamish.

»Besuchen Sie auf jeden Fall all diese Personen«, erwiderte Carson, »und finden Sie heraus, wo sie zur Tatzeit gewesen sind. So viele Leute – und kein einziges offensichtliches Motiv.«

»Da wäre Ehebruch«, merkte Jimmy an.

»Ja, stimmt, aber nachdem ich die beiden Herren gesehen habe, denke ich, dass ihre jeweiligen Affären mit Crystal bei Weitem nicht ihre ersten gewesen sein dürften.«

»Ich denke, Felicity Pearson hat das beste Motiv«, warf Hamish ein.

»Warum?«, fragte Carson, der sich gleichzeitig wünschte, dieser Dorfpolizist würde sich auf seinen Dienstgrad besinnen.

»Bevor Crystal auf der Bildfläche erschienen ist, hatte sie eine eigene Sendung und war Produzentin. Wegen Crystal wurde ihre Sendung eingestampft, und sie wurde zur Produktionsassistentin für Crystal degradiert, und die hat ihr garantiert das Leben schwer gemacht.«

Carson kramte in seinen Papieren. »Aber wir haben hier Aussagen, die all ihre Bewegungen am Montag abdecken.«

»Dazwischen könnte es eine Lücke geben«, wandte Hamish ein. »Es ist unmöglich, den genauen Todeszeitpunkt zu bestimmen.«

Das Telefon klingelte, und Carson nahm ab. Er hörte aufmerksam zu und legte wieder auf. »Das war der Gerichtsmediziner. Er sagt, ja, die Schwellung am Hinterkopf stammt von einem Schlag, der heftig genug war, um Crystal bewusstlos zu machen. Es scheint also, meine Herren, dass wir einen Mordfall haben.«

Jimmy und Hamish verließen das Sendergebäude am späten Nachmittag. Carson hatte alle noch einmal befragt. Mit dem einzigen Ergebnis, dass die Befragten die Lüge von Crystals Depression aufgegeben hatten.

»Ich bin schon halb verhungert«, sagte Jimmy. »Man sollte meinen, dass Carson eine Mittagspause macht.«

»Ich dachte, Sie ernähren sich nur von flüssiger Kost«, erwiderte Hamish.

»Oh, ich esse auch manchmal. Da drüben ist ein Café. Wir können ein Sandwich oder eine Pastete bestellen.«

Hamish nickte. »Ist gut.«

Sie gingen zusammen in das Café. Hamish orderte Schinken-Sandwiches und Tee, Jimmy eine Lammpastete und Pommes frites.

»Wie sind Sie darauf gekommen, dass es Felicity war?«, fragte Jimmy.

»Ist nur so eine Ahnung.«

»Ich glaube, dass es ein Mann war. Sie waren gerade auf dem Klo, als Carson noch ein Juwel vom Gerichtsmediziner und der Spurensicherung fallen ließ.«

»Und zwar?«, hakte Hamish nach.

»Sie denken, dass Crystal kurz nach dem Frühstück ermordet wurde. Die Eier mit Bacon in ihrem Magen waren kaum verdaut. Sie vermuten, dass sie woanders bewusstlos geschlagen und dann nach Lochdubh gebracht worden ist. Und ihr Haar war falsch frisiert – morgens war sie gesehen worden, wie sie es aufgesteckt hatte, aber da waren Spuren von Heide, als hätte sie draußen gelegen, bevor sie in den Wagen gesetzt worden ist.«

»Das ist merkwürdig«, murmelte Hamish.

»Ja, ist es«, sagte Jimmy. »Doch können Sie sich vorstellen, dass ein zartes Ding wie Felicity jemandem eins über den Schädel zieht und die Kraft aufbringt, die Person in den Wagen zu hieven und dort hinter dem Steuer zu positionieren?«

»Ja, irgendwie kann ich das, und fragen Sie mich nicht, warum.«

»Am besten vergessen Sie sie erst mal«, erwiderte Jimmy. »Sie müssen Barry McSween und die anderen überprüfen. Fangen Sie heute Abend an?«

Hamish schüttelte den Kopf. »Nein, die nehme ich mir alle morgen vor.«

Als Hamish endlich wieder auf der Wache war, wurde er euphorisch von Lugs begrüßt. Hamish hatte Angela Brodie morgens angerufen und sie gebeten, den Hund zu füttern und auszuführen. Lugs schepperte mit seinem Futternapf.

»Du führst mich nicht hinters Licht«, sagte Hamish. »Ich weiß, dass Angela dich gut mit Fressen versorgt hat.«

Lugs winselte und stupste noch energischer gegen seinen Napf.

Hamish seufzte. »Ich koche dir aber nichts. Du bekommst Hundefutter oder gar nichts.« Er füllte Trockenfutter in den Napf, das Lugs kurz anstarrte, bevor er sich abwandte. In seiner Hundevorstellung war anscheinend irgendeinem Ehrenkodex Genüge getan, denn Lugs legte sich hin und schlief bald ein.

Es klopfte an der Tür. Hamish öffnete und sah Elspeth vor sich.

»Ich wollte wissen, wie die Ermittlungen vorankommen«, sagte sie.

Es war ein kalter Abend, und Elspeths Kleidung schien eine ausgeleierte Mischung aus merkwürdigen grauen und braunen Teilen zu sein.

»Falls Sie was für einen Zeitungsartikel brauchen, müssen Sie die Zentrale in Strathbane anrufen«, antwortete Hamish.

»Habe ich schon«, sagte Elspeth. »Darf ich reinkommen?«

»Aber nicht lange. Ich bin müde.«

»Ich könnte Ihnen helfen«, schlug sie vor, lehnte sich an den Ofen und befühlte ihn. »Der ist ja kalt.«

»Ja, natürlich ist er das. Ich bin eben erst zurückgekommen. Gehen Sie da weg und setzen Sie sich an den Tisch. Ich mache ihn an.« Hamish fegte den Herd aus und legte Papier, Holz, Anzünder und Torf hinein, um ihn anzufachen. Dann gesellte er sich zu Elspeth an den Tisch. »Warum hatten Sie gesagt, dass jemand sie umbringen würde?«

»War bloß ein Gefühl«, antwortete Elspeth. »Sie hat so viel Ärger gemacht.«

»Aber Sie waren so nachdrücklich.«

Sie zuckte mit den Schultern. »Manchmal haben wir diese Gefühle.«

Hamish betrachtete sie spöttisch. »Ich hätte gedacht, dass Sie diese Hellsichtige-Astrologin-Nummer bei mir sein lassen. Egal, wie könnten Sie mir helfen?«

»Ich bin gut darin, Dinge herauszufinden«, erwiderte sie.

»Schön wäre, könnten Sie jemanden auftreiben, der Crystal gestern Vormittag irgendwann gesehen hat.«

Sie nickte. »Ich versuch's. Was ist mit Sean Fitzpatrick?«

Hamish sah sie überrascht an. »Den hatte ich ganz vergessen.« Sean war ein Einsiedler, der draußen an der Straße nach Glenanstey wohnte. Obwohl er keine Freunde zu haben schien und wenig redete, war er ein erstaunlich guter Beobachter und schnappte so gut wie jeden Klatsch auf. »Ich fahre gleich mal zu ihm.«

»Ich komme mit«, erklärte Elspeth.

»Ich kann Sie nicht im Polizeiwagen mitnehmen.«

»Was heißen soll, Sie wollen mich nicht dabeihaben, Hamish. Ich habe schon gesehen, wie Sie Leute in dem Wagen mitgenommen haben. Aber keine Sorge, mein Auto steht draußen, und ich kann Ihnen einfach hinterherfahren.«

»Wie Sie wollen«, sagte er mürrisch. »Doch Sie schreiben nichts, ohne mich zuerst zu fragen!«

Obwohl sie sahen, dass in Seans Cottage Licht brannte, warteten sie nach Hamishs Klopfen ewig und fragten sich schon, ob der Einsiedler ihnen vielleicht nicht öffnen würde.

Als Hamish die Hand hob, um ein zweites Mal anzuklopfen, wurde die Tür aufgezogen. Sean Fitzpatrick sah sie misstrauisch an. Sean war gebeugt und alt, hatte aber wache blaue Auge, die aus einem sonnengebräunten, faltigen Gesicht leuchteten. »Was ist?«, brummte er. »Ich wollte gerade ins Bett.«

»Es geht um den Tod von Crystal French. Haben Sie sie gesehen? Ich meine, bevor sie starb. Sie hat einen grünen BMW gefahren.«

»Kommen Sie rein.«

Sie folgten Sean ins Wohnzimmer, in dem alle Wände von Bücherregalen gefüllt waren. »Setzen Sie sich«, befahl er. »Ich biete Ihnen nichts an, weil ich will, dass das hier schnell geht. Ja, ich habe einen grünen BMW gesehen.«

»Wo und wann?«, hakte Hamish nach.

»Das muss gegen halb zehn gestern Morgen gewesen sein. Der hat eine Weile auf der Strecke raus nach Glenanstey gehalten. Ich war im Vorgarten, gebückt, aber als ich gehört habe, wie der Wagen angehalten hat, habe ich aufgesehen. Ich dachte, jemand hat sich verfahren. Deshalb bin ich zur Pforte raus und auf den Wagen zu. Da hat er richtig schnell gewendet und ist an mir vorbei in Richtung Lochdubh gerast.«

»Konnten Sie sehen, wer am Steuer saß?«

»Nein, nur sehr kurz. Großer Hut, dunkle Sonnenbrille.«

»Mann oder Frau?«, fragte Hamish.

»Habe ich nicht erkannt.«

»Haben Sie irgendetwas gehört?«

»Sie wissen doch, dass ich nie mit wem rede«, antwortete Sean. »Aber als ich bei Patel war, um einzukaufen, haben sich die Leute vor mir unterhalten, als wäre ich unsichtbar. Vor ihrem Tod hatten sie dieser Frau alle Rache geschworen, und dann war ich heute wieder unten, und da gab es nicht mal ein Murmeln. Mehr kann ich Ihnen nicht erzählen.«

»Die Gestalt in dem Wagen«, hakte Hamish nach, »dick oder dünn?«

»Dünn, würde ich sagen.«

»Welche Farbe hatte der Hut?«

»Braun, glaube ich. Aber der Kopf war über das Lenkrad geneigt, und ich habe nicht so genau hingesehen. Ich meine, hätte ich gewusst, dass es das Auto einer Ermordeten war, die später gefunden werden sollte, hätte ich wohl aufmerksamer hingeschaut.«

Hamish zog die Brauen zusammen. »Ermordet? Warum sagen Sie ›ermordet‹?«

»Ich habe ihre Fernsehsendung gesehen. Eine rotzfreche Ziege war das, die es genossen hat, den Leuten richtig Ärger zu machen. Mich würde sehr wundern, sollte die sich selbst umgebracht haben.«

»Lassen Sie es mich wissen, falls Sie noch irgendetwas hören«, bat Hamish.

»Und was springt für mich dabei raus?«

»Das ist Bürgerpflicht. Sie sind schon genauso schlimm wie Angus Macdonald.«

Sean sah Elspeth an. »Und wer ist das?«

»Entschuldigen Sie, ich habe vergessen, sie vorzustellen«, erwiderte Hamish. »Das ist Elspeth Grant. Sie arbeitet für die Lokalzeitung.«

»Sie sind die Astrologin. Angus Macdonald ist sauer deswegen. Er findet, er hätte gefragt werden sollen, ob er die Horoskope machen will.«

»Ich bin auch Reporterin«, sagte Elspeth. »Und diesen Astrologie-Kram habe ich ziemlich satt. Ich frage Sam vielleicht, ob er Angus einstellt.«

Sean wirkte amüsiert. »Angus würde versuchen, ein richtiger Astrologe zu sein, und das würde keinem gefallen. Die Leute mögen Ihre dummen Vorhersagen – Sie wissen schon: ›Um fünf am Donnerstag kriegen Sie schlimme Kopfschmerzen.‹«

»Ich werde in meinem Bericht schreiben, was Sie gesagt haben.« Hamish stand auf. Er war müde. Die Nachricht von Priscillas Verlobung hatte er weit in seinen Hinterkopf verbannt, aber jetzt drängte sie sich wieder nach vorn.

»Und ich war einsam und einer alten Leidenschaft müde«, bemerkte Sean plötzlich, als Hamish auf dem Weg zur Tür war.

Er erstarrte kurz, bevor er sich wütend umdrehte. »Was haben Sie gesagt, Sean?«

»Nur zitiert«, antwortete der Einsiedler milde. »Ich lese viele Gedichte. Ernest Dowson.« Er lehnte sich zurück und schloss halb die Augen. Dann rezitierte er:

»»Ich vergaß vieles, Cynara, das fortgeweht mit dem Wind dahin,

Verworfene Rosen, Rosen, wild mit der Menge,

Tanzen, um blasse Lilien zu treiben aus dem Sinn.««

»Kommen Sie!«, sagte Hamish zu Elspeth. »Überlassen wir ihn seinem Gefasel.«

Carson arbeitete lange.

»Ein Bericht von Hamish Macbeth, Sir.« Ein Constable legte ihm einen Ausdruck auf den Schreibtisch.

Carson las ihn und fragte: »Ist Detective Anderson noch da?«

»Ja, Sir.«

»Dann schicken Sie ihn rauf.«

Als Jimmy eintrat, sagte Carson: »Ich habe eben einen Bericht von Macbeth bekommen. Ein Sean Fitzpatrick, der an der Strecke zwischen Lochdubh und Glenanstey wohnt, hat gestern Morgen um halb zehn morgens einen grünen BMW gesehen. Lesen Sie selbst.«

Jimmy studierte den Bericht und stieß einen stummen Pfiff aus.

»Ich möchte wissen, warum es Macbeth überlassen wurde, das herauszufinden«, brummte Carson.

»Es ist sein Zuständigkeitsbereich, Sir.«

»Für gewöhnlich, ja. Aber ich hatte Officers und Detectives von Tür zu Tür geschickt, und die haben es übersehen. Sorgen Sie dafür, dass der Bereich morgen noch einmal überprüft wird.«

»Macbeth hat eine eigene Art, Sachen herauszubekommen, die andere übersehen«, sagte Jimmy.

Carson winkte ab. »Er ist ein Dorf-Constable, nicht Sherlock Holmes. Ich will nicht noch mehr solche Patzer.«

»Soll Macbeth auch noch mal im Dorf herumfragen?«, erkundigte sich Jimmy.

»Nein, er hat die Liste abzuarbeiten. Lassen Sie ihn.«

Kapitel 5

Sieh zu den Sternen! Sieh, sieh hinauf zum Himmel!
O schau an das Feuervolk droben in der Luft!
GERARD MANLEY HOPKINS

Am nächsten Morgen begab Hamish sich widerwillig zu einer Zeit auf den Weg zum Haus des Bankmanagers, zu der er sicher sein konnte, dass dieser in der Bank war.

Mrs. McClellan öffnete. »Ich muss wohl nicht fragen, warum Sie hier sind«, sagte sie resigniert. »Es ist ein Albtraum.«

»Also sind Sie von dem Sender kontaktiert worden?«

Sie nickte. »Ja, von einer jungen Frau, Amy Cornwall. Mich verfolgt das, Hamish. Erinnern Sie sich, wie mich dieser furchtbare Müllmann erpresst hat? Da kam es nicht heraus, und ich dachte, es wäre vorbei. Aber diese junge Frau hatte einen alten Zeitungsausschnitt gefunden, in dem stand, dass ich wegen Ladendiebstahls angeklagt worden bin. Wissen Sie noch, dass ich Ihnen erzählt habe, wir wären hergezogen, weil der Skandal meinem Mann entsetzlich zu schaffen gemacht hatte?«

Mrs. McClellan stieß einen tiefen Seufzer aus. »Ich hatte abgelehnt, ein Interview zu geben, und diese Frau sagte, sie würden trotzdem darüber reden, und ich sollte lieber meine Sicht der Geschichte erzählen. Ich habe mich immer noch geweigert. Jetzt ist Crystal French tot. Ist sie ermordet worden?«

»Das nehmen wir an.«

Sie strich sich nervös über die Stirn. »Und dieser Müllmann, der Leute erpresst hatte, wurde auch ermordet. Der Albtraum geht wieder von vorne los. Geht das an die Zeitungen?«

»Sofern Sie Crystal nicht umgebracht haben, nein. Meine Vorgesetzten werden den Zeitungsausschnitt über Sie haben, also kann ich es ihnen nicht verschweigen. Doch sie haben keinen Grund, es jemandem zu erzählen. Ich muss Sie fragen, wo Sie am Montag vom frühen Vormittag bis drei Uhr nachmittags gewesen sind.«

»Ich habe den ganzen Morgen im Garten gearbeitet. Danach habe ich das Mittagessen für meinen Mann gekocht. Oh nein, wenn Sie ihn bitten, es zu bestätigen, wird er sich wundern, warum Sie das wissen wollen.«

»Ich sage ihm einfach, dass wir jeden im Dorf dazu befragen, was auch beinahe zutrifft. Mit ein wenig Glück müssen Sie gar nichts sagen. Sie sind nicht die Einzige.«

Als Nächstes fuhr Hamish nach Braikie, wo er vor Mrs. Harrisons Geschäft parkte. Ihr schäbiger Laden überlebte nur, weil sie Kunden, die von Sozialhilfe lebten, bis zum nächsten Zahltag anschreiben ließ.

Hamish ging hinein. Das Geschäft war leer bis auf Mrs. Harrison und einen alten Rentner, der seine magere Ausbeute an verbeulten Dosen bezahlte. Hamish wartete, bis der Kunde gegangen war, dann fragte er: »Sie sind wegen der Lebensmittelvergiftung vom Fernsehsender *Strathbane Television* kontaktiert worden?«

»Bin ich«, antwortete sie erbost, »und ich habe denen gesagt, wenn die sich hier noch einmal blicken lassen, werden sie es bereuen!«

»Was könnten Sie denn tun?«

»Meine beiden Söhne wären hier, um mich zu beschützen«, erklärte sie. »Eine alte Witwe wie mich zu verfolgen! Die Sache liegt Jahre zurück. Die hatten behauptet, es wären meine Lammpasteten gewesen. Papperlapapp! Aber seitdem habe ich nicht eine einzige Lammpastete mehr verkauft.«

»Ich muss Sie fragen, was Sie am Montagvormittag bis zum frühen Montagnachmittag gemacht haben«, erwiderte er.

»Wissen Sie, was die Leute reden?« Sie verzog hämisch das Gesicht. »Sie sagen, nur weil sich Ihre Priscilla mit einem anderen verlobt hat, lassen Sie es an allen aus.«

»Beantworten Sie einfach meine Frage … *Sie schreckliche alte Kuh.*« Den letzten Teil flüsterte Hamish, doch sie hörte es trotzdem.

Sie verschränkte die Arme vor der Brust. »Ich beantworte Ihnen gar keine Frage.«

»Dann muss ich Sie bitten, mit mir auf die Wache zu kommen.«

Sie funkelten einander böse an, schließlich begann Mrs. Harrison zu schluchzen. Hamish stand ratlos da und überlegte, was er nun tun sollte, bis er bemerkte, dass sie ihn aufmerksam beobachtete, als wollte sie seine Reaktion einschätzen.

Also wartete er und gab sich gänzlich ungerührt. Schließlich holte sie ein zerknülltes Papiertaschentuch hervor und wischte sich die Augen.

»Ach nein, ach nein«, sagte sie. »Was soll eine gebrechliche alte Frau nur tun?«

»Beantworten Sie meine Frage. Wo waren Sie am vergangenen Montag?«

»Na, hier!«, rief Mrs. Harrison.

»Gibt es dafür Zeugen?«

»Fragen Sie doch rum. Die Leute werden Ihnen sagen, dass ich montags immer geöffnet habe.«

»Danke. Das wäre fürs Erste alles.« Hamish verließ den Laden. Er ging die Straße auf und ab und befragte mehrere Leute.

Schließlich antwortete ihm eine Frau: »Ja, Mrs. Harrison hatte am Montag auf, wie immer. Außer gegen halb elf. Ich habe Milch gebraucht, aber sie hatte ein Schild in der Tür hängen. *Bin bald zurück*, stand da.«

Hamish kehrte zum Laden zurück, fragte noch einmal, und Mrs. Harrison meinte, sie sei nur nach Hause gegangen, um ihre Zigaretten zu holen. Stumm betrachtete Hamish die Zigarettenschachteln hinter ihr im Regal, worauf Mrs. Harrison schrill konterte, sie rauche normalerweise nicht, doch das Theater mit dem Fernsehen habe ihre Nerven angegriffen; trotzdem habe sie keine neue Packung anbrechen wollen.

Hamish wusste, dass sie geizig war. Deshalb kam er zu dem Schluss, dass diese absurde Erklärung wahr sein könnte. Er warnte sie erneut, dass er wiederkommen würde, und fuhr zu Barry McSween.

Barry war nicht zu Hause, und seine Frau, deren Augen sehr gerötet waren, sagte, dass er wahrscheinlich im Pub in Lochdubh war. Dort fand Hamish ihn finster an einem Ecktisch vor einem Whisky-Glas sitzend vor.

Er setzte sich ihm gegenüber hin, und Barry McSween sah ihn betrübt an. »Die Leute erzählen sich, ich hätte diese Frau umgebracht«, begann er. »Aber ich war das nicht. Ich wollte es, ja. Sie hat Schande über mich gebracht.«

»Lassen Sie es sich nicht so nahegehen«, empfahl Hamish ihm. »Sie hat recht viele Leute beschämt. In wenigen Wochen wird das alles vergessen sein, und alle werden etwas Neues haben, worüber sie sich das Maul zerreißen können. Also, wo waren Sie am Montag?«

»Das ist einfach. Ich habe getrunken.«

»Wo? Hier?«, hakte Hamish nach.

»Nein, ich war aufgebracht und wollte keinen der Einheimischen sehen. Ich bin in der Bar vom *Tommel Castle Hotel* gewesen. Da habe ich bis gegen zwei getrunken, dann hat Mr. Johnston gesagt, ich soll lieber heimgehen, und mir die Autoschlüssel abgenommen.«

Mr. Johnston war der Manager des Hotels.

»Ich musste zu Fuß nach Hause. Da bin ich direkt zu Bett. Jeannie wird Ihnen das Gleiche erzählen.« Jeannie war seine Frau. »Ich bin erst am frühen Abend wieder aufgewacht und zurück zum Hotel gegangen, um meinen Wagen zu holen. Im *Tommel Castle Hotel* habe ich gehört, dass die Frau tot ist. Und ich war froh. Mir tut leid, dass sie sich umgebracht hat.«

»Es steht noch nicht in der Zeitung, Barry, aber wir denken, dass es Mord war.«

McSweens für gewöhnlich rosiges Gesicht wurde schlammfarben. »Das kann nicht stimmen! Es heißt, dass sie in ihrem Wagen gefunden wurde und dass ein Schlauch vom Auspuff ins Fenster gesteckt war.«

Schlauch, dachte Hamish. Ich frage mich, woher der kam. Ob sie das schon zurückverfolgt hatten? Laut sagte er: »Ich denke, damit sind Sie entlastet, aber ich muss Ihre Geschichte noch überprüfen.« Er zeigte auf das Whisky-Glas. »Wie viele von denen haben Sie schon gehabt?«

»Dies ist das zweite Glas.«

»Dann wird es lieber das letzte. Ich möchte es nicht schlimmer für Sie machen, indem ich Ihnen später eine Anzeige wegen zu viel Promille am Steuer verpasse.«

Hamish musste notgedrungen zu dem Hotel fahren, das er zu meiden gehofft hatte, seit er von Priscillas Verlobung erfahren hatte. Nicht zum ersten Mal fragte er sich, warum die Erinnerungen an Priscilla noch so schmerzten. Schließlich sagte er sich, dass Verliebtheit wie ein Infekt sein musste, von dem man sich nie ganz erholte.

Mr. Johnston begrüßte ihn freundlich und führte ihn ins Büro. »Kaffee?«

Hamish nickte. Der Manager schenkte ihm einen Becher voll ein und stellte ihn vor ihn. »Was führt Sie her? Der Mord?«

»Ja, ich muss Barry McSweens Geschichte überprüfen. Er sagt, dass er am Montag hier war und getrunken hat.«

Mr. Johnston nickte. »Das stimmt. Der Barkeeper hatte mich gewarnt, dass er sehr betrunken war, und ich habe Barry die Autoschlüssel abgenommen.«

»Hat er Ärger gemacht?«

»Nein, er ist lammfromm rausgetorkelt.«

»Da bin ich froh«, sagte Hamish. »Ich mag Barry nicht, aber, Mann, diese Crystal hatte ihn wie einen Idioten aussehen lassen.«

»Wenn Sie mich fragen, hat er das ganz allein fertiggebracht. Haben Sie schon eine Ahnung, wer es war?«

»Nein. Und wir haben viele Verdächtige.«

Einen Moment lang schwiegen sie. Hamish trank seinen Kaffee.

»Es muss ein Schock für Sie gewesen sein«, bemerkte Mr. Johnston schließlich.

»Der Mord?«

»Nein, Priscilla«, antwortete der Hotelmanager.

»Ja, war es. Ich finde, sie hätte mich vorwarnen können. Wer ist der Kerl?«

»Irgendein Börsenmakler in London. Hat haufenweise Geld. Ihre Eltern sind entzückt.«

»Trotzdem hätte sie es mir sagen können«, beharrte Hamish. »Wann soll die Hochzeit stattfinden?«

»Im Frühjahr.«

»Hier?«

Mr. Johnston schüttelte den Kopf. »Nein, in London.«

Eine Gnade, dachte Hamish. Den Gedanken, dass sie in Lochdubh heiratete, ertrug er nicht.

Er verließ das Hotel und fuhr ins Dorf Cnothan. Dort wurde er zuerst bei Police Sergeant Macgregor vorstellig, um ihm zu erklären, was er in dessen Zuständigkeitsbereich wollte.

»Ich verstehe nicht, warum die Sie schicken«, murrte Sergeant Macgregor. »Ich werde eine Beschwerde einreichen.«

»Tun Sie das«, antwortete Hamish freundlich. »Also, die Produktionsassistentin von *Strathbane Television* wollte alte Skandale für eine Sendung ausgraben. Auf der Liste standen Finlay Swithers und Maisie Gough. Bei Finlay Swithers geht es wahrscheinlich um die Anklage wegen häuslicher Gewalt, aber wer ist Maisie Gough?«

»Ein armes zierliches Mäuschen von einer alten Frau. Wurde vor einigen Jahren beschuldigt, Geld aus der Kasse des Müttervereins genommen zu haben. Tatsächlich ist sie ein bisschen zerstreut und hatte das Geld ihrer Freundin Mrs. Queen zur Aufbewahrung gegeben und es dann vergessen. Mrs. Queen war verreist, als Maisie beschuldigt wurde. Sie kam aus dem Urlaub zurück und war entsetzt, als sie das von ihrer Freundin erfuhr. Die Anzeige wurde zurückgezogen.«

»Und warum ist man dann auf Maisie aufmerksam geworden?«

»Ein Fehler der Lokalzeitungen. Von der Anzeige wurde berichtet, aber nicht, dass sie kurz darauf zurückgezogen wurde. Natürlich hat sich das mit Maisies Unschuld herumgesprochen, doch jeder, der in die alten Zeitungsausschnitte guckt, sieht nur die Anzeige.«

»Komisch, dass sie immer noch von ›Zeitungsausschnitten‹ reden«, erwiderte Hamish. »Wahrscheinlich ist das heute alles im Computer. Wo finde ich Maisie?«

»Unten beim Loch. Waterside Cottages, Nummer sechs. Und wenn Sie fertig sind, verschwinden Sie aus meinem Revier.«

»Mit Freuden«, versprach Hamish, der Cnothan hasste.

Er wanderte die trübe graue Hauptstraße hinunter zum schwarzen Loch. Es war eines dieser vom Hydro Elecric Board künstlich angelegten Gewässer. An den Rändern wuchsen keine Bäume. Kein einziger Vogel zwitscherte hier. Der Loch war düster und trostlos mit einem großen Damm am einen Ende.

Hamish fand Waterside Cottages und klopfte an die Tür von Nummer sechs. Und wartete. Der nahende Herbst machte die Luft kühl, die nach Torfrauch roch.

Hamish betrachtete stirnrunzelnd die geschlossene Tür. Er spürte, dass jemand im Cottage war, und drehte den Knauf. Die Tür schwang auf. Er roch Gas, und sein Herz begann zu rasen. Er eilte zur Küche. Dort lag eine kleine, grauhaarige Frau mit dem Kopf auf einem Kissen im Ofen. Hamish drehte das Gas ab und riss das Fenster auf. Dann zog er die Frau sanft vom Herd weg.

»Miss Gough«, sagte er und hob ihr tränenüberströmtes Gesicht an. »Das ist kein Kohlegas. Es ist das Nordseegas. Mit dem können Sie sich nicht umbringen.«

»Nichts kann ich richtig machen«, jammerte sie und brach in Tränen aus.

Hamish hockte sich neben sie auf den Boden, nahm sie in die Arme und wiegte sie wie ein Kind. Geduldig wartete er, bis sie aufhörte zu weinen, nahm dann ein sauberes Taschentuch hervor und trocknete ihr Gesicht. Dann hob er sie hoch und setzte sie in einen Sessel neben dem Herd. »Ich warte, bis das Gas abgezogen ist, danach brühe ich uns einen schönen Tee auf. War es wegen der Fernsehleute?«

Sie nickte benommen.

»Aber Sie waren doch unschuldig.«

»Es würde alles wieder von vorn losgehen«, klagte sie. »Die Scham. Die Angst. Auch wenn die Leute wissen, dass ich unschuldig war, würden sie mich für verrückt halten, weil ich mich nicht daran erinnert hatte, dass ich das Geld Mrs. Queen gegeben hatte.«

Hamish tätschelte ihren Handrücken. »Aber es ist vorbei. Die Frau ist tot. Es wird keine Sendung geben.«

Sie hickste erbärmlich. »Ich dachte, die vom Sender schicken jemand anders.«

Hamish sah die alte Frau mit dem gebeugten Rücken an, die von Arthritis verbogenen Hände, das faltige, tränenfleckige Gesicht. Und in diesem Moment dachte Hamish, wäre

Crystal noch am Leben, könnte er sie umbringen. »Ist Mrs. Queen eine Freundin von Ihnen?«, fragte er.

»Ja, wir stehen uns sehr nahe.«

»Haben Sie ihre Telefonnummer?«, hakte er nach.

»Da auf dem Block beim Telefon. Ich vergesse in letzter Zeit immer mehr.«

»Das ist ein typisches Problem, wenn man alt wird«, sagte Hamish. Er rief Mrs. Queen an und sprach schnell. Dann legte er wieder auf. »Sie kommt gleich. Es sollte jemand bei Ihnen sein.«

Er wartete, bis Maisies Freundin da war, eine kräftige Matrone mit einem runden, freundlichen Gesicht.

»Überlassen Sie Maisie mir«, sagte sie.

Ich habe sie nicht gefragt, was sie am Montag gemacht hat, dachte Hamish. Er verabschiedete sich von Maisie und zog Mrs. Queen hinaus in den schmalen Flur, der von der Haustür auf die Hinterseite des Cottages führte. Dabei überlegte er kurz, ob der in Schottland immer noch »Lobby« genannt wurde. Ihm fiel ein Lied wieder ein, das seine Mutter ihm früher vorgesungen hatte. Es war ein Überbleibsel aus dem Zweiten Weltkrieg, als Würstchen mit allem möglichen Kram gefüllt worden waren:

Ich mag eine Wurst, eine schöne aus den Highlands,
Die leg ich in den Ofen, denn ich brauch zum Tee
*   nicht mehr.*
Ich gehe in die Lobby, ruf nach meinem Onkel Bobby,
Und die Wurst kommt hinter mir her.

»Ich hatte Miss Gough nicht gefragt, was sie am Montag gemacht hat«, flüsterte er, »und ich möchte sie nicht noch mehr ängstigen, indem ich das jetzt nachhole. Wissen Sie das vielleicht?«

»Da war sie den ganzen Vormittag mit mir zusammen. Wir haben in der Kirche geputzt. Ach, warum hat die arme Seele denn nichts von ihrem Kummer gesagt?«

»Es ist ja nichts passiert. Achten Sie auf sie. Und versichern Sie ihr, dass es vorbei ist. Sie muss sich keine Sorgen mehr machen.«

Für die ältere Generation war es schwer, dachte Hamish, als er wegging und zu einer Gruppe Jugendlicher blickte, die am Ufer saß: bleiche, eingefallene Gesichter, gegelte Haare, tote Augen. Früher hatte Ehrbarkeit alles bedeutet. Die Leute waren ihr Leben lang anständig geblieben und hatten ihren Teil für die Kirche geleistet. Der nachfolgenden Generation war das vollkommen egal.

Seufzend machte Hamish sich auf den Weg zum *Fish-&-Chips*-Imbiss. Er war geschlossen, und dem Schild im Fenster nach zu urteilen, öffnete er erst wieder um fünf Uhr. Über dem Laden befand sich eine Wohnung, und eine halb verglaste Tür neben dem Imbiss führte vermutlich zum Treppenaufgang nach oben.

Hamish klingelte bei Finlay Swithers und wartete. Dann hörte er Schritte auf der Treppe. Die Tür wurde geöffnet. Ein kleiner, dünner Mann erschien vor Hamish, das Gesicht von grimmigen Falten und geplatzten Adern gezeichnet. »Mr. Swithers?«, fragte Hamish.

»Ja, was wollen Sie?«

»Ich ermittle zum Tod von Crystal French.«

»Was hat der mit mir zu tun?«, wollte Finlay Swithers wissen.

»Können wir reingehen?«

»Meinetwegen. Ist aber nicht aufgeräumt.«

Er stieg die Treppe hinauf, und Hamish folgte ihm. Oben war eine Tür, die gleich in ein Wohnzimmer führte. »Nicht aufgeräumt« entpuppte sich als Untertreibung des Jahrhunderts. Überall waren überquellende Aschenbecher, leere Flaschen, schmutzige Kleidung und benutztes Geschirr. Hamish hob einen Haufen unangenehm riechender Sachen von einem Stuhl, setzte sich und nahm einen Notizblock hervor.

»Wo sind Sie am Montag gewesen?«, fragte er.

»Hier. Wieso?«

»Crystal Frenchs Assistentin hatte Sie kontaktiert, um einen Beitrag über Sie zu drehen.«

Er nickte. »Hat sie. Ich habe ihr gesagt, sie soll sich verpissen, und den Hörer aufgeknallt.«

»Ging es um Ihre Anklage wegen häuslicher Gewalt?«

»Das ist Jahre her, und Ruby, die Frau, hatte die Anzeige zurückgezogen«, erwiderte Swithers.

»Wo ist Ihre Frau?«

»Hat mich gleich danach verlassen, die dumme Pute. Sie ist unten in Inverness bei ihrer Mutter.«

»Und wo waren Sie am Montag?«, fragte Hamish.

»Wie ich schon gesagt habe, hier.«

»Gibt's dafür irgendwelche Zeugen?«

98

Swithers schüttelte den Kopf. »Nee. Ich habe lange geschlafen. Gegen Mittag bin ich aufgestanden und habe alles für das Abendgeschäft vorbereitet. Wird ja immer mehr Arbeit. Nur mit Fish und Chips ist keiner mehr zufrieden. Es muss auch Tiefkühlpizza und Chips sein, frittierte Marsriegel und Chips. Ich sage Ihnen, es sind andere Zeiten.«

»Also kann Ihnen niemand ein Alibi geben?«

»Warum sollte ich ein Alibi brauchen?«, entgegnete Swithers. »Ich wollte sowieso nichts mit diesen Fernsehfritzen zu tun haben. Aber Sie können die Leute im Dorf fragen. Ich habe keinen Führerschein mehr und könnte höchstens mit dem Bus nach Lochdubh kommen, doch der fährt montags nicht.«

Langsam fuhr Hamish zurück nach Lochdubh. Ihm kam Felicity Pearson in den Sinn. Er würde Jimmy Anderson fragen, ob er eventuell mit ihr reden dürfte.

Jimmy wartete bei der Wache auf ihn. In der Seitenstraße, in der Crystals Leiche gefunden worden war, war eine mobile Polizeiwache postiert worden, und Hamish sah, dass Uniformierte von Haus zu Haus gingen.

Jimmy folgte ihm in die Wache und hielt Lugs einen Schokokeks hin, doch der wandte den Kopf ab. »Was ist mit Ihrem Hund los?«

»Wenn er Schokolade frisst, werden ihm die Zähne geputzt, und das kann er nicht leiden. Was gibt es Neues, Jimmy? Was ist mit diesem Schlauch, der in den Wagen führte? Konnte seine Herkunft zurückverfolgt werden?«

»Sie versuchen es. Das war ein gewöhnlicher Gartenschlauch. Diese Dinger gibt es überall.«

»Ich habe nachgedacht, Jimmy«, bemerkte Hamish. »Ist Carson noch gut auf mich zu sprechen?«

»Soweit ich weiß, ja. Ich glaube nicht, dass er Sie mag, aber er ist klug genug, Ihren Verstand zu nutzen. Warum?«

»Ich würde gern Felicity Pearson befragen«, antwortete Hamish.

»Warum die? Und hatten Sie sie nicht schon befragt, als Carson sie vernommen hat?«

»Ich habe ein komisches Gefühl bei ihr und würde gern mehr über sie wissen.«

»Ich sehe mal, was ich tun kann«, versprach Jimmy. »Sind Sie bei den Leuten auf der Liste weitergekommen?«

»Ach, kein Stück.«

»Schicken Sie lieber Ihren Bericht.«

Hamish nickte. »Mache ich.«

»Ein gut gemeinter Rat: Sie schießen sich sehr auf Felicity Pearson ein. Verrennen Sie sich nicht so sehr in diese Idee, dass Sie bei anderen Verdächtigen nicht mehr genau hinschauen.«

Hamish sah ihn empört an. »Ich verrenne mich nicht! Wann habe ich mich jemals verrannt?«

Jimmy erkannte an den sehr gerollten Rs, dass Hamish ernsthaft genervt war. Und da er von Priscillas Verlobung wusste, fürchtete er, Hamishs sonst klares, logisches Denken könnte beeinträchtigt sein. »Erzählen Sie mir von den anderen«, bat er.

Hamish berichtete, was sie gesagt hatten, ließ jedoch den Selbstmordversuch von Maisie Gough unerwähnt. Sollte Sergeant Macgregor davon erfahren, wäre es in ganz Cnothan herum.

»Die beiden Söhne von dieser Harrison«, sagte Jimmy, »Iain und Jamie, das sind ganz üble Typen. Sie hatten schon ein paar Mal Ärger wegen Trunkenheit und Ruhestörung.«

»Wie eine Menge Leute in den Highlands.«

»Aber man muss bedenken, dass sie brutal sind und ihre Mutter über alles lieben. Haben Sie mit denen geredet?«

»Nein.«

»Warum nicht?«, fragte Jimmy.

»Weil ich denke, je weiter wir uns von den Fernsehleuten entfernen, desto weiter entfernen wir uns auch von der Aufklärung dieses Mordes.«

»Hamish Macbeth, Sie vergessen, dass Sie ein Dorfpolizist sein sollen, gewissenhaft und hartnäckig. Ich schlage vor, dass Sie mit den beiden Söhnen sprechen, bevor Sie Ihren Bericht schicken.«

»Ist das ein Befehl?«, fragte Hamish.

»Ich will Ihnen bloß Schwierigkeiten ersparen, Mann.«

Hamish seufzte. »Ich fahre jetzt gleich hin.«

Auf der Fahrt nach Braikie dachte er über Jimmys Worte nach. Seine Vernunft sagte ihm, dass er Gefahr lief, die Dinge schleifen zu lassen. Der Hof der Harrisons lag auf der anderen Seite von Braikie. Als er die Hauptstraße durchs Dorf fuhr, sprang Ian Chisholm vor den Land Rover und wedelte mit den Arm, dass Hamish anhalten sollte. Ian betrieb die Tankstelle in Lochdubh und hatte kürzlich einen Waschsalon in Braikie eröffnet.

Hamish hielt an und öffnete das Seitenfenster.

»Dieses Jahrmarktsvolk!«, keuchte Ian Chisholm. »Sehen Sie sich das an.« Er zeigte zu dem Waschsalon. Dort war mit roter Farbe auf die große Fensterscheibe gesprüht:

DIE MASCHINEN HIER SIND ALLE SO KAPUTT
WIE DER BLÖDE ALTE SACK, DEM SIE GEHÖREN!

Hamish verkniff sich ein Grinsen. »Und Sie sind sicher, dass es die Jahrmarktsleute waren?«

»Wer sonst? Ich hatte sie erwischt, wie sie sich mit einem Schraubenzieher an den Schaltern zu schaffen gemacht haben, um umsonst waschen zu können.«

»Warum hatten Sie das nicht gemeldet?«

»Legt man sich mit einem von denen an, hat man sie alle am Hals«, brummte Ian Chisholm.

»Ich muss erst jemanden besuchen, dann rede ich mal mit ihnen«, versprach Hamish.

Iain und Jamie Harrison saßen in der Küche ihres Bauernhauses, als Hamish vorfuhr. Sie kamen ihm nach draußen entgegen. Beide waren gedrungene, stämmige Männer, unverheiratet und grob.

Hamish stieg aus dem Land Rover. »Ich möchte wissen, wo Sie beide letzten Montag waren.«

»Warum?«, fragte Iain.

»Eine Frau wurde ermordet, haben Sie das nicht gehört?«

»Ach, das Fernsehmädchen. Gut, dass der Dreck weg ist«, sagte Jamie. »Was hat das mit uns zu tun?«

»Sie hatte Ihre Mutter ziemlich beschämt. Sie beide hatten Grund, sie zu hassen. Also, wo waren Sie?«

»Wir haben Trockenmauern ausgebessert«, antwortete Iain. »Die Schafe hatten sie auf einer kompletten Seite der hinteren Weide umgeworfen.«

»Ich werde mir das ansehen.« Hamish stapfte los. Seine Dienststiefel verursachten Platschgeräusche in dem durchnässten Gras. Dichter Nieselregen trieb über die Berge herbei, und ein Brachvogel schrie klagend aus der Heide. Die Luft war lau und süß vom Duft des wilden Thymians und Heidekrauts.

Hamish gelangte zu der Mauer, und tatsächlich war ein langer Abschnitt repariert worden, das konnte man sehen. Aber wer sagte, dass die Brüder das am Montag gemacht hatten?

Er kehrte zu ihnen zurück; sie warteten noch vor dem Haus. »Gibt es irgendwelche Zeugen dafür, dass Sie am Montag an der Mauer gearbeitet haben?«

»Matt Soutar drüben vom Nachbarhof ist auf einen Sprung vorbeigekommen und hat gefragt, ob wir seine Trockenmauern auch machen können. Er war fast den ganzen Morgen bei uns.«

Hamish verließ sie und fuhr zum nächsten Hof, wo Matt Soutar die Geschichte der Harrisons bestätigte. Hamish beobachtete den Bauern aufmerksam, wusste er doch, was für ausgezeichnete Lügner die Highlander sein konnten. Aber Soutar schien ehrlich zu sein.

Jetzt zum fahrenden Volk, dachte er.

Kapitel 6

Geh, fang einen fallenden Stern,
Schwängere die Wurzel einer Alraun'
Wo die Jahre geblieben, wüsste ich gern,
Oder wer den Spalt in des Teufels Fuß gehau'n.

JOHN DONNE

Die Jahrmarktsleute waren dabei, all ihre Sachen einzuladen. Es herrschte einiger Trubel, denn sie machten sich bereit weiterzuziehen.

Hamish hatte schon oft mit ihnen zu tun gehabt, sich über verstellte Visiere an ihrem Schießstand, festgeklebte Kokosnüsse am Wurfstand oder ein klein wenig zu große Holzblöcke unter den Preisen beim Ringewerfen beschwert, die es unmöglich machten, etwas zu gewinnen. Der Älteste war John Grey, und Hamish ging zu seinem Wagen.

John öffnete die Tür. »Ich war das nicht«, sagte er sofort, »und ich habe zwanzig Zeugen.«

»Gewiss haben Sie die«, erwiderte Hamish verdrossen. »Aber sicher können wir uns beide eine Menge Zeit ersparen. Sie tun, was ich sage, und dann muss ich dieses Lager nicht auf den Kopf stellen, um eine Sprühdose mit roter Farbe zu suchen, oder Sie zur Befragung mit auf die Wache nehmen. Gehen Sie zu dem Waschsalon und schrubben Sie die Farbe von der Fensterscheibe.«

»Das war ich nicht«, sagte John noch einmal.

»Es war einer von Ihnen. In Lochdubh ist wegen des Mordes eine Menge Polizei. Die kann ich herrufen, um alles auseinanderzunehmen.«

Sie starrten einander an. Zum ersten Mal fiel Hamish auf, dass John Greys Augen seltsam silbern waren. Sie erinnerten ihn an die von Elspeth. Was hatte sie gesagt? Manchmal haben wir diese Gefühle. Wir? Er hatte sie nie gefragt, woher sie kam.

John Grey nickte. Das reichte. Hamish war klar, dass sie in der Zentrale außer sich wären vor Wut, wenn er ihnen ihre Leute abzog. Er wandte sich ab und gleich wieder zurück zu John. »Kennen Sie eine Elspeth Grant?«

Ein Schleier legte sich über John Greys Augen – erfahrungsgemäß ein untrügliches Zeichen, dass der Mann im nächsten Moment lügen würde. »Kann nicht sagen, dass ich von ihr gehört hätte.«

Hamish ging davon. Er würde Elspeth fragen, woher sie kam.

Auf der Rückfahrt nach Lochdubh bemerkte er, dass es bereits früher dunkel wurde. Bald würde der lange Nordwinter nur noch wenig Tageslicht bringen. Die Sterne funkelten am Himmel, und Hamish knurrte der Magen. Er hatte den ganzen Tag nichts gegessen.

Auf der Wache fütterte er Lugs und bereitete sich selbst etwas zu, dann rief er Jimmy Anderson an. »Haben Sie gefragt, ob ich mit Felicity Pearson reden darf?«, erkundigte er sich.

»Ja, und ich habe einen Termin für Sie. Sie erwartet Sie morgen bei sich zu Hause«, erklärte Jimmy.

»Wo wohnt sie?«

»In der Wohnsiedlung an der Strecke nach Inverness, Nummer fünfundzwanzig, Wohnung Nummer zwei.«

»Wann?«

»Neun Uhr«, antwortete Jimmy. »Sie muss um zehn arbeiten.«

»Klasse. Eines noch. Dieser Hut und die Brille, die der Fahrer des BMWs aufgehabt hatte. Haben Sie danach gesucht?«

»Alle Privatwohnungen wurden durchsucht, einschließlich der des Geschäftsführers.«

»Und was ist mit der Videokamera von der Tankstelle?«, hakte Hamish nach. »Gibt es eine Aufnahme von Crystal, wie sie das Haus verlassen hat?«

»Ja. Sie ist in ihren Wagen gestiegen, aber ohne Hut und Brille, und sie hatte das Haar hochgesteckt.«

»Demnach wurde sie nicht zu Hause angegriffen. Danke, dass Sie mir die Befragung beschafft haben.«

»Ich glaube, Sie kläffen den falschen Baum an, Hamish.

Felicity ist bloß ein blasses, zartes Ding. Ich kann mir nicht vorstellen, dass die einer Fliege was zuleide tut.«

»Ich lasse Sie wissen, wie es gelaufen ist«, versprach Hamish.

»Sie tun sogar mehr als das. Sie kommen hinterher zu uns und tippen Ihren Bericht«, erwiderte Jimmy.

»Gut, mache ich.« Als Hamish auflegte, klopfte es an der Küchentür. Er öffnete und sah Elspeth vor sich. Anstelle ihrer üblichen ausgeleierten Sachen trug sie ein kirschrotes Kleid und einen schicken schwarzen Mantel. Hamish fragte sich, ob sie sich für ihn so angezogen hatte. »Sie sehen elegant aus«, sagte er und ließ sie in die Küche.

»Ich komme von einer Wohltätigkeitsmodenschau in Inverness.« Sie streifte den Mantel ab. Hätte ich ahnen müssen, dachte Hamish. Keine Frau macht sich die Mühe, sich für mich hübsch anzuziehen. Das rote Kleid lag eng an und enthüllte, dass sie eine hervorragende Figur hatte.

»Was führt Sie her?«, fragte Hamish.

»Ist ein Freundschaftsbesuch. Wie läuft es?«

Er seufzte. »Überall Sackgassen.«

»Ich habe nachgedacht. Dass Crystal einen großen Hut und eine Sonnenbrille tragen würde, kann ich mir nicht vorstellen. Sie mochte es, dass jeder sie erkannte.«

»Tja, Sie nehmen an, dass sie außerhalb ihres Wagens bewusstlos geschlagen wurde. Es ist also gut möglich, dass der Mörder die Person mit dem Hut und der Brille war. Woher kommen Sie eigentlich, Elspeth?«

»Von hier und da.«

»Das ist keine Antwort, die man einem Polizisten gibt. Wäre ich neugierig genug, könnte ich es herausfinden.« Er nahm die Whisky-Flasche aus dem Schrank. »Jimmy hat nicht viel übrig gelassen, aber es reicht für einen Schluck. Sind Sie vom fahrenden Volk?«

Sie wurde ein wenig rot. »Wie kommen Sie darauf?«

»Nur so ein Gedanke.«

»Zur Hälfte, ja«, gab sie zu. »Meine Mutter war eine Grey, hatte aber mit der Familie gebrochen, um einen Klempner unten in Inverness zu heiraten. Er hat sie nach meiner Geburt verlassen, doch sie war sehr stolz und wollte nicht zu ihrer Familie zurück. Sie sagte, sie sei es leid, die ganze Zeit unterwegs zu sein. Und sie war klug. Sie hat als Sekretärin gearbeitet und mir die Schule finanziert. Ich sollte studieren, aber da bekam sie Krebs. Also habe ich eine Stelle in einer Fabrik in Inverness angenommen, draußen im Gewerbegebiet, und sie bis zu ihrem Tod gepflegt.«

»Und wo haben Sie Journalismus gelernt?«, fragte Hamish.

»Gar nicht. Ich habe als Sekretärin gearbeitet, wie meine Mutter, doch das fand ich langweilig. Dann habe ich eine kleine Anzeige im *Inverness Courier* gesehen, dass Sam hier oben eine Zeitung gründet. Ich bin hergereist und habe ihn um einen Job gebeten. Ich habe Astrologie, Rezepte und Haushaltstipps vorgeschlagen. Er wollte, dass ich ihm Beispieltexte vorlege, und ich hatte schon diverse Artikel geschrieben. Er war beeindruckt und hat mich eingestellt. Dann habe ich mir ein Zimmer im Dorf gemietet, und hier bin ich.«

»Macht es Ihnen Spaß?«

»Oh ja«, antwortete sie. »Es ist jeden Tag etwas anderes; den einen Tag gibt's einen Backwettbewerb, den nächsten einen Mord.«

»Überlegen Sie, sich für einen Job bei einem der überregionalen Blätter zu bewerben? Direkt nach dem Mord waren einige Reporter von den großen Zeitungen hier.«

Sie winkte ab. »Nein, ich denke nicht. Sam lässt mich sehr selbstbestimmt arbeiten.«

»Und übernimmt Angus Macdonald demnächst das Horoskop?«

»Nein. Sam sagt, die Leute mögen, wie ich es mache.«

»Haben Sie irgendetwas gehört, was mich interessieren könnte?«, hakte Hamish nach.

»Keinen Mucks.«

Eine Weile lang tranken sie in harmonischem Schweigen ihren Whisky. Lugs legte den Kopf auf Elspeths Knie und blickte mit seinen blauen Augen zu ihr auf.

»Was für ein eigenartiger Hund«, sagte sie. »Einige Dorfbewohner fürchten sich ein bisschen vor Lugs. Wegen seiner Augen denken sie, er ist ein zurückgekehrter Verstorbener.«

Hamish schüttelte den Kopf. »Hier gibt es auch immer noch recht viele, die glauben, dass Leute als Seehunde wiedergeboren werden.«

»Und glauben Sie das?«

»Nein, obwohl ich Seehunde draußen auf den Felsen gesehen habe, die ziemliche Ähnlichkeit mit einigen verstorbenen Dorfbewohnern hatten«, gab er zurück.

Elspeth lachte. »Ich kann mir nicht vorstellen, dass zum

Beispiel die Currie-Schwestern als Seehunde wiedergeboren werden.«

»Ich schon«, entgegnete Hamish. »Sie würden die ganze Kolonie durchorganisieren, und im Nullkommanichts würden sie Spenden für wohltätige Zwecke eintreiben und zur Kirche kommen.«

»Also, was haben Sie als Nächstes vor?«

»In dem Fall?«, fragte Hamish.

»Ja.«

»Morgen befrage ich Felicity Pearson.«

»Die Assistentin?«

Hamish nickte. »Ebendie.«

»Das heißt, Sie haben sie in Verdacht«, sagte Elspeth. »Warum sollte ein schlichter Dorfpolizist nach Strathbane fahren und jemanden befragen wollen, der nicht in seine Zuständigkeit fällt?«

»Ich habe so ein Gefühl bei dem Mädchen.«

»Warum sie? Warum nicht einer der anderen? Ihre Chefs zum Beispiel. Sie hatte mit beiden Affären.«

Hamish sah sie überrascht an. »Woher wissen Sie das?«

»Sachen sprechen sich herum.«

»Und warum haben Sie mir erzählt, Sie hätten nichts gehört?«

Sie zuckte mit den Schultern. »Weil ich wusste, dass Sie es schon wissen.«

»Woher?«

»Ich kann meine Quellen nicht offenlegen, Officer. Und ich gehe jetzt lieber nach Hause.«

Sie zog ihren Mantel an, und Hamish brachte sie zur Tür. Dort drehte sie sich um und blickte zu ihm auf. Ihre silbernen Augen schienen auf einmal größer zu werden, und Hamish ertappte sich dabei, wie er fragte: »Wollen wir vielleicht mal essen gehen?«

»Ja, das wäre nett. Was halten Sie von Sonntag um acht?«

»Ja. Das passt mir«, antwortete Hamish.

Prompt schienen ihre Augen wieder auf die normale Größe zu schrumpfen. »Bis dann«, sagte sie munter und schritt hinaus in die klare Nacht, wo sich die funkelnden Sterne im schwarzen Wasser des Lochs spiegelten.

Felicity hatte eine Wohnung in einem ehemaligen Pfarrhaus. Im letzten Jahrhundert war von Kirchenmännern noch erwartet worden, dass sie reichlich Kinder hatten, weshalb die viktorianischen Gebäude heutzutage sehr viel Platz für eine Umgestaltung in moderne Einzelwohnungen boten.

Hamish drückte auf die Klingel mit der Aufschrift 2, und der Summer ließ ihn in die Eingangshalle. Felicity öffnete die Tür. »Ich hoffe, das dauert nicht zu lange«, sagte sie. »Ich habe zu tun.«

»Ich auch«, antwortete Hamish. »Mord verschlingt einiges an Polizeizeit.«

Das Wohnzimmer sah wie ein Schrein für das aus, was Felicity als die Tage ihres Erfolgs betrachtete. Da waren Fotos von ihr in Studios, an Filmsets, unterwegs mit einem Kamerateam, bei Senderpartys, über das ganze Gesicht lachend und dabei so viele Zähne zeigend wie Cherie Blair.

Ansonsten war es ein ungemütlicher Raum, denn die viktorianische Zimmerhöhe bedeutete, dass es sehr kalt war.

Hamish nahm seine Mütze ab und hockte sich auf einen Couchtisch. »Ich weiß eigentlich nicht, was ich sonst noch sagen soll, was ich nicht schon gesagt habe«, begann Felicity. »Ich meine, es ist alles überprüft worden.«

Er beobachtete sie. Sie trug einen hellblauen Wollpullover und mehrere Zuchtperlenketten zu einem Tweedrock. Ihr Haar war zu einem Knoten nach hinten gekämmt, und ihre Augen waren hell, farblos und rastlos.

»Der BMW, den Crystal gefahren haben soll ...«

»Was meinen Sie?«, unterbrach Felicity ihn schrill. »Natürlich hat sie den gefahren!«

»Tja, aber das ist das Komische«, sagte Hamish. »Der Wagen wurde auf der Strecke nach Drim gesehen, doch da trug der Fahrer oder die Fahrerin eine dunkle Sonnenbrille und einen großen Hut. Wir haben Videoaufzeichnungen von der Sicherheitskamera der Tankstelle gegenüber von Crystals Wohnung, und die zeigen, dass sie morgens das Haus ohne Hut oder Sonnenbrille und mit hochgestecktem Haar verlassen hat. Was sagt Ihnen das?«

»Dass sie einen Hut und eine Brille im Wagen hatte und die später aufgesetzt hat.«

»Nein. Sie wurde außerhalb des Wagens angegriffen. Zu dem Zeitpunkt lag sie in der Heide. Jemand hat versucht, diese Tatsache zu verschleiern. Ihr Haar wurde ausgekämmt, doch ein paar kleine Reste Heide waren noch darin.«

»Wahrscheinlich ist sie mit offenen Fenstern gefahren,

und Heide ist ins Auto geweht«, erwiderte Felicity. »Und weil sie wusste, dass sie bald gefilmt werden würde, hat sie sich selbst das Haar ausgebürstet.«

»Sie haben wirklich auf alle Fragen eine Antwort parat, Miss Pearson. Erzählen Sie mir von sich. Wie haben Sie bei *Strathbane Television* angefangen?«

Ungeduldig blickte sie zur Wanduhr, antwortete aber: »Ich bin vor zehn Jahren zu dem Sender gekommen, als Sekretärin von Rory MacBain. Er hatte mir die Chance gegeben, erst Produktionsassistentin zu sein, dann Regie zu führen, und schließlich gab er mir meine eigene Reihe, *Countryside*. Es war meine Idee, eine gälische Sendung zu machen.«

Ich frage mich, ob sie eine Affäre mit Rory hatte, dachte Hamish. »Wie haben Sie sich gefühlt, Miss Pearson, als Ihre Sendung abgesetzt wurde?«

»Na, das war ein Schlag, aber Rory hat mir gesagt, dass es nur vorübergehend sei und sie etwas anderes für mich finden. Allerdings hatte ich schon gedacht, dass er mich zumindest als Regisseurin für eine der Folgen mit Crystal vorschlägt, statt mich zur Assistentin zu machen.«

»Und wie war es, für Crystal French zu arbeiten?«, hakte Hamish nach.

Sie strich sorgfältig eine Falte in ihrem Tweedrock glatt und senkte den Kopf. »Sie wissen doch, wie das ist. Man passt sich an.«

»Nein, weiß ich nicht. Nach allem, was ich über Miss Frenchs Charakter gehört habe, würde ich denken, dass es sehr erniedrigend gewesen sein muss.«

»War es, ein bisschen«, murmelte sie. »Als sie erfahren hat, dass sie mich und meine Sendung ersetzen sollte, wollte sie ein Video sehen, und dann hat sie die Sendung vor mir und allen anderen verrissen. Sie hat mich herumkommandiert wie eine Sklavin. Ich musste für sie einkaufen und ihre Friseurtermine vereinbaren.«

»Hatten Sie eine Affäre mit Rory MacBain?«, fragte Hamish übergangslos.

Sie wurde sehr rot. »Selbstverständlich nicht! Wie können Sie so etwas auch nur behaupten? Ich werde Sie bei Ihren Vorgesetzten melden.«

»Ich mache nur meinen Job.« Hamish sah in die Notizen, die ihm Jimmy Anderson morgens geschickt hatte. »Sie waren bei Mrs. Wellington, den Currie-Schwestern, Mrs. Brodie, haben mit Leuten in Patels Laden gesprochen und zuletzt mit Mary Hendry. Um elf Uhr sind Sie zu Mrs. Hendry gegangen und erst um zwölf Uhr wieder weg. Warum sind Sie so lange bei ihr geblieben?«

»Ich war den Job leid. Mir war klar, dass ich nichts Schlechtes über Sie finde und Crystal an die Decke gehen würde. Mary hatte Mitleid mit mir. Wir haben Tee getrunken und uns lange unterhalten.«

Hamish runzelte die Stirn. »Worüber?«

»Nur geplaudert. Das ist überprüft worden.«

»Ja, das sehe ich.«

»Ich verstehe nicht, warum Sie mich wieder befragen«, sagte Felicity. »Was ist mit all den anderen Leuten, die Crystals Tod gewollt haben müssen? Da war dieser Kleinbauer …«

»Barry McSween. Er hat ein gutes Alibi«, antwortete Hamish.

»Nein, nicht der. Johnny Liddesdale.«

»Warum er?«

Felicity nagte an ihrer Unterlippe. »Ich darf Ihnen das eigentlich nicht erzählen. Er hatte nach der Folge *Der Mythos vom armen Kleinbauern* angerufen und gesagt, dass er sie umbringt.«

»Warum wurde das nie erwähnt?«

Sie schnaubte leise. »Solche Anrufe gab es in Massen. Ich erinnere mich nicht an die anderen. Ihn habe ich mir gemerkt, weil die anderen bloß Zuschauer waren. Er war der Einzige, der auch interviewt worden war.«

»Und warum durften Sie nichts sagen?«, hakte er nach.

»Rory meinte, Liddesdale kann es nicht gewesen sein, weil er nur ein kleiner Bauer ist, und wenn es rauskäme, wäre es schlecht für den Sender, also jemand Anständiges so gegen uns aufzubringen.«

»Gibt es sonst noch wen, von dem Sie mir nichts erzählt haben?«, fragte Hamish.

»Nein, ich glaube, das war es. Kann ich jetzt gehen? Ich bin spät dran.«

»Bekommen Sie Ihre Sendung zurück?«

»Das hatten sie gesagt«, antwortete sie, »aber sie haben es sich anders überlegt.« Sie stand auf und griff nach ihrer Handtasche.

»Ich finde allein raus.« Hamish erhob sich ebenfalls. »Es könnte jedoch sein, dass ich Sie noch einmal befragen muss.«

Hamish fuhr direkt zur Zentrale und tippte seinen Bericht. Als er fertig war, sagte Jimmy Anderson: »Ich bringe den rauf zu Carson. Warten Sie hier.«

Carson las den Bericht einmal, dann noch einmal. Er blickte auf. »Haben Sie das schon gesehen?«

»Nein, ich habe den nicht gelesen, sondern gleich hergebracht.«

»Macbeth sagt, dass Felicity Pearson seiner Meinung nach eine Affäre mit Rory MacBain gehabt haben könnte, was ein weiterer Grund für sie wäre, Crystal zu hassen. Und da ist noch etwas. Dieser Kleinbauer, Johnny Liddesdale, der in der Sendung war, hatte angerufen und gedroht, Crystal umzubringen. Ich weiß nicht, wie Macbeth das anstellt, aber hätte das nicht einer meiner Detectives schon längst herausfinden müssen? Überlassen wir die ganze Ermittlung einem Dorfpolizisten? Ich spreche selbst mit Rory MacBain. Sagen Sie Macbeth, er soll mit diesem Kleinbauern reden.«

»Ja, Sir.« Jimmy ging wieder nach unten. »Hamish, Sie sollen zu diesem Bauern fahren.«

»Vorher rede ich lieber kurz mit Carson«, entgegnete Hamish. »Ich denke, Felicity Pearsons Wohnung sollte durchsucht werden.«

»Die haben wir schon nach dem Hut und der Sonnenbrille abgesucht, so wie die von allen anderen auch.«

»Schon, aber es wurde nicht nach Haarnadeln gesucht«, sagte Hamish. »Crystal French hatte ihr Haar aufgesteckt, und sie würde helle Haarnadeln für Blondinen benutzen, Felicity Pearson dunkle.«

»Carson ist gerade weg«, log Jimmy, der fand, dass Hamish schon genug Lob einheimste.

»Na gut. Vielleicht sehe ich ihn später«, erwiderte Hamish. Als er die Zentrale verließ, blickte er sich zu den Fenstern oben um und erstarrte. Er konnte Carson in seinem Büro sehen, der aussah, als diktierte er Briefe. Warum hatte Jimmy dann gesagt …?

Er verengte die Augen, dann kehrte er zurück ins Gebäude, aber nicht in den Raum der Detectives. Er ging in das große Büro unten und sprach die Polizistin an, die bei der Befragung im Sender dabei gewesen war. »Darf ich mir kurz Ihren Computer ausleihen?«

Sie nickte. Rasch tippte Hamish, druckte den Text aus und lief nach oben zu Carsons Büro.

Dort wartete Jimmy vor der Tür. »Was machen Sie hier?«

»Ich reiche bloß den Bericht wegen dieser Haarnadeln ein«, erklärte Hamish.

»Fahren Sie lieber zu dem Bauern. Ich gebe ihm das.« Eine ganze Weile sahen sie einander in die Augen. Dann riss Hamish die Tür zu Carsons Büro auf. »Hey!«, rief Jimmy. »Sie können da nicht einfach reingehen!«

»Klopfen Sie nie an?«, fragte Carson empört.

»Ich habe noch einen Bericht, Sir«, antwortete Hamish handzahm. »Tut mir schrecklich leid, dass ich Sie stören muss.« Er legte den Bericht auf Carsons Schreibtisch, ging wieder hinaus und schloss die Tür leise hinter sich. Jimmy wartete nicht mehr draußen. Hamish grinste und pfiff auf dem Weg nach unten vor sich hin.

Johnny Liddesdale, dachte er, als er vor dem Bauernhaus parkte. Er konnte es nicht gewesen sein. Andererseits hatte er schon früher erlebt, dass die Schüchternen Furcht einflößend sein konnten, wenn man sie gegen sich aufbrachte.

Der Kleinbauer öffnete ihm. Er war ein kleiner, gepflegter Mann mit dichtem grauen Haar, das sorgsam gebürstet und gescheitelt war, grauer Kleidung und grauer Haut. »Sie sind's, Hamish, kommen Sie rein.«

Hamish betrat die Küche und bewunderte wieder einmal die schönen Stühle, die Johnny selbst gebaut hatte. »Nehmen Sie einen Schluck?«

»Nein, ich bin mit dem Auto da.« Hamish legte seine Mütze auf den Tisch und setzte sich. »Aber ein Tee wäre schön.«

»Ich wollte eben eine Kanne aufbrühen.«

Hamish wartete, bis Johnny die Teekanne und Tassen hingestellt hatte. »Also, Johnny«, begann er sanftmütig. »Ich habe gehört, dass Sie bei *Strathbane Television* angerufen und gedroht haben, Crystal French umzubringen.«

»Ja, habe ich, Hamish. Ich war außer mir. Oh Mann, sie hatte solch einen Trottel aus mir gemacht! Es sind schwere Zeiten, Hamish. Ich habe überall Cousins und Neffen. Wie Sie wissen, habe ich nie geheiratet, aber ich habe vier Schwestern und eine Menge Tanten. Alle haben sie mich angerufen und um Geld angebettelt, weil sie die Sendung gesehen hatten und jetzt glauben, dass ich Millionär bin, ihnen aber nichts verraten habe. Dabei machen mich meine Geldsorgen ganz krank.«

»Ich muss Sie das fragen, Johnny. Was haben Sie am Montag gemacht? Und keine Panik, ich frage das jeden.«

»Ich habe wie immer gearbeitet, Zäune geflickt, die Schafe auf die obere Weide gebracht, Holz gehackt und Torf gestapelt.«

»Hat Sie jemand gesehen?«

Der Bauer zuckte mit den Schultern. »Weiß ich nicht. Sie können nebenan fragen, bei Bert Mackenzie. Er könnte mich draußen gesehen haben.«

»Das überprüfe ich. Es sieht Ihnen gar nicht ähnlich, jemandem mit Mord zu drohen.«

»Ach, das sagt man schon mal so, wenn man richtig wütend ist. Sie kennen mich, Hamish. Ich würde keiner Fliege was tun«, erwiderte Liddesdale.

Hamishs Blick fiel auf den aufgeschlagenen *Inverness Courier* auf dem Tisch mit der Schlagzeile AMERIKANISCHER STAR ZU GAST IN INVERNESS! Jolene Carey, eine berühmte Country-Sängerin, machte Urlaub in Schottland. Auf einmal erinnerte Hamish sich, in den Nachrichten gesehen zu haben, dass sie auf Auktionen nach Shaker-Möbeln suchte. Nachdenklich betrachtete er Johnnys wunderschön gearbeitete Stühle.

»Würden Sie Ihre Möbel verkaufen, wenn Ihnen jemand sehr viel Geld für die bieten würde, Johnny?«

»Ich würde mich selbst verkaufen, würde jemand mir viel bezahlen. Es sind schlimme Zeiten. Ich lebe von Kartoffeln.«

»Ich habe eine Idee«, sagte Hamish. »Könnten Sie mir einen Ihrer Stühle hinten in den Land Rover packen?«

»Ja, sicher. Was haben Sie vor?«

»Es ist nur ein Gedanke.«

Auf der Fahrt nach Inverness fiel Hamish ein, dass er Johnnys Alibi nicht bei Bert Mackenzie überprüft hatte. Ach, das würde er später nachholen.

In Inverness parkte er beim *Caledonian Hotel* und bat, Miss Carey zu sprechen.

»Wen darf ich ihr melden?«, fragte die Dame am Empfang.

»Die Polizei«, antwortete Hamish.

Sie nahm das Telefon ab und wählte eine Nummer. »Hier ist ein Polizist, der Miss Carey sprechen möchte.«

Die Stimme am anderen Ende quäkte etwas, und die Empfangsdame sagte: »Sie sollen nach oben kommen.« Sie nannte ihm die Zimmernummer.

Eine Sekretärin mittleren Alters öffnete und bat ihn herein. Jolene Carey saß auf einem Sofa, stand nun auf und kam Hamish entgegen. Er hatte sich vorgestellt, dass sie beinahe so groß war wie er, da er sie im Fernsehen gesehen hatte, wo sie sehr hohe Absätze trug. Nun stand eine kleine blonde Frau in flachen Schuhen vor ihm.

»Was gibt es?«, fragte sie nasal. »Bin ich zu schnell gefahren?«

»Nein, nichts dergleichen«, antwortete Hamish. »Ich habe draußen einen Stuhl im Wagen, der Sie interessieren könnte.«

Ihre sehr großen grünen Augen wurden noch größer. »Einen Stuhl?«

Hamish scharrte mit seinen schweren Stiefeln. »Ich habe gehört, dass Sie sich für gute Möbel interessieren, und oben im Norden gibt es einen Mann, der Stühle baut, wie Sie sie noch nie gesehen haben dürften.«

Sie musterte den schüchternen Polizisten, der nervös die Mütze in seinen Händen drehte, von den feuerroten Haaren bis hin zu den klobigen Stiefeln. Dann lachte sie. »Ich habe keine Ahnung, was Sie vorhaben, aber ich sehe ihn mir mal an.«

Auf dem Parkplatz öffnete Hamish die Heckklappe des Land Rovers und hob behutsam Johnnys Stuhl heraus. »Dies ist beste Highland-Handwerkskunst, sehr selten.«

Sie schaute sich den Stuhl an und neigte den Kopf zur Seite. »Gibt es noch mehr von denen?«

»Oben auf dem Hof des Mannes. Aber es ist ein bisschen weiter weg, drüben an der Küste. Ich will ehrlich zu Ihnen sein, Miss Carey. Er hat noch nie etwas verkauft, also versuchen Sie bitte nicht, die Stühle billig zu bekommen. Sie sind einzigartig.«

»Fahren Sie los, ich folge Ihnen.« Sie wandte sich an ihre Sekretärin, die mit nach unten gekommen war. »Hol den Wagen, Mary Ann.«

Johnny Liddesdale stand nervös da, während Jolene die übrigen Stühle inspizierte. Ihr Blick fiel auf einen Schaukelstuhl in der Ecke. »Das ist auch Ihre Arbeit, nicht wahr?«

Johnny nickte.

Sie setzte sich an den Tisch und nahm ihr Scheckheft,

einen Stift und einen Notizblock hervor. »Ich biete Ihnen Folgendes an«, sagte sie. »Ich nehme die sechs Stühle und den Schaukelstuhl, und mir gefällt dieser Tisch. Den nehme ich auch. Ich zahle Ihnen zehntausend Pfund für alles zusammen, vorausgesetzt, wir machen einen Deal.«

Johnny fing an zu stottern, also trat Hamish vor. »Was für einen Deal?«

»Ich lasse dies hier in die Staaten verschiffen. Und dann möchte ich, dass Sie anfangen, Möbel exklusiv für mich zu bauen. Mein Manager wird Ihnen das Arrangement für die Lieferung erklären. Er bezahlt auch den Transport. Meine Anwälte werden einen Vertrag aufsetzen. Sie arbeiten nur für mich.«

Jetzt erinnerte Hamish sich wieder, dass Jolene eine Restaurantkette und einen Freizeitpark besaß.

»Da wäre eine Sache«, sagte er, da es Johnny nach wie vor die Sprache verschlagen hatte. »Verkaufen Sie die Möbel in den Staaten?«

Sie nickte. »Ja, aber die hier behalte ich. Ich verkaufe die nächsten, die er baut.«

»Ich denke«, antwortete Hamish vorsichtig, »dass Sie Johnny vertraglich eine anständige Beteiligung an den Verkaufserlösen zusichern sollten. Es ist doch so, wenn die Möbel gut ankommen, verdienen Sie schrecklich viel, und das sollte ihm auch zugutekommen. Zehntausend Pfund sind nicht viel für solche überragende Arbeit.«

»Ich nehme an, ich nehme an, Hamish«, platzte Johnny heraus, der wieder zu sich kam.

»Ist gut, Johnny, aber ich möchte den Vertrag sehen. Wir gehen ihn gemeinsam durch.«

Jolene beäugte Hamish scharf. »Und was ist Ihr Anteil?«

Er sah sie von oben herab an. »Nichts.«

Jetzt kräuselten sich ihre Augenwinkel vor Belustigung. »Ich habe Hunger. Wie wäre es, wenn wir alle zusammen essen gehen?«

Sie sorgten für eine kleine Sensation, als sie den Speisesaal des *Tommel Castle Hotels* betraten. Johnny war noch zu schüchtern, um viel zu sagen, doch Jolene unterhielt sie mit lustigen Anekdoten aus ihrem Leben und unterbrach ihre Erzählungen hier und da, um Autogrammbitten nachzukommen.

Das Telefon im Hotelbüro läutete. Mr. Johnston nahm ab. Es war Priscilla. »Ich versuche, Hamish auf der Wache zu erreichen, aber da springt immer nur der Anrufbeantworter an.«

»Oh, er ist hier.«

»Kann ich ihn sprechen?«, bat sie.

»Das ist im Moment ungünstig, Priscilla. Er sitzt bei einem romantischen Abendessen mit Jolene Carey.«

»Sie nehmen mich auf den Arm«, erwiderte sie. »Meinen Sie die Country-Sängerin, die Blonde mit der Riesenoberweite?«

»Genau die. Hamish ist ziemlich hingerissen von ihr.«

»Dann will ich ihn nicht stören«, sagte Priscilla unterkühlt. »Richten Sie ihm aus, dass ich angerufen habe.«

»Nein, werde ich nicht«, murmelte der Manager, nachdem er aufgelegt hatte.

Hamish und Johnny winkten Jolene zum Abschied nach, und Johnny bedankte sich stammelnd. »Dass ich für etwas bezahlt werde, was ich so gerne mache!«, sagte er. »Das werde ich Ihnen nie vergessen, Hamish Macbeth. Nie.«

Hamish klopfte ihm auf die Schulter. »Ich bin froh, dass ich helfen konnte.«

Er fuhr Johnny zu dessen Hof und von dort weiter zum Nachbarhof. Zu seiner Erleichterung sagte Bert Mackenzie, er sei am Montag draußen auf seinen Feldern gewesen und habe Johnny den Tag über immer wieder gesehen.

Als Hamish zurück zur Wache kam, erwartete ihn dort eine vorwurfsvolle Elspeth. »Sie hätten mir verraten können, dass Jolene Carey hier war. Bis ich es gehört habe, hatte sie schon das Hotel verlassen, und ich habe sie erst auf halbem Weg nach Inverness eingeholt, um ein Interview zu bekommen. Warum haben Sie mir nicht erzählt, dass sie eine alte Freundin von Ihnen ist?«

»Hat sie das gesagt?« Also will sie nicht, dass jemand von Johnnys Stühlen erfährt, überlegte Hamish.

Elspeth nickte. »Ja, und deshalb wussten Sie, dass sie herkommt, und haben nichts erwähnt.«

»Es war ganz spontan«, gab Hamish freundlich zurück. »Da war keine Zeit mehr. Ich war mit Johnny auf dem Weg ins Hotel, nur auf einen Drink, als sie ankam. Und da haben wir zusammen gegessen.«

»Wie haben Sie Jolene kennengelernt?«

Mit der Leichtigkeit eines wahren Highlanders log Hamish: »Sie war schon mal hier oben, das muss ungefähr vier

Jahre her sein, stand aber nicht in den Zeitungen. Damals hatte sie sich auf der Wache nach dem Weg erkundigt, und wir haben uns angefreundet.«

Elspeths seltsame Augen nahmen einen strengeren Ausdruck an. »Sie hat mir erzählt, dass Sie ihr einen Fanbrief geschickt hatten, der so nett war, dass Sie sie bei ihrem letzten Schottland-Besuch aufgesucht hat.«

»Das stimmt«, antwortete Hamish. »Aber schreiben Sie das nicht in Ihrem Artikel. Es soll nicht bekannt werden, dass ich Fanbriefe schreibe. Als Polizist muss ich auf meinen Ruf achten.«

Kapitel 7

Wenn das Firmament seine funkelnden Sterne zeigt,
Ist mein Sehnen am größten nach dir,
Dass dein zärtlicher Blick sich zu mir neigt,
Während die Sterne hinausschau'n aufs Meer!
BARON LYTTON

Am nächsten Morgen beschloss Hamish, Mary Hendrys Laden für Kunsthandwerk zu besuchen. Er wusste, dass sie schon von Detectives befragt worden war, wollte aber selbst mit ihr sprechen.

Sie führte ihren Laden recht erfolgreich, bot im Sommer Souvenirs für Touristen an und im Winter Weihnachtsgeschenke: Spielzeug, Schals und Schmuck.

Mary war eine kleine, mollige Frau mit dunklem Haar und großen beinahe schwarzen Augen. Hamish erinnerte sie an einen Vogel. Sie war Mitte fünfzig, hatte aber bisher nur wenige Falten.

Sie begrüßte Hamish auf ihre übliche freundliche Art und sagte mit einem Augenzwinkern: »Ich nehme an, Sie können eine Tasse Kaffee vertragen.«

»Das wäre großartig.«

Dies war noch eine Sache an Marys Laden, die die Halburton-Smythes vom *Tommel Castle Hotel* verärgerte: Sie boten den Kunden in ihrer Geschenkboutique Kaffee an und hielten es für eine Frechheit, dass Mary ihnen die Idee geklaut hatte.

»Ich bin hier, um Sie nach Felicity Pearson zu fragen«, begann Hamish, nachdem Mary ihm einen Becher Kaffee serviert hatte.

»Ich bin schon ohne Ende nach dem armen Mädchen befragt worden.«

Hamish runzelte die Stirn. »Warum ›armes Mädchen‹?«

»Sie hat mir richtig leidgetan, weil sie ein Nervenbündel war. Sie hat gesagt, diese Crystal macht ihr das Leben zur Hölle. Im Laden war es ruhig, also habe ich sie erzählen lassen. Sie war verbittert, weil sie ihre Sendung verloren hatte – Sie wissen schon, die auf Gälisch. Ich habe ihr erklärt, dass heutzutage nicht mehr viele Leute Gälisch sprechen. Eine Menge schottische Nationalisten unten in den Großstädten machen Kurse, doch die meisten Fernsehzuschauer können nun mal nur Englisch. Sie hat angeblich versucht, ein wenig Kultur ins Programm zu bringen.«

Mary zuckte mit den Schultern und fuhr fort: »Aber ich habe ihr geantwortet, dass ich glaube, das Interesse an Kultur ist nicht mehr so groß. Die Leute wollen Dramen aus dem echten Leben, Krimis, Oprah Winfrey, solche Sachen. Felicity hat gesagt, dass Crystal sie wie eine Sklavin behandelt. Ehrlich, sie hat immer weitergeredet, und ich habe zugehört. Dann habe ich sie gefragt, ob sie überhaupt gefrühstückt hat. Das hat sie verneint. Da habe ich ihr vorgeschlagen, dass sie zum italienischen Restaurant geht und sich ein ordentliches Essen gönnt. Und das wollte sie tun.«

»Ich frage mal rundheraus«, sagte Hamish. »Sah sie Ihrer Meinung nach wie jemand aus, der gerade einen Mord begangen hatte oder begehen wollte?«

Mary lachte. »Nein! Sie ist zu schwach. Die hatte ja Angst vor ihrem eigenen Schatten. Es bräuchte mehr Schneid, als sie hat, um jemanden umzubringen.«

Hamish merkte, wie seine Sicherheit, dass Felicity die Mörderin war, ins Wanken geriet.

Und sie erfuhr einen erneuten Tiefschlag, als er zur Wache zurückkehrte. Jimmy Anderson rief an.

»Sie stecken tief in der Scheiße, Junge«, sagte er. »Wir hatten einen Durchsuchungsbeschluss bekommen und Felicity Pearsons Wohnung durchsucht. Keine Haarnadeln. Nicht eine einzige. Hinterher ist Callum Bissett auf Daviot los, hat behauptet, dass es Polizeischikane sei, und verlangt eine Entschuldigung. Worauf Daviot auf Carson los ist. Und Carson sagt, er hätte nie auf Sie hören dürfen. Sie sollen wieder Ihrem üblichen Dienst nachgehen und den Mordfall den Experten überlassen.«

Hamish blickte stirnrunzelnd den Hörer an. Dann fragte er: »Nicht *eine* Haarnadel?«

»Nicht eine.«

»Warten Sie mal. Als ich sie befragt habe, hatte sie ihr Haar zu einem Knoten aufgesteckt, und aus dem lugte eine dunkle Haarnadel. Und bei der Durchsuchung waren da gar keine?«

»Habe ich doch bereits zweimal gesagt. Gar keine.«

»Und was hat sie geantwortet, als Sie sie gefragt haben, was mit ihren eigenen Haarnadeln passiert ist?«

Stille.

»Jimmy?«

»Wir haben sie nicht gefragt«, gab Jimmy zu.

»Vielleicht sollte ich Carson einen Bericht schicken, in dem ich es vorschlage.«

»Lassen Sie es sein, Hamish. Sie haben sich zu sehr auf diese Frau eingeschossen. Wir überprüfen Crystals Vorgeschichte in Edinburgh. Da hatte sie einige Affären, für gewöhnlich mit verheirateten Männern. Es könnte jemand aus ihrer Vergangenheit sein. Halten Sie sich einfach raus.«

Frustriert legte Hamish auf. Andererseits war auch Mary Hendry sicher gewesen, dass Felicity unschuldig war.

Er fragte sich, was Priscilla von dem Fall hielte, und wünschte sich sofort, er hätte nicht an sie gedacht. Wenigstens hatte er das Essen mit Elspeth, auf das er sich freuen konnte. Plötzlich hatte er alles satt. Er würde seine üblichen Pflichten erledigen, mit Lugs spazieren gehen, mit den Dorfbewohnern reden und alles andere Strathbane überlassen.

Am Sonntag stellte Hamish fest, dass er sich noch mehr auf seine Verabredung mit Elspeth freute. Er wurde nicht recht schlau aus ihr, was faszinierend war, und es würde ihn davon ablenken, dass er Carson nicht beeindrucken konnte.

Als Erstes führte er Lugs lange aus. Jedes Mal, wenn der Hund spürte, dass Hamish zum Essen ausging und ihn zu Hause ließ, schmollte er wie ein kleines Kind und sah elend aus. Deshalb wollte Hamish, dass Lugs müde und satt war, wenn er aufbrach.

Es war immer noch trocken und kühl. Die altmodischen Straßenlaternen am Wasser warfen ein grünliches Licht auf alles, und über ihnen erstreckte sich die Milchstraße am dunklen Himmel.

Hamish traf Angela, die auf dem Heimweg von der Kirche war. Sie trug ein kariertes Hemd, Jeans und Cowboy-Stiefel. »Line Dancing?«, fragte Hamish.

»Ja, ich dachte, ich versuche es mal. Es war Mrs. Wellingtons Idee. Sie hat sich sogar einen Stetson gekauft.«

Hamish lachte. »Das muss ein verrückter Anblick sein.«

»Es kommt noch besser. Die Currie-Schwestern machen ebenfalls mit. Sie zu *All My Exes Live in Texas* tanzen zu sehen ist richtig verrückt. Wie läuft es mit dem Fall?«

Er winkte ab. »Gar nicht. Das heißt, nicht für mich. Ich hatte diese fixe Idee, dass Felicity Pearson die Täterin ist, und eine gründliche Durchsuchung ihrer Wohnung vorgeschlagen.«

»Was sollte denn gefunden werden«, wollte Angela wissen.

»Haarnadeln.«

»Wie bitte?«

»Nun, wie es aussieht, hatte jemand Crystal außerhalb

ihres Wagens niedergeschlagen«, erklärte Hamish, »und ihr anschließend das Haar ausgebürstet, um Spuren von Heide herauszubekommen, denn als sie morgens ihre Wohnung verließ, hatte sie das Haar aufgesteckt. In dem Wagen war keine einzige Haarnadel. Deshalb dachte ich, Felicity hätte sie eingesteckt und zu Hause irgendwo weggelegt. Doch sie haben nicht eine Haarnadel gefunden, was ich seltsam finde, denn Felicity benutzt selbst welche. Aber die Leute vom Sender sind an die Decke gegangen, haben der Polizei Schikane vorgeworfen, und jetzt bin ich von dem Fall abgezogen.«

»Ist es ihnen denn nicht merkwürdig vorgekommen, dass nicht einmal eine Haarnadel in der Wohnung war? Ich hatte mein Haar im Sommer aufgesteckt, und immer noch tauchen die Dinger überall im Haus auf. Was hat sie geantwortet, als sie gefragt worden ist, warum bei ihr keine zu finden sind?«

»Das haben sie sie nicht gefragt. Ich wollte es vorschlagen, aber Jimmy Anderson hat gesagt, ich soll es vergessen.«

Angela sah ihn ernst an. »Es passt nicht zu Ihnen, einen Fall aufzugeben, egal, ob man es Ihnen befiehlt oder nicht, Hamish.«

»Tja, ich lasse es fürs Erste gut sein«, gab er zurück. »Außerdem habe ich jetzt dieses Gefühl, dass es ein Fehler war, Felicity für die Täterin zu halten. Ich warte, bis die Polizei Crystals Vergangenheit überprüft hat, und sehe mal, was ich Jimmy an Informationen entlocken kann. Jetzt muss ich los, Angela. Ich bin verabredet.«

»Mit Elspeth Grant?«, fragte sie.

»Ja, wie haben Sie das erraten?«

»Sie wurde gesehen, wie sie Sie auf der Wache besucht hat. Eine attraktive junge Frau. Sie wird Sie ablenken von …« Angela brach abrupt ab. »Bis dann, Hamish.«

Er blieb noch einen Moment lang stehen und blickte ihr nach, als sie am Wasser entlangeilte. »Das ist das Problem, wenn man in einem Dorf lebt, Lugs«, sagte Hamish. »Jeder weiß über alles Bescheid. Erinnerst du dich an diesen Touristen aus New York? Er meinte, wir hätten Glück hier, weil man in einer Großstadt direkt neben jemandem wohnen kann, ohne ihn je kennenzulernen. Er hatte keine Ahnung, welches Glück *er* hatte.«

Als Hamish das Restaurant betrat und Elspeth sah, entschied er, dass sie keinerlei romantisches Interesse an ihm haben konnte. Sie trug ein verwaschenes schwarzes T-Shirt zu einer ausgeleierten Strickjacke und einem unförmigen Rock. Er hatte seinen einzigen guten Anzug angezogen, ein gestreiftes Hemd und eine Seidenkrawatte, und sein frisch gewaschenes rotes Haar schimmerte im Kerzenschein.

»Sie sehen sehr chic aus«, stellte Elspeth fest. »Entschuldigen Sie meinen Aufzug. Ich komme direkt von der Schafsauktion.«

»Schlimme Preise?«

Sie nickte. »Richtig schlecht. Aber eine Sache war rätselhaft. Johnny Liddesdale stößt alle seine Schafe ab. Er verschenkt sie praktisch. Die anderen Bauern haben ihm geraten abzuwarten, die Regierung würde sich Subventionen überlegen, aber er sagte, dass er sich ganz auf die Tischlerei verlegen will und keine Lust mehr auf die Schafe hat.«

»Er baut sehr gute Möbel. Wahrscheinlich hat er einen Käufer gefunden«, erwiderte Hamish und wechselte sofort das Thema. »Warum berichten Sie immer über alles? Ich dachte, die Zeitung hätte einen Reporter.«

»Malcolm Dinsdale? Der hat sich nicht lange gehalten. Sam hat ihn zum Entzug nach Inverness geschickt. Es ist nur eine Wochenzeitung, deshalb können Sam und ich die Arbeit mithilfe einiger Freiberufler allein schaffen.«

»Sie scheinen sehr viel zu arbeiten«, hakte Hamish nach.

»Mir macht es Spaß. Es ist ebenso sehr Hobby wie Arbeit. Also, wie geht der Fall voran?«

»Gar nicht«, antwortete Hamish und berichtete ihr das Neueste.

Sie schwieg einen Moment nachdenklich. Dann sagte sie: »Ihr Gefühl, was Felicity angeht … Haben Sie solche Ahnungen früher schon gehabt?«

Er nickte. »Manchmal. Aber nie so ausgeprägt wie diesmal.«

»Und liegen Sie immer richtig?«

»Meistens.«

»Sind Sie sich nach wie vor sicher, dass sie es war?«, wollte Elspeth wissen.

»Ehrlich gesagt, nein. Ich warte noch ein wenig ab, ob sich etwas Neues ergibt.«

Sie sah ihn ruhig an. »Wie ein zweiter Mord?«

Erschrocken starrte Hamish sie an. Er wollte etwas erwidern, doch Willie Lamont kam mit den Speisekarten und blieb am Tisch stehen, bis sie gewählt hatten.

Als er fort war, bemerkte Hamish: »Sie machen mich nervös. Wie kommen Sie auf einen zweiten Mord?«

Sie zuckte mit den Schultern. »Ist nur ein Gefühl. Manchmal denke ich, zu jedem, der einen Mord begeht, gibt es mindestens eine Person, die etwas darüber weiß, und diese Person könnte in Gefahr sein.«

»Sagen Ihnen das Ihre hellseherischen Fähigkeiten?«

»Nein, mein gesunder Menschenverstand.«

»Ist es hier oben nicht einsam für Sie?«, fragte Hamish übergangslos.

»Fernab der schillernden Lichter von Inverness? Nein, ich habe zu viel zu tun, um einsam zu sein.«

»Was ist mit festen Freunden?«, hakte Hamish nach.

»Keiner … bisher.«

»Erzählen Sie mir nicht, Sie hätten noch nie einen Freund gehabt!«

»Einige, in Inverness. Ich war sogar mal verlobt.«

Er blickte sie aufmerksam an. »Und was ist passiert?«

»Wir sind zusammen in den Urlaub gefahren, und er ist mir auf die Nerven gegangen. Er hat sehr auf seine Ernährung geachtet. Wir waren in Italien, in der Toskana, und das Essen war wunderbar, aber jeder Restaurantbesuch mit ihm war ein Albtraum. Ich musste warten, bis er etwas auf der Speisekarte gefunden hatte, was er für ungiftig hielt. Als er angefangen hat, ungefragt die immer gleichen lausigen Gerichte für mich zu bestellen, habe ich Schluss gemacht.«

»Frauen!«, sagte Hamish verbittert.

Sie sah ihn verwundert an. »Meinen Sie, ich hätte so jemanden heiraten sollen?«

Hamish wurde rot und spielte mit seiner Gabel. »Nein, das nicht direkt.«

»Sie sollten Ihre schlechten Erfahrungen mit Frauen nicht auf mich projizieren, Hamish Macbeth.«

Zum Glück für Hamish wurde in diesem Moment ihr Essen serviert.

»Also, was sagen meine Sterne für morgen?«, erkundigte sich Hamish.

»Habe ich vergessen«, antwortete Elspeth.

»Warum habe ich das Gefühl, dass das nicht stimmt?«

»Ich schreibe die Waage-Horoskope nicht nur für Sie.«

»Hm«, machte Hamish. »Was ist Ihr Sternzeichen?«

»Zwilling.«

»Ist Angus sauer, weil er den Job nicht bekommen hat?«, wollte Hamish wissen.

»Oh ja. Er ist ins Büro gekommen und hat Sam gesagt, dass ich eine Quacksalberin sei.«

Hamish nickte. »Er kann fies sein.«

»Habe ich gesehen. Zurück zu dem Mord, und vergessen wir Felicity mal kurz. Sie müssen sich wünschen, dass es jemand aus Strathbane war.«

»Warum?«, fragte Hamish.

»Weil Sie bestimmt nicht wollen, dass es jemand aus dem Dorf war. Zumindest schätze ich Sie so ein. Wer könnte es sonst getan haben?«

»Das ist alles inoffiziell«, warnte Hamish sie. »Ich möchte nicht in der *Highland Times* lesen, was ich Ihnen erzähle.«

»Ganz inoffiziell, versprochen.« Elspeth lächelte ihn an. »Es ist eine Wochenzeitung, Hamish, kein großes, überregionales Blatt. Und bis ich irgendetwas in der übernächsten Montagsausgabe bringe, kann alles mögliche andere passiert sein. Jemand könnte verhaftet worden sein. Also, wer könnte es sonst getan haben?«

»Es wäre leichter, einen Tipp abzugeben, hätte ich mehr Zeit beim Sender verbracht«, erwiderte Hamish. »Crystal hatte Affären mit ein paar Vorgesetzten, doch ich denke nicht, dass es einer von ihnen war. Sie sehen beide wie notorische Fremdgeher aus.«

»Was ist mit den Ehefrauen?«, fragte Elspeth. »Vielleicht war einer von ihnen einmal zu oft fremdgegangen, und da hat seine Frau rotgesehen.«

Er seufzte tief. »Mich sorgt ernsthaft, dass es die Art Täter sein könnte, die nie gefunden wird.«

»Und was für eine Art Täter wäre das?«

»Ach, jemand, der in der Kantine arbeitet oder als Putzkraft, ein Psycho, den Crystal angefaucht hatte und der plötzlich in einem Anfall von Wahnsinn beschlossen hat, sie loszuwerden.«

»Wissen Sie, was ich denke?«, fragte Elspeth. »Ich denke, Sie alle haben diese Sendung *Hinter den Spitzengardinen* vergessen.«

»Nein, ich hatte die Liste von der anderen Assistentin, Amy Cornwall, und sie alle überprüft«, widersprach Hamish.

»Ich kann mir nicht vorstellen, dass eine Mobberin wie Crystal nur eine Assistentin schikaniert und die anderen in Frieden lässt.«

Hamish nickte. »Hat sie auch nicht. Sie hat Amy an der einen Folge arbeiten lassen und Felicity an der anderen.«

»Aber die Polizeifolge war in letzter Minute geplant worden«, wandte Elspeth ein. »Was ist, wenn Felicity auch für die eine Liste hatte?«

Hamish lehnte sich zurück und schaute sie erstaunt an. »Da könnte was dran sein«, erwiderte er langsam. »Ach, aber wenn ich wieder etwas vorschlage, was mit Felicity zu tun hat, jagen die in Strathbane mich zum Teufel.«

»Sie vergessen, dass es auch noch mich gibt!«, erwiderte Elspeth triumphierend. »Ich frage Felicity. Und ich werde sie bedauern, weil die Polizei ihre Wohnung durchsucht hat. Dann kann ich gleich nach den Haarnadeln fragen.«

»Ja, schon«, sagte Hamish zögerlich. »Aber denken Sie daran, dass es gefährlich sein könnte.«

Nach dem Essen brachte Hamish sie zu ihrer Wohnung. An der Tür drehte Elspeth sich um und lächelte zu ihm auf. »Danke für den reizenden Abend, Hamish.«

Ihre Augen leuchteten im Licht der Sterne. Plötzlich wollte er sie küssen, bremste sich jedoch rechtzeitig. Er hatte genug davon, immerfort Fehler zu machen, was Frauen betraf.

Am nächsten Morgen schlug er seine Ausgabe der *Highland Times* auf und blätterte direkt zu den Horoskopen. Waage. Dort las er:

Sie sind gewieft und klug, wenn es um Berufliches geht, doch was die Liebe betrifft, erkennen Sie nicht, was direkt vor Ihrer Nase ist. Eine ruhige Woche erwartet Sie, allerdings werden Sie am Samstag wegen zu viel Whisky am Abend zuvor einen Kater haben.

Er sah bei Zwilling nach und las:

Sie jagen einem Mann nach, der einer unglücklichen Liebe nachtrauert. Das ist Zeitverschwendung. Wahrscheinlich ist es zwecklos, Ihnen das zu sagen, weil Zwillinge trotzig sind und in Herzensangelegenheiten nicht auf die Vernunft hören. Es wird eine geschäftige Woche. Verkaufen Sie Ihre Schafe nicht zu billig, und töten Sie sie auch nicht. Die Regierungssubventionen kommen bald, wenn Sie noch ein wenig durchhalten können.

Bin ich der Mann mit der unglücklichen Liebe, überlegte Hamish, oder bin ich bloß wie alle und glaube, dass Elspeths alberne Prophezeiungen mir gelten?

Das Telefon klingelte. Es war Ian Chisholm, der ihm sagte, dass die Maschinen in seinem Waschsalon aufgebrochen und die Münzen darin gestohlen worden waren. Hamish fuhr nach Braikie. Wenigstens war es etwas, was ihn von dem Mord ablenkte.

Am Freitag heiratete Bessie Macpherson, ein Mädchen aus dem Dorf, was bedeutete, dass alle in Lochdubh eingeladen waren. Hamish hatte nichts aus der Zentrale gehört. Oder von Elspeth. Also zog er sich nachmittags seinen guten Anzug an und wanderte zur Kirche.

Vor der Kirchentür traf er Elspeth und Sam. Sam hielt eine Kamera in der Hand.

Hamish zog Elspeth zur Seite. »Haben Sie etwas über Felicity herausbekommen?«

»Nicht viel. Ich erzähle es Ihnen hinterher. Hier kommt die Braut. Suchen Sie sich lieber einen Platz drinnen.«

Hamish setzte sich zu den anderen Dorfbewohnern nach hinten. Bessie kam am Arm ihres Vaters den Mittelgang herauf. Sie war eine plumpe, nicht sonderlich schöne junge Frau, sah jedoch so aufgeregt und glücklich in ihrem weißen Kleid und mit dem Schleier aus, dass es ihr ein ganz eigenes Strahlen verlieh. Ihr Bräutigam stand in voller Highland-Tracht am Altar.

Während die Frauen zu schluchzen anfingen, schweiften Hamishs Gedanken zu dem Mordfall ab. Ians Problem hatte nicht viel Zeit in Anspruch genommen. Zwei Schuljungen waren spätabends gesehen worden, wie sie sich an den Maschinen zu schaffen machten. Hamish arrangierte mit den Eltern, dass das Geld an Ian zurückgezahlt wurde und die Jungen zweimal wöchentlich den Fußboden im Waschsalon wischten. Er hatte keine Anklage veranlasst, weil es ihm grundsätzlich widerstrebte, zwei Schüler, die sonst noch nie auffällig geworden waren, vors Jugendgericht zu bringen.

Als die Trauung vorbei war und alle hinter der Braut und dem Bräutigam her den kurzen Weg zum Gemeindesaal gingen, wo der Empfang sein sollte, schaute Hamish sich nach Elspeth um. Als er sie sah, stellte er fest, dass Sam Fotos machte und Elspeth sich Namen notierte. Eine Lokalzeitung tat gut daran, so viele Fotos und Namen wie möglich zu bringen, denn das kurbelte den Verkauf an.

Es gab ein Büffet. Hamish stellte sich mit den anderen an und füllte sich einen Teller. Er konnte ebenso gut etwas essen, bis Elspeth Zeit für ihn hatte.

Danach wurden Reden gehalten, und dann wurde verkündet, dass die Line-Dance-Gruppe von Lochdubh etwas vorführen würde.

Hamish starrte verblüfft hin, als die Männer und Frauen erschienen, angeführt von der Pfarrersfrau, Mrs. Wellington, in einem Fransenrock, karierter Bluse und mit einem großen weißen Stetson auf dem Kopf. Dann kamen die Currie-Schwestern in identischen Cowboy-Stiefeln, Blusen und Jeans. Den Rest der Truppe führte der Fischer Archie Maclean an. Der kleine Mann hatte gleich zwei Spielzeugpistolen an seinem Gürtel.

»*Yee-haw!*«, brüllte Mrs. Wellington, als die Musik begann. Hamish fühlte, wie ein Prusten in ihm aufstieg. Hastig sprang er auf und floh aus dem Saal, um sich draußen auf dem Rasen zu kugeln vor Lachen.

»Hamish, Hamish«, schalt eine Stimme über ihm. Er setzte sich auf und blickte lachend zu Elspeth auf.

»Das war unglaublich«, sagte er und zückte ein Taschentuch, um sich die Augen zu wischen. »Wissen die, wie sie aussehen?«

»Sie sind alle überzeugt, dass sie wie echte Wildwestleute aussehen, sogar die Currie-Schwestern. So viel Spaß hatten sie schon ewig nicht mehr.«

Hamish stand auf. »Ich kann da nicht wieder reingehen, ehe sie fertig sind, sonst blamiere ich mich. Also, was ist mit Felicity?«

»Tja, ich habe sie interviewt und einige Fotos gemacht. Sie sagt, dass sie nur an der Polizei-Folge gearbeitet hat und nicht an der anderen.«

Sie gingen nach unten ans Wasser und lehnten sich an die Hafenmauer. Eine fahle Sonne brachte das Wasser von Loch Lochdubh zum Glitzern.

»Und was ist mit den Haarnadeln?«

»Das war heikel«, antwortete Elspeth. »Sie hat sich jetzt das Haar kurz schneiden lassen. Aber sie sagte, als die Polizei da war, hatte sie alle ihre Haarnadeln in ihrem Haar.«

»Verdammt, und die haben nicht einmal daran gedacht, sie zu bitten, dass sie die Frisur löst, um nach hellen Nadeln zu sehen! Sie hat sehr dickes Haar. In dem könnte sie die leicht versteckt haben.«

Elspeth schüttelte den Kopf. »Hamish, Sie schießen sich zu sehr auf die Frau ein. Wenn sie den Mord begangen hat, hätte sie die Haarnadeln herausgenommen und sie in die Heide geworfen, irgendwo zwischen Strathbane und Lochdubh. Aber eine Kleinigkeit habe ich für Sie.«

»Welche?«

»In dem Moment, in dem ich die Haarnadeln angesprochen habe, wollte sie mich schnellstens loswerden. Bis dahin war sie begeistert, interviewt zu werden. Doch kaum hatte sie das mit den Nadeln in ihrem Haar erklärt, hat sie behauptet, sie hätte zu tun, und das Interview beendet. Bis dahin hatte es gewirkt, als könnte sie den ganzen Tag reden und wäre überglücklich, im Rampenlicht zu stehen.«

»Ich schreibe einen Bericht«, erklärte Hamish. »Egal, was Jimmy sagt.«

»Tun Sie das. Aber hier ist eine Hochzeit. Ich bin fertig mit meiner Arbeit. Wir sollten gehen und uns amüsieren. Tanzen Sie mit mir?«

»Natürlich. Ist der Line Dance vorbei?« Er neigte den Kopf zur Seite, um zu horchen. Drinnen stimmte eine Akkordeonkapelle einen Reel für acht Tänzer an. »Ja, jetzt geht der richtige Tanz los. Kommen Sie!«

Früher am selben Tag hatte Felicity Pearson einen Anruf bekommen. Sie hörte der Stimme gebannt zu, und ihr Herz raste. Dann sagte sie: »Ja, treffen wir uns. Wo?« Sie notierte sich etwas auf einem Block.

Als sie aufgelegt hatte, funkelten ihre Augen. Endlich tat sich eine echte Erfolgschance auf. Rory hatte gesagt, dass sie ihr einen Durchbruch als Moderatorin verschaffen würden. Sie wollten eine neue *Highland-Life*-Reihe starten, und da schon einiges Material zu der *Spitzengardinen*-Folge da war, würden sie mit der anfangen. Die Stimme am Telefon hatte etwas Dramatisches versprochen, und wenn Felicity diese Person vor die Kamera bekam, wäre sie im nationalen Fernsehen.

Sie überlegte, ob sie es Rory erzählen sollte, entschied sich aber dagegen. Was, wenn die Person nicht aufkreuzte?

Hamish vergewisserte sich, dass seine Hühner für die Nacht eingesperrt waren, und verweigerte Lugs weiteres Futter, weil er den Hund schon gefüttert hatte, bevor er zur Hochzeit gegangen war.

Er fühlte sich rastlos. Mochte Elspeth ihn? Sollte es ihn interessieren? Er ging an der Hafenmauer entlang und blickte zum Loch. In dem leichten Wind auf seinen Wangen fühlte er einen Hauch von Feuchtigkeit. Er schaute zum Himmel. Ein feiner dunkler Wolkenschleier kroch von Westen über die Sterne.

Plötzlich fröstelte Hamish. Bei diesem Mordfall übersah er etwas. Und er hatte ein ganz ungutes Gefühl.

Dann lachte er. Ein Abend mit Elspeth, und schon war er abergläubisch und bildete sich Sachen ein!

Er drehte sich um und wanderte zurück zur Polizeiwache.

Felicity Pearson parkte ihren Wagen vor dem, was früher Dock zwei gewesen war, drängte sich durch den Spalt in dem hohen rostigen Tor, das heutzutage nie ganz geschlossen war, und ging auf die Stelle zu, die sie als Treffpunkt mit ihrer Kontaktperson vereinbart hatte.

Hinter ihr befanden sich leere Lagerhäuser, als sie auf das Meer zuging: stumme Zeugen der Tage, als Strathbane ein florierender Hafen gewesen war. Der Wind hatte aufgefrischt, und irgendwo schepperte loses Metall mit der Monotonie einer Kirchenglocke. Das Meer hievte ölige Wellen heran, bedeckt von dreckigem Unrat.

Sie hatte niemanden kommen gehört und zuckte nervös zusammen, als eine Stimme sagte: »Da sind Sie ja.«

Felicity drehte sich erfreut um. »Was haben Sie für mich?«

»Das hier.«

Die Flinte riss Felicity aus nächster Nähe ein Loch in die Brust. Möwen segelten kreischend über ihnen, und dann war alles still, bis auf den Klang scheppernden Metalls und sich rasch entfernender Schritte.

Kapitel 8

Wie ein göttlich begabter Mann,
dessen Leben in nieder'm Stand begann,
auf einem Dorfanger, so karg:

Wer bricht der Geburt unfaire Schranken,
die Rockzipfel der schönen Fügung zu ergreifen vermag,
stellt sich dem Wind der Umstände,
auf dass er seinen schlechten Stern zum Besseren wende.

ALFRED TENNYSON

Niemand aus der Zentrale rief Hamish an, um ihm von Felicitys Ermordung zu erzählen. Er fuhr am nächsten Morgen aus Lochdubh raus, um nachzusehen, ob es Ian Chisholm gut ging und er keinen Ärger mehr gehabt hatte, als er es im Polizeifunk hörte. Zuerst konnte er es schlicht nicht glauben. Dann wendete er den Land Rover und fuhr nach Strathbane.

In der Zentrale erfuhr er, dass Jimmy Anderson mit Carson unten bei Dock zwei war.

Als er dort ankam, fuhr gerade ein Krankenwagen davon. Spurensicherer in weißen Anzügen durchkämmten den Bereich nach Hinweisen. Carson, gefolgt von Jimmy, anderen Detectives und Polizisten, kam ihm entgegen. Der Detective Chief Inspector runzelte die Stirn, sobald er Hamish sah.

»Was machen Sie hier, Officer?«, fragte er streng.

»Ich habe es im Funk gehört. Was ist passiert?«, fragte Hamish.

»Zunächst einmal sprechen Sie mich grundsätzlich mit ›Sir‹ an. Und Ihr Platz ist in Ihrem Revier, deshalb schlage ich vor, Sie begeben sich dorthin, bevor ich Sie wegen Pflichtvernachlässigung suspendiere. Wären Sie und Ihre verrückten Ideen nicht gewesen, die uns in die falsche Richtung geschickt haben, könnte diese Frau noch leben! Verschwinden Sie!«

Wäre ich ein Hund, dachte Hamish, würde mir der Schwanz jetzt zwischen den Beinen klemmen. Artig verzog er sich, zumal er fand, die Maßregelung verdient zu haben. Wie in aller Welt war er darauf gekommen, sich ganz auf Felicity zu konzentrieren?

Er fuhr wieder bei der Zentrale vorbei, weil er auf ein freundliches Gesicht hoffte, und sah die Polizistin, die bei den Befragungen im Sender dabei gewesen war. Er hielt an und winkte sie zu sich.

»Tut mir leid, dass ich Sie belästige«, sagte Hamish linkisch, »aber können Sie mich vielleicht auf den neuesten Stand der Mordermittlung bringen?«

Sie blickte an ihm vorbei die Straße hinunter und sah,

dass Carsons Dienstwagen um die Ecke bog. »Jetzt nicht«, flüsterte sie. »Ich komme heute Abend nach Lochdubh, dann erzähle ich es Ihnen.«

»Großartig. Wie heißen Sie?«

»Maggie. Maggie Fleming«, antwortete sie. »Und Sie sind der berüchtigte Hamish Macbeth. Jetzt verschwinden Sie.«

»Acht Uhr«, sagte Hamish hastig. »Im italienischen Restaurant. Das Essen geht auf mich.«

»Ich muss sehen, wann ich wegkann. Jetzt fahren Sie, Carson kommt.«

Hamish raste los.

Er hatte eine Menge Fragen und hoffte, Jimmy würde ihn anrufen, wenn er wieder auf der Wache war. Allerdings hielt er es für unwahrscheinlich. Ihm war klar, dass er Jimmy mit der Haarnadelgeschichte verärgert hatte.

Also blieb ihm nichts anderes übrig, als bis zum Abend zu warten und zu hoffen, dass er möglichst viel von Maggie Fleming erfuhr.

Hamish hatte sich Maggie bisher nicht richtig angesehen und war überrascht, wie attraktiv sie war.

Anstelle der Uniform trug sie eine cremeweiße Seidenbluse zu einem kurzen Rock und hohe Schuhe. Sie hatte schimmernde schwarze Locken, leuchtend blaue Augen und einen hübschen Mund.

»Das ist sehr nett von Ihnen«, sagte Hamish.

»Ich bin es leid, wie eine Sekretärin behandelt zu werden«, antwortete Maggie. »Bloß weil ich eine Frau bin, muss ich

Kaffee kochen oder, wie Sie miterlebt haben, Stühle arrangieren.«

»Strathbane ist ein chauvinistischer Winkel der Welt. Lassen Sie uns bestellen, und dann können Sie mir erzählen, was Sie wissen.«

Willie Lamont nahm ihre Bestellung auf. »Wieder hier?«, fragte er Hamish. »Sie werden noch ein richtiger Karawanserei.« Er benutzte oft die falschen Wörter.

»Casanova, Willie«, korrigierte Hamish.

»Ja, den meine ich.«

»Tun Sie mir einen Gefallen, Willie, notieren Sie unsere Bestellung und gehen Sie.«

»Nichts als Mord und Totschlag«, sagte Willie kopfschüttelnd. »Jemand wütet wie ein Versehrter in den Highlands.«

»Wie ein Berserker, Willie. Wenn Sie jetzt bitte ...«

Doch Willies Blick war auf Maggies silbernes Armband gefallen. »Ihr Armband wird ein bisschen stumpf, Miss«, bemerkte er. »Es geht nichts über altmodisches Rouge und eine Zahnbürste, um ...«

»*Willie!*«, herrschte Hamish ihn an.

»Ach, ist ja gut«, brummte Willie beleidigt. Er nahm ihre Bestellungen auf und ging.

»Man glaubt kaum, dass der Mann mal Polizist war«, sagte Hamish.

»Und warum arbeitet er jetzt in einem Restaurant?«

»Er hat eine Verwandte des Besitzers geheiratet und sich gleichzeitig ins Putzen verliebt. Beachten Sie ihn nicht, Maggie. Was ist mit dem Mord?«

»Felicity Pearson wurde heute Morgen an den Docks gefunden«, erzählte Maggie. »Ihr wurde aus nächster Nähe mit einem Gewehr in die Brust geschossen. Die vorläufige Untersuchung legt nahe, dass sie irgendwann in der Nacht getötet wurde. Dass sie zu den Docks wollte, hatte sie niemandem gesagt. Sie war ganz begeistert, weil sie *Highland Life* wiederbeleben wollten, mit ihr als Moderatorin. Diesmal vor der Kamera, nicht dahinter.«

»Ich habe gehört, dass sie mit der Folge *Hinter den Spitzengardinen* anfangen wollte. Alte Skandale ausgraben?«

»Ja.«

Hamish dachte an die Frau des Bankmanagers und die arme Frau drüben in Cnothan.

»Wissen Sie«, sagte Hamish, »ich komme nicht mehr darauf, warum ich so überzeugt war, dass Felicity Crystal ermordet hatte, trotz ihres Alibis.«

»Ja, komisch, das dachte ich auch. Du lieber Himmel«, entfuhr es Maggie, »da starrt uns ein seltsamer Hund mit großen Ohren durchs Fenster an!«

Willie hatte ihnen einen Tisch am Fenster zugeteilt, und tatsächlich stand Lugs draußen, die Vorderpfoten auf den Fenstersims gestützt, und betrachtete sie vorwurfsvoll.

»Ignorieren Sie ihn«, sagte Hamish. »Das ist mein Hund.«

»Aber wie ist er rausgekommen?«, wollte Maggie wissen.

»Ich hatte keine Lust mehr, ihn dauernd auszuführen. Er will ständig raus. Da dachte ich mir, dies ist ein ruhiges Dorf, und er beißt niemanden und jagt auch keine Schafe, also habe ich die Tür offen gelassen.«

»Ihr Computer könnte gestohlen werden.«

Hamish winkte ab. »Nicht in diesem Dorf, und Lugs ist ein guter Wachhund.«

»So heißt er? Lugs? Das schottische Wort für ›Ohren‹? Aber wie kann er ein guter Wachhund sein, wenn er irgendwo herumwandert?«

Hamish blickte wieder zum Fenster, doch Lugs war fort. »Lassen wir erst mal meinen Hund. Erzählen Sie mir von Felicity Pearson.«

»Ich habe nach dem Mord an Crystal Nachforschungen zu Felicity angestellt. Sie ist aus Glasgow. Solide Mittelschichtsherkunft. Keine Skandale. Keine Geliebten. Die Eltern sind beide tot, und sie ist Einzelkind. Hat an der Uni in Glasgow studiert und als Assistentin bei der BBC in Glasgow angefangen. Dann hat sie sich bei *Strathbane Television* beworben. Rory MacBain dachte ursprünglich … Hamish, halten Sie diesen Fenstertisch für eine gute Idee? Jetzt sieht uns eine merkwürdige junge Frau mit einem Anglerhut an.«

Elspeth Grant schaute durchs Fenster Hamish an und ging langsam davon.

Er fühlte, dass er rot vor Verlegenheit wurde, und ermahnte sich ärgerlich, dass ihm nichts peinlich sein musste. »Also, was wollten Sie sagen?«

»Oh, ja, Rory MacBain. Ihm gefiel die Idee einer gälischen Sendung. Um Farbe ins Programm zu bringen. Zuerst lief sie auch ganz gut. Alle Leute sagten, was für ein Jammer es wäre, dass die gälische Sprache ausstirbt. Und dann verblasste der Reiz des Neuen, und die Einschaltquoten sanken.

Es war allgemein bekannt, dass Crystal Felicity das Leben schwer gemacht hat. Die andere Assistentin, Amy Cornwall, ist tougher, und sie sagte, sie hätte das Gefühl, Crystal würde sich nicht lange halten. Aber sie hat mir erzählt, dass sie Felicity eines Tages in Tränen aufgelöst gesehen hatte.«

»Ich würde gern mit Amy Cornwall sprechen«, erwiderte Hamish. »Doch wenn Carson es erfährt, bekomme ich noch mehr Ärger. Er gibt mir die Schuld an Felicitys Tod.«

»Das ist lächerlich.«

Hamish seufzte. »Er denkt, weil ich in meinen Berichten die Vermutung geäußert habe, dass sie die Täterin ist, habe ich alle von dem wirklichen Mörder abgelenkt.«

»Aber die haben keinen Schimmer, wer der Mörder ist!«, erwiderte Maggie.

»Dennoch verstehe ich, was er meint.«

Ihr Essen kam, und sie sprachen über mehrere Aspekte des Falls.

Dann sagte Maggie bedauernd: »Ich sollte lieber nach Hause fahren.«

Hamish bezahlte und begleitete sie nach draußen. Ein leichter Regen hatte eingesetzt, und Tropfen glitzerten in Maggies schwarzem Haar.

Sie lächelte ihn an.

In diesem Moment tauchte Elspeth wie aus dem Nichts auf und hakte sich bei Hamish ein. »Ich bringe dich nach Hause, Schatz«, erklärte sie. »Ich habe Neuigkeiten für dich.«

Maggies Miene verschloss sich. »Gute Nacht, Hamish«, sagte sie abrupt.

Als sie weggefahren war, wandte Hamish sich verärgert an Elspeth. »Was sollte dieser ›Schatz‹-Unsinn?«

»Wollen Sie meine Neuigkeiten nicht hören?«, fragte sie unschuldig.

»Na gut«, erwiderte Hamish, war aber immer noch wütend auf sie. Lugs kam hechelnd angelaufen und ging auf seiner anderen Seite mit. Für Hamish fühlte es sich an, als würde er von zwei Gefängniswärtern abgeführt.

In der Küche der Wache knallte er Elspeth einen Becher Kaffee auf den Tisch. »Also, was?«

»Amy Cornwall«, antwortete sie.

»Was ist mit ihr?«

»Ich habe mit ihr gesprochen«, berichtete Elspeth. »Sie hat gesagt, dass sie noch nicht angefangen hatten, Leute wegen der *Spitzengardinen*-Folge zu kontaktieren. Ich habe sie gefragt, ob Felicity bei den Vorbereitungen der Folge mitgearbeitet hatte, die Crystal machen sollte. Sie sagte Nein.«

»Das wusste ich schon«, gab Hamish gereizt zurück.

»Moment! Sie hat erzählt, dass Felicity ziemlich schlimm vor Crystal gebuckelt und immerzu versucht hat, sich bei ihr beliebt zu machen. Und Felicity hat Spesen für eine Fahrt nach Bonar Bridge eingereicht.«

Hamish runzelte die Stirn. »Was wollte sie da?«

»Ich habe nachgeforscht, ob es in Bonar Bridge irgendwelche Skandale gab. Einen habe ich gefunden, und der könnte sie interessiert haben. Eine Jessie Gordon hatte zwei Babys durch Plötzlichen Kindstod verloren. Nachdem das zweite gestorben war, gab es eine große Untersuchung.«

»Das sehe ich mir an. Danke«, sagte Hamish. »Ich muss die anderen auch noch einmal durchgehen.«

»Haben Sie gewusst, dass die Frau des Bankmanagers mal wegen Ladendiebstahls angeklagt war?«, fragte Elspeth.

»Ja, und ich wünsche bei Gott, dass das nicht breitgetreten wird. Sie war Kleptomanin, hat sich seitdem aber nie wieder etwas zuschulden kommen lassen. Wenn das alles wieder hochkommt, könnte es ihre Ehe zerstören.«

»Und wie wollen Sie es unter Verschluss halten?«

»Die Leute hier wissen nichts davon, also halten Sie Ihren Mund«, erwiderte Hamish. »Könnte ich doch den Mörder finden, dann hätte es ein Ende mit ihren Problemen.«

»Wer war die Frau eben?«, fragte Elspeth.

»Nur eine Bekannte, und es geht Sie nichts an«, antwortete Hamish unterkühlt.

Sie betrachtete ihn nachdenklich. Lugs kam zu ihr und legte seine Vorderpfoten auf ihre Knie. Elspeth streichelte seinen Kopf mit dem rauen Fell. Auf einmal musste Hamish an seinen früheren Hund Towser denken und daran, wie Priscilla an diesem Tisch gesessen hatte, mit ihm, Hamish, einen Fall besprach und Towser seine Pfoten auf ihre Knie legte, so wie Lugs es jetzt bei Elspeth tat. Er fühlte einen stechenden Schmerz in der Brust.

»Oh, ich sehe schon«, sagte Elspeth leise.

»Was sehen Sie?«

»Dass ich gehen sollte«, gab sie traurig zurück. »Gute Nacht, Officer.«

Am nächsten Tag war es sonnig und ungewöhnlich mild für die Jahreszeit. Hamish stellte Lugs Futter und eine Schale Wasser raus in den Garten. »Du kannst dich selbst versorgen«, sagte er. »Ich schließe die Wache lieber ab, bevor noch irgendein Fremder meinen Computer stiehlt.«

Lugs blickte Hamish nach, als er in den Land Rover stieg. Zum ersten Mal winselte oder kläffte er nicht beim Abschied.

Er gewöhnt sich an das neue Arrangement, dachte Hamish. Ich hätte ihn schon früher allein rauslassen sollen.

Er fuhr nach Bonar Bridge und fragte auf der Polizeiwache nach Jessie Gordon. Man sagte ihm, dass sie noch in dem Ort wohnte, in der Sozialsiedlung, und nannte ihm die Adresse.

Eine kräftig wirkende, ungepflegte Frau öffnete ihm dort. »Mrs. Gordon?«

»Ja.«

»Kann ich Sie kurz sprechen?«, bat er.

»Kommen Sie rein.«

Er folgte ihr in ein unordentliches Wohnzimmer. Die Wohnungen armer Leute scheinen immer feucht und nach Baked Beans und Urin zu riechen, dachte Hamish. Eine fleckige, zerschlissene Sitzgarnitur stand vor einem Fernseher, über dessen Bildschirm Werbung flimmerte. Der Ton war ausgeschaltet. Auf dem Kaminsims waren staubige, schmutzige Puppen und billige Porzellanfiguren dekoriert. Eine Fensterscheibe war kaputt und ungeschickt mit braunem Kreppband verklebt.

»Worum geht es?«, fragte Jessie.

»Hatten Sie Besuch von einer Felicity Pearson von *Strathbane Television?*«

Sie zuckte mit den Schultern. »Leugnen ist wohl zwecklos.
Alle Nachbarn würden es Ihnen erzählen. Ich hatte sie rausgeworfen, und ich meine, richtig rausgeworfen.«

»Ging es um den Tod Ihrer Kinder?«

»Ja.« Sie setzte sich. Hamish nahm seine Mütze ab und
ließ sich ihr gegenüber nieder.

Jessie strich sich eine schlaffe Locke aus der Stirn.

»Erzählen Sie mir von dem Besuch«, bat Hamish.

»Sie wollte die ganze Geschichte wieder aufwühlen. Ich
konnte es gar nicht glauben. Alles wäre wieder von vorne los-
gegangen, der Tratsch, das Gaffen. Ich konnte wegen dem
Getuschel und dem Skandal damals nicht mal um meine
Kleinen trauern.« Ihr Akzent wurde ausgeprägter vor Kummer. »Mein Mann hat mich deswegen verlassen.«

Hamish nahm eine Alkoholfahne an ihr wahr. Ihre Augen
waren blutunterlaufen. »Ich habe ihr gesagt, dass ich nichts
damit zu tun haben will. Sie meinte, sie würden trotzdem vor
dem Haus stehen und eben einen Kommentar in die Kameras
sprechen. Ich war so erschüttert, dass ich geweint habe.«

»Haben Sie sie angegriffen?«, fragte er.

»Ich habe gesagt, dass ich sie umbringe. Da habe ich gesehen, dass sie ihr bisschen Macht richtig genossen hat. Sie
fand es witzig. Ich bin ausgerastet. Ich habe sie beim Kragen
gepackt, sie zur Tür geschleift und mit dem Gesicht voran in
den Garten gestoßen.«

»Haben Sie Kinder?«

»Ob ich Kinder habe?« Jetzt kreischte sie. »Mann, ich konnte das nicht noch mal durchmachen und habe mir die Gebärmutter rausnehmen lassen. Jetzt ist die Frau tot, und mich wundert das kein bisschen. Fiese, Dreck aufwühlende Schlampe!«

Hamish sah sie ruhig an. »Sicher verstehen Sie, dass ich Sie fragen muss, wo Sie am Sonntagabend gewesen sind.«

»Ich war hier und habe ferngesehen. Ich bin ein bisschen taub, deshalb war es laut, und die Wände sind dünn. Die Nachbarn müssen es gehört haben.«

»Aber hat Sie jemand gesehen?«, hakte Hamish nach.

»Die unten im Laden. Da bin ich um neun hin und habe Whisky gekauft.«

»Haben Sie ein Auto?«

»Soll das 'n Witz sein?«, erwiderte sie.

»Das wäre alles«, sagte Hamish und stand auf.

Sie tat es ihm gleich und packte seinen Arm. Ihr Griff war kräftig. »Geht jetzt alles wieder von vorne los?«

»Ich hoffe bei Gott, dass es das nicht wird«, gab Hamish zurück.

Er verließ sie und fragte bei den Nachbarn nach. Sie hatten Jessies lauten Fernseher gehört und sagten, dass sie sich mehrmals bei ihr über den Lärm beschwert hatten.

Dann ging er zum Laden, wo man ihm bestätigte, dass Mrs. Gordon abends gegen neun eine Flasche Whisky gekauft hatte. Hamish dachte daran, wie erstaunlich es war, dass man in Schottland heutzutage rund um die Uhr Alkohol kaufen konnte. Die Frau im Laden hatte noch ergänzt, dass

Jessie schrecklich betrunken gewesen war. »Ein Wunder, dass sie überhaupt aufrecht stehen konnte.«

Er fuhr gerade aus Bonar Bridge heraus, als er eine Gestalt in Shorts und Wanderstiefeln an der Straße entlanggehen sah. Er erkannte Professor Tully aus Felicitys gälischer Sendung wieder, fuhr an den Straßenrand und stieg aus.

»Professor Tully!«, rief er. »Darf ich Ihnen kurz ein paar Fragen zu Felicity Pearson stellen?«

Der alte Mann kam ihm entgegen und nickte. »Eine schlimme Geschichte, das«, sagte er.

»Sie waren in der Serie, die Felicity produziert hat. Wie war Ihr Eindruck von ihr?«

»Ich habe sie nicht weiter beachtet«, antwortete der Professor. »Auf mich wirken diese Fernsehleute alle gleich. Mir fehlt die Sendung. Ich dachte, wir würden das gut machen, also Grace Witherington, Henry Thomson und ich. Wir sprechen alle fließend Gälisch und mussten nichts weiter tun, als über Dinge in den Highlands zu plaudern – Schafzucht, den Plan, Gälisch als Schulfach einzuführen, solche Sachen. Ich habe darüber völlig vergessen, dass eine Kamera auf mich gerichtet war. Wir waren befreundet und haben genauso geredet wie zu Hause vorm Kamin.«

»Haben Sie die Adresse von Grace Witherington?«, hakte Hamish nach.

»Sie wohnt in Strathbane. Ich glaube, in einem der umgebauten alten Häuser an der Straße nach Inverness.«

Hamish runzelte die Stirn. »Doch nicht das alte Pfarrhaus, in dem Felicity Pearson gewohnt hat!«

Der Professor nickte. »Ja, jetzt, wo Sie es sagen, fällt es mir wieder ein. Genau das Haus ist es.«

»Ich versuche es mal bei ihr.«

»Falls es Neuigkeiten gibt, dass die Sendung wieder weitergeht, geben Sie mir Bescheid?«, bat Professor Tully.

»Ja, mache ich.«

»Ich habe einige gute Hemden von der Serie.«

»Hemden?« Hamish verstand nicht.

»Na ja, einmal hatte ich Ei an meinem Hemdkragen, und sie sagten, ich könnte ein Hemd aus der Sendergarderobe bekommen. Das durfte ich behalten. Danach habe ich hin und wieder absichtlich etwas auf mein Hemd gekleckert, um ein neues zu bekommen.«

Hamish winkte ihm zum Abschied. Er beschloss, nach Lugs zu schauen, ehe er nach Strathbane fuhr. Das war das Problem mit Hunden. Sie waren wie Kinder. Katzen konnten auf sich selbst aufpassen.

Als er zur Polizeiwache kam, schlief Lugs auf der Decke, die Hamish ihm vor die Küchentür gelegt hatte. Seinen Futternapf hatte er nicht angerührt.

Er stand schläfrig auf und blickte Hamish mit glasigen Augen an.

»Ich weiß, dass es Hundefutter ist«, sagte Hamish. »Aber das musst du fressen. Ich kann nicht immer für dich kochen.«

Lugs leckte ihm die Hand und wedelte mit dem Schwanz. Hamish musterte ihn skeptisch. Aber das Tier sah gesund aus. Wahrscheinlich hat er nur Kaninchen gejagt und ist müde, dachte Hamish.

Er zog seine Uniform aus und Zivilkleidung an und fuhr nach Strathbane, parkte jedoch weiter weg von der Straße nach Inverness und ging zu Fuß zu dem alten Pfarrhaus. Als er um die Ecke bog, erblickte er einen Van der Polizei vor dem Haus. Sollte er gesehen werden, würde Carson es erfahren, und der würde sich fragen, was Hamish in Strathbane tat.

Aus dem Fernsehen wusste Hamish, wie Grace Witherington aussah. Er entschied, am Ende der Straße zu warten, ob sie zufällig vorbeikam.

Nach einer Stunde, in der er sich mehrmals hinter einen Briefkasten duckte, weil Polizeiwagen vorbeifuhren, wollte er schon aufgeben, da kam Grace mit einer Einkaufstasche auf ihn zu. Wie der Professor war auch sie schon alt, weißhaarig und wirkte aufmerksam und klug.

Hamish stellte sich vor und zeigte ihr seinen Ausweis. »Ich würde gern kurz mit Ihnen über Felicity Pearson sprechen.«

»Kommen Sie mit zu mir, dann trinken wir einen Kaffee.«

»Das geht leider nicht. Ich will ehrlich zu Ihnen sein. Strathbane ist nicht mein Zuständigkeitsbereich, und ich könnte Ärger mit meinem Vorgesetzten bekommen, wenn ich hier gesehen werde. Doch ich war mit Professor Tully in Bonar Bridge ins Gespräch gekommen. Er hatte Felicity nicht weiter wahrgenommen, aber ich dachte, eine Dame wie Sie hat gewiss ein schärferes Auge.«

Sie sah ihn einen Moment lang an und sagte: »Um die Ecke gibt es ein kleines Café. Da können wir hingehen.«

Was sie auch taten. Hamish bestellte ihnen beiden einen

Kaffee, und sie fanden einen ruhigen Ecktisch. »Da Sie im selben Haus wohnen, müssen Sie Felicity von Ihnen allen am häufigsten gesehen haben.«

»Früher mal, ja. Sie schien mir ein harmloses, wenn auch humorloses junges Mädchen zu sein. Als dann die Sendung aus dem Programm gestrichen wurde, kam sie zu allen möglichen Tages- und Nachtzeiten zu mir, jammerte und klagte. Zuerst tat sie mir leid – ich selbst tat mir auch leid, weil mir das zusätzliche Geld sehr gelegen kam, obwohl ich mit Abendkursen in Gälisch etwas dazuverdiene. Doch ich schätze meine Privatsphäre, und ich wurde es leid, dass Felicity dauernd vor meiner Tür stand. Sie war vollkommen ichbezogen, und sie hatte etwas Gemeines und Boshaftes an sich. Bis sie ermordet wurde, war ich mir sicher, dass sie diese French umgebracht hatte.«

»Hatten Sie dafür irgendwelche Beweise?«

»Nein, dann wäre ich direkt zur Polizei gegangen«, erwiderte sie. »Es war bloß ein Gefühl. Ich fand, dass sie beim Thema ›Crystal‹ richtig paranoid war.«

»Haben Sie gesehen, dass sie Besuch von Fernsehleuten hatte?«

Grace nickte. »Rory MacBain war früher einige Mal bei ihr.«

Hamish merkte auf. »Abends?«

Sie schien amüsiert zu sein. »Ich verstehe, worauf Sie hinauswollen. Meistens abends, ja, und er ist jeweils ein paar Stunden geblieben.«

»Hatte sie etwas über eine Affäre mit ihm gesagt?«

Die alte Dame schnaubte leise. »Ich habe sie darauf angesprochen, und sie meinte nur überheblich, sie wäre immer noch eine wichtige Mitarbeiterin und Rory würde gern Ideen mit ihr besprechen.«

»Hatten Sie das der Polizei erzählt?«

»Nein, und die haben auch nicht gefragt. Freiwillig habe ich es nicht gesagt. Ich habe Rory MacBain nur deshalb recht oft gesehen, weil er meistens kam, wenn ich zu meinen Abendkursen ging, und wieder wegfuhr, wenn ich zurückkehrte. Ich hatte das Gefühl, wenn ich der Polizei erzähle, dass sie eine Affäre gehabt haben könnten, halten die mich für ein altes Klatschweib.«

»Dann sollte ich es ihnen wohl erzählen«, erwiderte Hamish.

»Nur zu, aber wie wollen Sie es erklären, wenn Sie gar nicht in Strathbane sein dürften?«

Hamish schaute sie unglücklich an.

»Erzählen Sie ihnen, dass Sie zufällig den Professor getroffen haben. Ich habe das erfahren und Sie dann angerufen. Das sollte in Ordnung sein.«

Hamish dankte ihr und fuhr zurück nach Lochdubh. Lugs schlief noch neben seinem unangerührten Futter.

Das reicht, dachte Hamish. Der Bericht kann warten. Lugs muss zum Tierarzt. Er lud den verschlafenen, murrenden Hund in den Land Rover und fuhr zur Tierarztpraxis.

»Ich habe für heute Schluss gemacht«, sagte der Tierarzt mürrisch.

»Bitte, ich habe momentan viel mit einem Fall zu tun.

Lugs macht mir Sorgen. Er schläft die ganze Zeit und rührt sein Futter nicht an.«

»Ich verrate Ihnen, was das Problem ist«, sagte der Tierarzt grinsend. »Der Hund ist genudelt.«

»Genudelt?«

»Ein ernster Fall von Pasta, Schinken und Mozzarella.«

Hamish runzelte die Stirn. »Wie bitte?«

»Das ganze Dorf redet davon. Ihr Hund hat sich den lieben langen Tag an der Hintertür des italienischen Restaurants herumgetrieben, wo ihn Ihr Freund Willie mit großen Portionen füttert. Das sollten Sie lieber abstellen, sonst stirbt das Tier noch an Fettsucht.«

»Danke«, sagte Hamish, der sich schrecklich dumm vorkam. Er trug Lugs zurück zum Land Rover. »Um Willie kümmere ich mich später«, murmelte er. »Zuerst schreibe ich lieber meinen Bericht.«

Kapitel 9

Ich werde Broschen und Spielzeug dir schenken,
auf dass es dir Freude macht,
Aus Vogelsang am Morgen und aus Sternenlicht bei Nacht.
Ich werde einen Palast erbauen, dir zur Ehr'
Aus grünen Tagen im Wald und blauen am Meer.
Ich werde die Küche bestellen, und dein Raum bleibe,
Wo weiß der Fluss rausche und der Besen Staub vertreibe.

R. L. STEVENSON

Carson las äußerst gereizt Hamishs Bericht. Er hatte den Mann als einen Idioten abgetan, dessen frühere Ermittlungserfolge schamlos übertrieben wurden. Doch wieder einmal hatte der Dorfpolizist etwas Wichtiges entdeckt, was ihnen entgangen war.

Er beschloss, dass es Zeit für ein Gespräch von Angesicht zu Angesicht mit Hamish Macbeth war.

Leider kam Hamish gerade in einem alten Hemd und

einer fleckigen Hose zurück zur Wache geschlendert und schwenkte einen leeren Futtereimer, als Carson ankam.

»Nicht in Uniform, Officer?«, fragte Carson.

»Nein«, antwortete Hamish mit einem strahlenden Lächeln, was ein sicheres Zeichen dafür war, dass er lügen würde. »Es ist mein freier Tag.«

»Mitten in den Ermittlungen zu zwei Morden sind alle freien und Urlaubstage gestrichen.«

»Ist das so?« Hamish stellte den Eimer ab. »Ich dachte, ich soll mich aus dem Fall heraushalten.«

Carson sah ihn verärgert an. Hamish war groß, hatte freundliche Züge und haselnussbraune Augen mit dichten Wimpern. Sein rotes Haar leuchtete wie ein Signalfeuer. Carson dachte sehr wenig logisch, dass ein anständiger Polizist kein solch grelles Haar haben sollte. »Ich habe Ihren Bericht bekommen, Macbeth«, sagte er, »und würde den gern mit Ihnen besprechen.«

»Auf dem Herd steht Kaffee warm, Sir. Gehen wir rein.«

Carson folgte ihm in die Küche. Er setzte sich und schaute sich um. Es roch nach nassem Hund und Holzrauch. Der Tisch war von einer rot-weiß karierten Decke verhüllt. Auf weiß lackierten Regalen standen Gläser und Geschirr. Ein alter Herd sorgte für angenehme Wärme. An der Wand neben der Tür tickte eine alte runde Uhr. Durchs Fenster konnte Carson Schafe auf einer Weide hinter dem Haus sehen.

»Ihre Schafe?«, fragte er.

»Ja«, antwortete Hamish.

»Die werden Ihnen dieser Tage nichts einbringen.«

»Ja, das ist ein Jammer.« Hamish schenkte Kaffee in zwei Becher und stellte sie auf den Tisch. Dann holte er eine Milchflasche aus dem Kühlschrank und leerte sie in einen Krug, den er zusammen mit einer Zuckerschale zum Tisch brachte.

»Je länger ich diese Schafe behalte«, sagte Hamish, »desto mehr entwickeln sie individuelle Persönlichkeiten. Ich fürchte, sie werden da draußen bleiben, bis sie an Altersschwäche sterben.«

»Sie kommen mir nicht wie ein sentimentaler Mann vor.«

»Ich bin praktisch veranlagt, Sir«, gab Hamish zurück. »Es ist sinnlos, die Tiere für wenige Pennys zu schlachten.« Er setzte sich ihm gegenüber.

Carson runzelte die Stirn. Er hätte um Erlaubnis bitten müssen; andererseits war Hamish hier zu Hause, und er selbst war auf ein freundliches Gespräch vorbeigekommen.

»Können Sie mir verraten«, begann er, »warum Grace Witherington, die eine mobile Ermittlungseinheit vor der Haustür hat, Sie mit dieser Information anruft?«

»Ich hatte mit Professor Tully geplaudert, den ich zufällig getroffen hatte. Offenbar hatte sie davon gehört. Er war zusammen mit ihr in der gälischen Sendung. Sie sagte, sie würde lieber mit mir reden, weil die Polizei sie nicht gefragt hatte und ihr nicht ganz wohl dabei war, Klatsch zu verbreiten.«

»MacBain hätte uns erzählen müssen, dass er eine Affäre mit der Frau hatte.«

»Wie ist Mrs. MacBain so?«, fragte Hamish neugierig.

»Bei ihr bin ich selbst gewesen. Streng, blond, dünn, um

die vierzig. Ich hatte seine Affäre mit Crystal nicht erwähnt – oder vielmehr seinen One-Night-Stand. Sie sagte, sie hätte ihn am Tag von Crystals Ermordung im Sender angerufen und sich mit ihm unterhalten. Es gibt auch einen Nachweis für das Telefonat auf der Rechnung, aber sie könnte ebenso gut mit der Zentrale gesprochen haben. Die junge Frau, die an dem Tag Dienst hatte, erinnert sich an nichts.«

»Diese Fernsehleute haben doch alle eine direkte Durchwahl«, wandte Hamish ein, der sich selbst die Durchwahlnummern der Sendermitarbeiter hatte geben lassen.

»Keine Ahnung. Man kann ja auch über die Zentrale gehen. Tja, ich würde den Fall gerne von Anfang an mit Ihnen durchgehen. Mich hat geärgert, dass Sie sich anscheinend ganz auf Felicity Pearson versteift hatten. Und ich war geneigt, Sie als einen Narren abzutun. Was hat Sie so sicher gemacht, dass sie es war?«

»Es schien sehr naheliegend«, antwortete Hamish. Er stand auf, öffnete die Herdklappe, schaufelte etwas Torf hinein und schloss sie wieder, ehe er sich zurück an den Tisch setzte. Die Uhr tickte träge, der Kaffee war köstlich, und von draußen war leise das Blöken der Schafe und das Gackern der Hühner zu hören.

Carson verstand nun beinahe, warum dieser seltsame Polizist jede Beförderung entweder ablehnte oder sabotierte.

»Sie hatte so vieles verloren, was ihr lieb und teuer war«, erklärte Hamish. »Rory dürfte hinter Crystal her gewesen sein. Falls er da noch eine Affäre mit Felicity hatte, müsste es sie noch verbitterter gemacht haben.«

»Aber Sie wussten nicht, dass er eine Affäre mit ihr hatte, als Sie Ihre ersten Berichte eingereicht haben.«

»Stimmt. Dann war es, weil ich gespürt habe, wie wütend sie über den Verlust ihrer Sendung war. Ich bin in ihrer Wohnung gewesen. All die Fotos … Eine Art Schrein für Felicity Pearson. Die Leute glauben immer, dass nur schöne Menschen eitel sind.«

Plötzlich hörte Hamish im Geiste Professor Tully über den Verlust des Fernsehjobs klagen, der ihm Gratishemden eingetragen hatte.

Carson sah Hamish an und wurde ärgerlich. Der Mann saß da, als hätte ihn der Blitz getroffen. Sein Blick wurde glasig, und sein Mund stand offen. Inzest, dachte Carson säuerlich. So etwas musste es auf diesen Dörfern zuhauf geben.

»Garderobe«, sagte Hamish matt.

»Wie bitte?« Carson erhob sich halb, um zu gehen. Hamish Macbeth hatte offensichtlich irgendeinen Anfall, und er sollte ihn nicht provozieren.

»Sicher haben Sie eine Garderobe. Haben wir alle, nicht?«

»Nein, nein.« Jetzt waren Hamishs Augen wieder klar. »Die Sendergarderobe.«

Carson schüttelte ratlos den Kopf. »Was ist mit der?«

»Der Hut und die Brille, die die Person getragen hat, die den BMW fuhr. Hat jemand in der Sendergarderobe nachgefragt?«

»Nein«, antwortete Carson und betrachtete Hamish verwundert. Dann sagte er: »Fahren wir hin, jetzt gleich!«

»Gut.« Hamish ging zur Tür.

»Ziehen Sie erst Ihre Uniform an. Ihr Aufzug ist eine Schande für die ganze Polizei.«

Brav trottete Hamish ins Schlafzimmer, um seine Uniform anzuziehen.

Carson nahm sich noch einen Becher Kaffee. Wie konnte dieser Dorfpolizist auf Dinge kommen, die alle anderen übersahen? Eine Blitzeingabe des Offensichtlichen, konstatierte er verschnupft. Daran hätte er denken müssen!

Ein kleiner, gepflegter Mann namens Derry Hunt war für die Sendergarderobe zuständig. »Ja«, sagte er. »Wir haben immer alles da, sogar Anzüge. Dieser Professor Tully zum Beispiel kam in einem Anzug an, der schrecklich geflirrt hat, und da haben wir ihm einen von unseren gegeben. Den wollte er behalten, aber ich habe gesagt, das eine oder andere Oberhemd ist okay, doch ein ganzer Anzug nicht.«

»Uns geht es um einen breitkrempigen Hut und eine dunkle Sonnenbrille«, erklärte Carson.

»Die könnte ich bei dem Krimskrams haben.«

»Versorgen Sie hier alles selbst?«, fragte Hamish.

»Nein, ich habe noch ein Mädchen, das für mich arbeitet. Sie bügelt, flickt und so.«

»Geben Sie die Sachen so raus, oder haben Sie ein Verzeichnis?«, hakte Hamish nach.

»Selbstverständlich führe ich über alles Buch!«, antwortete Derry Hunt.

»Könnten wir das sehen?«, bat Carson.

Derry holte ein großes Buch hervor. »Einen Computer

habe ich nicht. Ich wüsste gar nicht, wie ich so ein Ding bediene. Mal sehen. Nach welchem Tag suchen Sie?«

»Dem Tag, an dem Crystal French ermordet wurde. Montag, der achtundzwanzigste August.«

»Oder der Tag vorher«, warf Hamish ein.

Derry wanderte die Seite mit dem Zeigefinger ab. »Hier haben wir es. Brauner Hut, dunkle Sonnenbrille.«

»Wer hat die genommen?«, wollte Carson wissen.

Hamish stellte fest, dass er den Atem anhielt.

»Felicity Pearson.«

»Sind Sie sicher?«, fragte Carson sehr schroff.

»Ja.«

»Und hat sie die Sachen zurückgebracht?«, fragte Hamish.

»Ja, sie hat sie am siebenundzwanzigsten geholt und am achtundzwanzigsten zurückgebracht.«

»Haben Sie die Sachen hier?« Hamish hielt den Atem an.

»Ich sehe mal nach, aber da sie zurückgegeben wurden, müssten sie hier irgendwo sein.«

Carson zog ein Paar dünne Handschuhe aus seiner Tasche. »Ziehen Sie die an«, befahl er. »Heben Sie die Sachen vorsichtig hoch, und bringen Sie sie uns.«

Ungeduldig warteten sie.

Dann kam Derry zurück, der behutsam einen großen Schlapphut mit breiter Krempe und eine dunkle Sonnenbrille trug.

»Legen Sie sie auf den Schreibtisch, den Hut umgedreht«, bat Hamish. »Ich möchte ihn mir von innen ansehen.«

Derry drehte den Schlapphut sorgfältig um. Zu seiner Belustigung holte Hamish eine Lupe hervor und inspizierte das Hutband innen.

»Sie sehen wie Sherlock Holmes aus«, bemerkte Derry, aber gleichzeitig gab Hamish ein begeistertes Zischen von sich. Er reichte Carson die Lupe. »Sehen Sie, Sir. Ein Haar. Ein braunes Haar. Wie schnell können wir das mit Felicity Pearsons Haaren abgleichen lassen?«

»So schnell, wie ich es veranlassen kann. Haben Sie eine Tüte?«

Hamish zückte eine Beweismitteltüte aus Zellophan.

»Pinzette?«

»Klemme, Skalpell?«, scherze Derry, was ihm einen vernichtenden Blick von Carson eintrug.

Hamish fand eine Pinzette in seiner Tasche, und Carson zupfte vorsichtig das Haar ab, um es in die kleine Tüte zu stecken.

»Wann können wir wissen, ob das Haar von Felicity ist?«, fragte Hamish wieder.

»Ich mache Druck«, sagte Carson und wandte sich an Derry. »Haben Sie hier eine Plastiktüte, in die wir den Hut und die Brille stecken können?«

Derry ging wieder weg und kehrte mit einer Einkaufstüte zurück.

»Kommen Sie mit, Hamish«, sagte Carson. »Wir fahren zur Zentrale.«

Als sie dort ankamen und hinauf zu Carsons Büro gingen, begegnete Jimmy Anderson ihnen auf der Treppe. Er sah Hamish überrascht an.

»Wissen Sie, was das heißt?«, fragte Carson. »Sollte sich dieses Haar als Felicitys entpuppen, steht es zehn zu eins, dass sie Crystal umgebracht hat. Dann hätten wir nur noch den ungeklärten Mord an Felicity.«

»Wenn Sie erlauben, Sir«, erwiderte Hamish, »würde ich gern mal mit dieser anderen Assistentin sprechen, Amy Cornwall.«

»Später. Warten Sie, bis ich das hier zum Labor geschickt habe.«

Als alles geregelt war, rief Carson seine Sekretärin und bat sie, ihnen Jimmy Anderson zu schicken.

Jimmy blickte als Erstes misstrauisch zu Hamish. Bei Blair standen die Chancen grundsätzlich schlecht, dass Hamish im Rang aufstieg, doch bei Carson war es etwas anderes.

»Ich möchte, dass Sie mit einem Uniformierten rüber zu *Strathbane Television* fahren«, sagte Carson, »und Rory MacBain zur Befragung herholen. Mich interessiert nicht, wie beschäftigt er gerade ist.«

»Hat sich etwas Neues ergeben?«, wollte Jimmy wissen.

»Das erkläre ich Ihnen später. Jetzt holen Sie MacBain. Wir nutzen den Befragungsraum drei.«

Als Jimmy weg war, wandte sich Carson an Hamish. »Ich befrage MacBain. Möchten Sie dabei sein?«

»Ja, gern, danke.«

Carson seufzte. »Wie oft muss ich es Ihnen noch sagen?«

»Ja, gern, danke, *Sir*.«

Eine halbe Stunde später saß Rory MacBain ein wenig verwirrt und nervös Carson und Hamish im Befragungsraum gegenüber. Die Polizistin Maggie bediente das Aufnahmegerät. Sie schenkte Hamish ein frostiges kleines Lächeln.

Auf die Frage, ob Rory einen Anwalt hinzuziehen wolle, antwortete er: »Warum in aller Welt soll ich einen Anwalt wollen? Ich habe mir nichts zuschulden kommen lassen! Jetzt machen Sie schon. Ich habe heute viel zu tun.«

»Wir glauben, dass Sie eine Affäre mit Felicity Pearson hatten«, begann Carson.

Damit hat Rory nicht gerechnet, dachte Hamish.

»Wer sagt das?« Rory MacBain zurrte an seiner Krawatte, um sie zu lockern.

»Sie wurden gesehen, wie Sie sie regelmäßig in ihrer Wohnung besucht haben.«

»Natürlich habe ich. Und natürlich haben die Nachbarn mich gesehen. Ich bin ihr Chef. Beim Fernsehen gibt's keinen Feierabend. Ich bin manchmal abends bei ihr gewesen, um Sendungen zu besprechen.«

»Und dennoch haben Sie sie zur Assistentin gemacht.«

Hamish hüstelte entschuldigend.

»Was ist, Macbeth«, fragte Carson barsch.

»Es könnte leicht geklärt werden«, antwortete Hamish. »Mr. MacBain müsste uns nur eine DNS-Probe geben.«

Rory ließ den Kopf hängen, hob ihn jedoch gleich wieder und setzte ein Von-Mann-zu-Mann-Lächeln auf. »Schön, dann gebe ich es eben zu. Wir hatten da ein bisschen was am Laufen.«

»Wie lange?«, hakte Carson nach.

»Ach, weiß ich nicht. Immer mal wieder. Über einige Jahre.«

»Einige Jahre!«, rief Carson aus. »Und das haben Sie uns nicht erzählt?«

»Ich wollte doch nicht, dass es meine Frau erfährt.«

»Haben Sie eine Ahnung, wen Felicity unten an den Docks treffen wollte, als sie umgebracht wurde?«, fragte Carson.

»Nein, ich hatte sie ja ein oder zwei Wochen nicht gesehen. Ich meine, im Büro natürlich schon, aber ich bin nicht bei ihr gewesen. Die Sache ist etwas aus dem Ruder gelaufen. Felicity hat ein bisschen geklammert und war ziemlich besitzergreifend.«

»Sie muss Crystal French gehasst haben«, bemerkte Hamish.

»Dazu hatte sie keinen Grund. Ich meine, sie wusste ja nichts von dem kleinen Techtelmechtel, das ich mit Crystal in Edinburgh gehabt habe.«

»Nach allem, was ich von Crystal gehört habe«, fuhr Hamish unbeirrt fort, »würde ich schätzen, dass sie es Felicity erzählt hat. Crystal French schien gern Leute zu verstören oder zu erniedrigen. Außerdem hatte sie Felicity aus deren Warte um ihren Job gebracht.«

»Das ist doch lächerlich! Crystal wurde als Moderatorin einer neuen Reihe engagiert. Felicity war die Produzentin einer Serie mit einbrechenden Einschaltquoten.«

»Und dennoch wollten Sie Felicity zur Moderatorin machen«, sagte Hamish. »Und was das Aussehen angeht, spielte

Felicity nicht in derselben Liga wie Crystal. Sie hatte noch nie zuvor moderiert, soweit ich weiß. Hat Felicity Ihnen gedroht, es Ihrer Frau zu erzählen? Hat sie Sie erpresst?«

»Ich verlange einen Anwalt!«, erklärte Rory finster.

»Und damit war es praktisch vorbei«, erzählte Hamish am Abend Elspeth. »Der Anwalt kam, Rory machte dicht, und sein Anwalt sagte, solange wir ihn nicht wegen irgendetwas anklagen, sollten wir ihn laufen lassen.«

Elspeth hatte an Hamishs Küchentür geklopft, als er eine halbe Stunde zurück gewesen war.

»Benutzen Sie nie Ihr Wohnzimmer?«, fragte sie. »Ich fände einen bequemen Sessel nett.«

»Haben Sie vor, länger zu bleiben?«, entgegnete Hamish. »Ich bin müde.«

»Nur noch ein bisschen.«

Hamish und Elspeth gingen in Hamishs Wohnzimmer. Dort machte er Feuer. Elspeth setzte sich in einen Sessel.

»Also der Hut«, begann sie. »Wenn sich herausstellt, dass Felicity ihn getragen hat, macht es sie zur Mörderin. Ihnen bleibt dann immer noch ein anderer Mord. Haben Sie zu dem irgendwelche Ideen?«

»Ich denke, es hat mit dem Kram zu tun, den Felicity für Crystals Sendung ausgegraben hat, diese *Hinter-den-Spitzengardinen*-Folge. Die andere Assistentin, Amy Cornwall, hat daran gearbeitet, aber ich glaube, dass Felicity etwas herausgefunden hatte. Und jetzt muss ich noch einmal die Alibis aller überprüfen, die Amy interviewt hatte.«

»Könnte es sein, dass jemand Felicity gesehen hatte und sie erpresst hat? Die Person bat sie um ein Treffen an den Docks, andernfalls würde sie verraten, was sie beobachtet hat?«

Hamish seufzte. »Könnte sein. Ich spreche morgen mit Amy Cornwall. Vielleicht bekomme ich aus ihr etwas heraus.«

Das Bürotelefon klingelte, und der Anrufbeantworter sprang an.

»Ich konnte nicht verstehen, was gesagt wurde.« Elspeth sah ihn an, und ihre Augen waren auf einmal dunkel. »Ich habe ein mieses Gefühl, Hamish. Sie sollten sich das lieber anhören.«

Doch er schüttelte den Kopf. »Es gibt einen Grenzstreit zwischen zwei Kleinbauern. Wahrscheinlich war es einer von ihnen. Ich kann mich heute Abend nicht mit denen herumschlagen.«

Elspeth schlug die Beine übereinander. Sie hatte sehr lange Beine, die von der schwarzen Feinstrumpfhose noch betont wurden. Allerdings könnten es genauso gut zwei Zaunpfosten sein, so viel Aufmerksamkeit, wie Hamish Macbeth ihnen schenkte, dachte sie. »Wollen Sie mir nichts zu trinken anbieten?«, fragte sie.

»Psst!« Hamish hielt eine Hand in die Höhe. »Horchen Sie mal!«

In der Ferne war schwaches Sirenenheulen zu hören.

Sie sahen einander an, dann sprang Hamish auf. »Da stimmt etwas nicht.«

Er rannte aus der Wache, gefolgt von Elspeth, und blickte

sich am Wasser um. Dann sah er Dr. Brodie mit seiner schwarzen Tasche zum Haus des Bankmanagers laufen.

»Oh, mein Gott, nein!«, murmelte Hamish. Er raste los, um den Arzt abzufangen.

»Aus dem Weg, Hamish!«, keuchte Dr. Brodie. »Suizid.«

Hamish folgte ihm zum Haus. Dort war Mr. McClellan, der aschfahl aussah. »Oben«, flüsterte er. »Schlafzimmer.«

Dr. Brodie sprintete die Treppe hinauf. Hamish war ihm dicht auf den Fersen. Mrs. McClellan lag regungslos und kalt in der Mitte des Ehebettes. Ein leeres Fläschchen Paracetamol-Tabletten war auf dem Nachttisch umgekippt. Dr. Brodie fühlte nach einem Puls und fand keinen. Hamish wartete und betete. »Kein Lebenszeichen.« Der Arzt richtete sich auf. »Ich würde sagen, dass sie seit einigen Stunden tot ist.«

Ich hasse diese Fernsehleute, dachte Hamish. Die haben sie umgebracht; ebenso gut hätten sie ihr ein Messer in den Rücken rammen können.

Der Krankenwagen traf ein, und die Leiche wurde nach draußen gebracht, vorbei an einer kleinen Gruppe stummer Dorfbewohner.

Elspeth wartete bei ihnen. »Hamish?«

»Jetzt nicht«, antwortete er.

Er drehte sich um und kehrte ins Haus zurück, wo Dr. Brodie bei Mr. McClellan saß. »Ich werde Sie heute nicht belästigen«, sagte Hamish. »Aber morgen müsste ich mit Ihnen sprechen.«

Der Bankmanager sah ihn benommen an. »Warum?«, fragte er. »Wir waren hier glücklich.«

Jimmy Anderson kam herein. »Ich muss draußen kurz mit Ihnen reden, Jimmy«, erklärte Hamish.

Sie traten vor das Haus. »Suizid?«, vergewisserte sich Jimmy.

»Ja, sie hat eine Überdosis Paracetamol genommen. Es war diese Geschichte mit dem Ladendiebstahl, die ihr große Sorgen gemacht hat. Mrs. McClellan war vor Jahren verurteilt worden und hatte sich behandeln lassen. Diese Schweine vom Fernsehen waren für ihre verdammte Sendung hinter ihr her. Nach Crystals Tod wurde das Thema fallen gelassen, aber Felicity hat angefangen, alles wieder auszugraben.«

»Und jetzt ist Felicity tot. Denken Sie, Mrs. McClellan war das?«

»Nein. Nie und nimmer. Sie war eine großartige Frau. Das hätte nie passieren dürfen! So ein lächerlicher Gesetzesverstoß vor so vielen Jahren. Dieser Abschaum drüben in Strathbane kennt keinen Anstand. Allein der Gedanke, die Frau eines Bankmanagers vor laufenden Kameras anzuprangern, muss ihnen einen Kick verschafft haben.«

»Tja, ich arrangiere lieber alles, den Ehemann morgen zum Staatsanwalt zu bringen«, erwiderte Jimmy. »Haben Sie seine Aussage?«

»Nein, die nehme ich morgen früh auf. Das ist eine üble Sache.«

Jimmy nickte. »Ist es.«

Hamish seufzte. »Eines noch. Wir gehen lieber noch mal rein und sehen nach, ob sie einen Abschiedsbrief hinterlassen hat. Ich war so erschüttert, dass ich gar nicht gefragt habe.«

Jimmy erkannte an Hamishs ausgeprägtem Akzent, dass er wirklich zutiefst erschüttert war. Das ist das Problem, wenn man Polizist in einem Dorf ist, dachte Jimmy. Die Leute stehen einem zu nahe.

Sie kehrten ins Haus zurück. »Mr. McClellan«, fragte Hamish behutsam, »hat Ihre Frau einen Brief hinterlassen?«

Tränen stiegen dem Mann in die Augen, und er zog ein zerknülltes Blatt Papier aus der Tasche, das er Hamish stumm reichte.

Hamish und Jimmy gingen ein wenig auf Abstand und lasen.

Lieber John!, stand dort. *Der alte Skandal kommt wieder hoch, und ich ertrage es nicht. Ich halte es nicht mehr aus. Bitte vergib mir. In Liebe, Fiona.*

Das Blatt war fleckig von Tränen. Jimmy zog eine Beweismitteltüte hervor und steckte den kurzen Abschiedsbrief hinein.

»Ich denke, Sie sollten es jetzt gut sein lassen«, sagte Dr. Brodie. »Ich gebe Mr. McClellan ein Sedativum.«

Jimmy und Hamish gingen wieder nach draußen, wo die kalten, gnadenlosen Sterne auf sie herableuchteten.

»Bis dann.« Hamish nickte Jimmy zum Abschied zu und machte sich auf den Rückweg zur Wache. Er hörte Schritte hinter sich und drehte sich um.

»War es Selbstmord?«, fragte Elspeth.

Plötzlich überkam Hamish ein ungeheurer Hass auf die Medien. »Verschwinden Sie!«, fauchte er.

Elspeth wich einen Schritt zurück, als hätte er sie geschlagen.

Er ging weiter zur Wache. Mr. Patel, der den Dorfladen führte, trat aus dem Schatten vor.

»Ich muss mit Ihnen reden, Hamish, über die arme Mrs. McClellan. Ich habe solch ein schlechtes Gewissen!«

Mr. Patel war vor Jahren nach Schottland gekommen und zunächst mit einem Koffer von Haus zu Haus gezogen, um Waren zu verkaufen. Er hatte jeden Penny gespart, bis er einen Laden hatte kaufen können. Hamish war bis heute ein wenig überrascht, dass der gebürtige Inder einen eindeutig schottischen Akzent hatte.

Er führte Mr. Patel in die Küche, wo Lugs den Mann überschwänglich begrüßte, denn für ihn war er in erster Linie jemand, der ihm Hundekekse schenkte.

»Worum geht es?«, wollte Hamish wissen.

»Es ist wegen der armen Mrs. McClellan. Ich wollte meinen Augen nicht trauen. Ich habe einen Spiegel hinter dem Tresen, in dem ich sehe, was im Laden vor sich geht. Und da habe ich beobachtet, wie sie Sachen in ihren Einkaufskorb gelegt hat. Wobei ich mir nichts gedacht habe. Ich habe mir gesagt, dass eine ehrbare Dame wie sie an der Kasse für alles bezahlen würde.«

Mr. Patel seufzte. »Doch dann stellte sie nur eine Cornflakes-Packung auf den Tresen. Ich habe sie gebeten, mit nach hinten zu kommen. Da habe ich die anderen Sachen aus ihrem Korb genommen und gefragt: ›Was ist hiermit?‹ Sie hat furchtbar angefangen zu weinen und gesagt, die wollte sie bezahlen, hätte es aber vergessen. Ich habe ihr erklärt, dass ich es diesmal nicht melde, aber mit ihrem Mann sprechen würde. Da hat sie noch schlimmer geweint und mich angefleht, es ihm nicht zu erzählen. Ich habe ihr versprochen, es mir zu überlegen. Und jetzt ist die arme Frau tot.«

»Das konnten Sie nicht ahnen«, erwiderte Hamish betrübt. »Sie war vor Jahren wegen Ladendiebstahls verurteilt und wegen Kleptomanie behandelt worden. Irgendwie haben diese Fernsehleute die Sache ausgegraben. Damals stand es in der Zeitung in Strathbane. Es kam schon vorher wieder hoch. Erinnern Sie sich noch an diesen Müllmann, der ermordet worden ist?«

Patel nickte.

»Er hatte es ebenfalls herausgefunden und Mrs. McClellan erpresst«, fuhr Hamish fort. »Sie hatte solche Angst, dass ihr Mann davon erfährt, dass sie ihn bezahlt hat. Ich habe es zu der Zeit unter Verschluss gehalten. Sie müssen wissen, dass ihr Mann nach dem Skandal eine gute Stelle in Strathbane aufgegeben hatte, damit sie hier ein neues Leben anfangen konnten. Die Angst muss die alte Krankheit wieder ausgelöst haben. O Gott, was für eine Vergeudung! Sie war eine sehr nette Frau.«

»Das war sie.« Mr. Patel hatte Tränen in den Augen.

»Ich schreibe es in meinen Bericht«, sagte Hamish, »und ich werde sie bitten, es nicht an die Presse zu geben.«

Als Mr. Patel fort war, tippte Hamish seinen Bericht und schickte ihn an Strathbane. Dann ging er zu Bett. Lugs rollte sich neben ihm ein.

Bevor Hamish einschlief, fiel ihm plötzlich Elspeths Gesichtsausdruck wieder ein. Er hatte ihr eine Menge erzählt, und trotzdem hatte sie ihn nicht verraten und kein einziges Wort gedruckt. Er musste sich bei ihr entschuldigen.

Prompt dachte er an Priscilla, die jetzt so weit weg schien. Es hatte eine Zeit gegeben, in der er sich ausgemalt hatte, dass sie hier mit ihm leben würde, und sich ein idyllisches Eheleben vorgestellt. Irgendwann schlief er ein.

Kapitel 10

Doch mein Schicksalstag ist vorbei,
Und der Stern meines Loses gesunken.
LORD BYRON

Hamish war das Herz schwer, als er am nächsten Morgen
aufwachte. Er zog sich an und ging zum Haus des Bankmanagers. Mr. McClellan saß bleich in seinem Wohnzimmer;
Dr. Brodie war bei ihm. Hamish nahm eine kurze Aussage
auf. Der Arzt sagte, es würde bald ein Wagen von der Polizei
kommen, um Mr. McClellan zum Staatsanwalt in Strathbane
zu bringen.

Auf der Wache schickte Hamish die Aussage seinen Vorgesetzten und rief beim Fernsehsender an, wo er bat, Amy
Cornwall zu sprechen. Als sie am Apparat war, sagte er ihr,
dass er zu ihr kommen und ihr einige Fragen stellen wolle.

»Ich bin mittags frei«, antwortete sie munter.

Hamish vereinbarte, sie dann zu treffen, und dachte, dass

Amy die Einzige von ihnen allen war, die kein schlechtes Gewissen zu haben schien – was allerdings auch daran liegen könnte, dass sie kein Gewissen hatte.

Er fuhr aus Lochdubh heraus, als er Elspeth an der Brüstung der Buckelbrücke lehnen sah. Er wurde langsamer, denn er musste sich bei ihr entschuldigen, entschied jedoch feige, es auf später zu verschieben.

Beim Einparken vor dem Sender musste er seinen Abscheu vor dem Gebäude und allen darin bändigen. Er ging hinein, meldete sich am Empfangstresen an und erfuhr, dass Amy gleich nach unten kommen würde.

Während er wartete, erinnerte er sich plötzlich, wie Rory MacBain sich gewunden hatte, als er um eine DNS-Probe gebeten worden war. Doch er hatte gesagt, er hätte Felicity zwei Wochen lang nicht gesehen. Das musste er aber, und wahrscheinlich hatte er kurz vor ihrem Tod mit ihr Geschlechtsverkehr gehabt, denn warum sonst hätte ihn das zu einem Geständnis veranlassen sollen?

Hamish hörte ein leises Hüsteln und bemerkte, dass Amy vor ihm stand. »Können wir uns irgendwo draußen unterhalten?«, bat sie. »Hier ist es unheimlich.«

»Ja, das verstehe ich. Gegenüber ist ein Café.«

Sie fanden einen Tisch am Fenster. Es war ein belebter Einkaufstag, und Passanten strömten draußen vorbei: Jeans und Turnschuhe, Bomberjacken, Anoraks, gebeugter Gang, leere Blicke, mürrische Mienen.

Tja, würde ich hier leben, sähe ich wohl genauso aus, dachte Hamish.

»Also, was wollen Sie mich fragen?« Amy sah ihn mit strahlend blauen Augen an.

»Ehe wir anfangen: Kennen Sie Mrs. McClellan, die Frau des Bankmanagers? Zu ihr wurde vom Sender recherchiert, und dank Ihnen hat sie sich gestern Abend das Leben genommen?«

»Ja, echt Mist. Aber diese Kleptomanen sind sowieso ein bisschen labil, nicht?«

Zorn stieg in ihm auf. »Trifft Sie das gar nicht?«

Sie zuckte mit den Schultern. »Hat ja nichts mit mir zu tun.«

Hamish beschloss, dass er nicht viel von ihr erfahren würde, sollte er sich mit ihr streiten oder sie zurechtweisen. »Die Folge *Hinter den Spitzengardinen* sollte mit Felicity als Moderatorin gebracht werden. Hatten Sie wieder angefangen, dieselben Leute noch einmal zu interviewen?«

»Nein, hatte ich noch nicht. Aber es gab einen Artikel in der Zeitung, dass Felicity die Sendung machen sollte, also schätze ich, dass einige von denen, die wir aufs Korn nehmen wollten, Angst bekommen haben. Mrs. McClellan sicher auch.«

Es kostete Hamish einige Mühe, seine Abneigung gegen sie zu zügeln. »Was meinen Sie? Hätte Felicity, als Crystal die Sendung machte, eigenständig dazu nachgeforscht, ohne es Ihnen zu erzählen?«

Sie lächelte spöttisch. »Kann gut sein. Crystal hat sie schlecht behandelt, und je schlimmer es wurde, desto mehr ist Felicity vor ihr gekrochen. Wie ein geprügelter Hund.«

»Haben Sie gewusst, dass Felicity eine Affäre mit Rory MacBain hatte?«

»Ja.«

»Woher?«, hakte Hamish nach.

»Ich hatte sie eines Abends in seinem Büro überrascht. Rory hatte mich gebeten, einen Bericht für ihn zu tippen und ihn ihm schnellstmöglich zu bringen. Das hatte er wohl vergessen, denn als ich seine Bürotür öffnete, waren sie heftig bei der Sache, auf dem Fußboden. Sie haben mich nicht bemerkt. Ich hatte die Tür leise geöffnet und habe sie genauso leise gleich wieder geschlossen.«

»War Felicity an dem Abend vor ihrer Ermordung länger im Büro?«

Amy dachte einen Augenblick nach. »Ich glaube ja. Wir hatten alle lange gearbeitet. Callum Bissett mag endlose Besprechungen, die ewig dauern und normalerweise nichts bringen. Es gab ein Übernahmeangebot für *Strathbane Television*. Eine der große Fernsehfirmen, *Jackson's*, hat ein Angebot gemacht. Callum denkt, die Anteilseigner werden es annehmen. Das Meeting ging bis neun. Danach sind wir alle unserer Wege gegangen. Felicity hatte Crystals altes Büro bekommen. Da habe ich Licht in dem Spalt unter der Tür gesehen, als ich nach Hause gegangen bin.«

Also könnte Rory mit Felicity geschlafen haben, bevor er das Büro verlassen hat, dachte Hamish. Er muss uns dringend mehr erzählen. »Denken Sie, Felicity könnte Crystal umgebracht haben?«

Sie schnaubte leise. »Ein verhuschtes Etwas wie die? Obwohl, wenn ich es bedenke, war es schwer, Felicity wirklich zu kennen. Sie war verschlagen, heimlichtuerisch. Aber sicher wünschen Sie sich diese Lösung nicht. Ich meine, wenn Felicity Crystal ermordet hat, wer hat dann Felicity umgebracht?«

Hamish ging nicht darauf ein. »Was wird jetzt aus der Sendung, *Highland Life*, wenn beide Moderatorinnen tot sind?«

»Nichts. Ich schätze, wir bringen erst mal alte Filme und Serien, bis die Übernahme durch ist. Sie senden heute Abend einen Nachruf auf Crystal und Felicity. Crystals Leiche ist zur Beerdigung freigegeben, und die findet heute in Edinburgh statt. Ein Team ist hingefahren, um alles zu filmen.«

Hamish fiel noch etwas ein. »Wollte irgendjemand von Ihrer Liste für die Sendung tatsächlich vor die Kamera?«

»Kein Einziger«, antwortete Amy. »Nichts als Drohungen.«

»Und das hat Sie nicht dazu bewogen, die Sache abzublasen?«

»Oh nein, wir wollten bei ihnen allen aufkreuzen, selbst wenn sie uns nur die Tür vor der Nase zugeschlagen hätten. Dann hätte Crystal vor ihren Häusern gestanden und geschildert, was die Leute getan hatten.«

»Sie sind wahrlich ein Haufen Schweine, was?«, sagte Hamish.

Wieder zuckte Amy mit den Schultern. »So ist das Showbusiness.«

Carson, der später am Büro der Detectives vorbeikam, sah Hamish eifrig tippen und bat ihn, mit in sein Büro zu kommen.

»Gibt es schon ein Laborergebnis zu dem Haar?«, fragte Hamish.

»Noch nicht. Was haben Sie?«

Hamish berichtete ihm von seinem Gespräch mit Amy.

»Ich lasse Rory MacBain gleich herholen«, sagte Carson. »Was ist?«, wollte er wissen, denn Hamish sah plötzlich wieder aus wie vom Blitz getroffen.

»Der Tag von Crystals Ermordung«, antwortete Hamish langsam. »Es war der Tag, an dem die *Highland Times* erschienen ist. Felicity sagte, dass sie morgens eine Ausgabe für Crystal holen musste, aber wie hätte das gehen sollen? Ich meine, sie ist um acht losgefahren. Allmählich denke ich, dass Felicity sie auf der Strecke nach Lochdubh angehalten haben muss.«

»Könnte sein. Wir werden mehr wissen, wenn das Laborergebnis da ist. Ich befrage erst mal MacBain. Sie können dabei sein, wenn Sie wollen.«

»Ich warte auf meinen Anwalt«, verkündete Rory MacBain in überheblichem Ton.

»Dann können wir uns die Zeit vertreiben, indem wir eine Blutprobe nehmen«, sagte Carson.

»Warum?«

»Ich denke, sie wird beweisen, dass Sie vor ihrem Tod mit Felicity Pearson intim waren.«

»Das ist doch lächerlich!«, fuhr Rory auf.

»Wenn Sie hier warten wollen, ich hole jemanden ...« Carson erhob sich.

Rory knickte ein. »Okay, okay. Es war bloß ein Quickie in meinem Büro.«

Carson setzte sich wieder. »Ich muss Sie warnen. Sollten Sie versuchen, die Ermittlung zu behindern, indem Sie weiter Dinge verschweigen oder lügen, klage ich Sie an. Also, um welche Zeit hatten Sie Verkehr mit ihr?«

»Irgendwann nach dem Meeting.« Rorys Gesicht war nun so rot wie Hamishs Haar. »So ungefähr um Viertel nach neun.«

»Und wann war es vorbei?«

»Ich vermute, gegen halb zehn«, antwortete Rory.

»In welcher Verfassung war sie?«

»Na ja, Sie wissen schon ...«

»Nein, weiß ich nicht«, erwiderte Carson, »und ich warte, dass Sie es uns erzählen.«

»Ein bisschen albern und klammernd. Sie wollte wieder, dass ich mich scheiden lasse. Ich habe mich geweigert, und sie ist in ihr Büro gegangen.«

»Und war das das letzte Mal, dass Sie sie gesehen haben?«, hakte Carson nach.

»Sie kam gegen zehn noch mal zu mir und fragte, ob ich sie heiraten würde, wenn sie etwas herausbekäme, was die Sendung zu einem landesweiten Hit macht. Ich habe gesagt, dass ich jeden heiraten würde, der uns landesweit Einschaltquoten beschert, und sie hat etwas erwidert wie: ›Wart's ab.‹

Und das ist die Wahrheit und definitiv das letzte Mal, dass ich sie gesehen habe.«

Carson runzelte die Stirn. »Hatten Sie das Gefühl, dass sie von einer großen Story erfahren hatte?«

»Eigentlich nicht. Sie war eine Fantastin.«

»Und sie hatte nichts von einem Treffen bei den Docks erwähnt?«, hakte Carson nach.

Rory schüttelte den Kopf. »Kein Wort.«

»Wie lange waren Sie noch im Büro?«

»Bis halb elf. Dann bin ich nach Hause gefahren zu meiner Frau.« Er raufte sich die Haare. »Gott, sie bringt mich um, wenn das rauskommt!«

»Fürs Erste werden wir sie nur bitten, Ihre Angaben zu bestätigen. Sie können gehen, aber sollten Sie Strathbane verlassen, informieren Sie uns, wohin Sie wollen, und geben Sie Ihren Pass in der Polizeizentrale ab. Das wäre alles ... vorerst.«

Als er gegangen war, wandte Carson sich an Hamish. »Nehmen wir an, dass Felicity Crystal ermordet hatte. Felicity sollte diese Sendung übernehmen, in der lauter Dreck aufgewühlt wird. Mrs. McClellan hat sich deswegen das Leben genommen. Jemand anders könnte genug Angst gehabt haben, um Felicity zu ermorden. Ich fürchte, Sie müssen noch einmal mit allen sprechen, auch mit dem Kleinbauern und den Ladenbesitzern, die sie beschämt hat. Also los. Worauf warten Sie?«

Hamish blickte zu Maggie, die das Bandgerät bedient hatte. Sie bemerkte es und kehrte ihm den Rücken zu.

Himmelherrgott, dachte er verdrossen, als er zu seinem Land Rover ging. Man sollte meinen, ich hätte eine Affäre mit der Frau gehabt und sie sitzen gelassen. Ich hatte nur ein Geschäftsessen mit ihr. Jetzt fahre ich lieber zurück und entschuldige mich bei Elspeth, obwohl die Frau seltsam ist. Etwas an ihr ist merkwürdig.

Doch als er wieder in seiner Wache war, fühlte er sich auf einmal wie gelähmt. Ihm kam Priscilla in den Sinn, und er verdrängte den Gedanken gleich wieder. Er war müde und deprimiert, und ihm war nicht danach, den Rest des Tages mit Befragungen zu verbringen.

Er brauchte etwas, um den Kopf frei zu bekommen und sich von dem Fall abzulenken. Also beschloss er, Archie Maclean zu fragen, ob er sich dessen Ruderboot leihen konnte.

Mit Lugs an seiner Seite wanderte er hinunter zum Hafen. Dort sah er die eingemummelte Elspeth stehen und hätte beinahe wieder kehrtgemacht, entschied jedoch, dass es besser war, die Entschuldigung hinter sich zu bringen.

»Es tut mir leid«, sagte Hamish, als er bei ihr war. »Tut mir leid, dass ich Sie angeschrien habe. Aber ich hatte solchen Hass auf alle Medien.«

»Eine schlimme Sache ist das«, erwiderte Elspeth traurig. »Was für ein vergeudetes Leben!«

»Ja, ist es.«

»Wo wollen Sie hin?«, erkundigte sie sich.

»Angeln. Ich dachte, ich fange vielleicht einige Makrelen.«

Sie drehte sich weg und zog den Kopf ein. »Dann lasse ich Sie mal.«

Spontan fragte Hamish: »Möchten Sie mitkommen?«

Ihre Augen leuchteten auf. »Sehr gern! Ich habe heute frei.«

»Na, mal sehen, ob Archie wach ist und sein Boot entbehren kann.«

Sie gingen zu Archies kleinem Cottage am Hafen und klopften an die Tür.

Mrs. Maclean öffnete. Eine Dampfwolke umhüllte ihre roten, wütenden Züge. »Ach, Sie sind's«, sagte sie mürrisch. »Ich mache gerade Kochwäsche.«

Und schrumpfst alle Sachen, wie üblich, dachte Hamish, als ihr Mann in seinem engen, unbequemen Anzug hinter ihr erschien.

Mrs. Maclean zog sich in die Küche zurück. »Ich habe mich gefragt, ob wir uns Ihr Ruderboot leihen können, Archie«, sagte Hamish. »Ich würde gern ein paar Makrelen angeln.«

»Nehmen Sie es sich«, brummte Archie finster. »Ich hasse Waschtage.«

»Ist bei Ihnen nicht jeden Tag Waschtag?«, erwiderte Hamish mitfühlend.

»Ja, ist es, und irgendwann wird sie mich noch in dem Kessel kochen und an die Leine hängen. Die Frau hätte Willie Lamont heiraten sollten. Die könnten den ganzen Tag zusammen schrubben und putzen. Haben Sie einen Spinner für die Makrelen?«

»Nein«, antwortete Hamish. »Ich kann meinen nicht finden und hatte gehofft …«

»Warten Sie hier«, sagte Archie. »Auch wenn es ein Wunder wäre, wenn sie den nicht auch wäscht.«

Doch er kehrte mit dem Spinner zurück.

Hamish dankte ihm. Elspeth, Lugs und er stiegen die von Algen bewachsenen Steinstufen hinunter zum Strand von Lochdubh. »Das ist Archies Boot«, erklärte Hamish. »Springen Sie rein, und ich stoße uns ab.«

Hamish zog Stiefel und Socken aus, hob Lugs neben Elspeth ins Boot und stieß es ab. Dann kletterte er hinein und zog Socken und Stiefel wieder an, bevor er die Ruder aufnahm.

Es war ein ruhiger Herbsttag ohne einen einzigen Windhauch. Der Himmel über ihnen war hellgrau, und das Wasser des Lochs lag wie gläsern da. Vom Wald am anderen Ufer waberte Kiefernduft herbei. Als er zum Ort blickte, stellte Hamish fest, dass in den meisten Fenstern die Vorhänge geschlossen waren, als Zeichen des Respekts für Fiona McClellan.

»Glauben Sie an ein Leben nach dem Tod, Elspeth?«, fragte Hamish.

»Ja, und falls Sie sich um die arme Mrs. McClellan sorgen, sie ist jetzt glücklich.«

»Das glauben Sie?«

»Ich weiß es«, antwortete sie.

»Woher?«

»Ist nur ein Gefühl.«

»Sie und Ihre Gefühle. Ich wünschte, Sie hätten eines zu dem Mörder.«

»Meinen Sie Felicitys Mörder?«

Er nickte. »Ja.«

»Der ist jemand, dem ich bisher noch nicht begegnet bin.«

»Soll das heißen, Sie wüssten es, wenn Sie ihm begegnet wären?«

»Wahrscheinlich«, erwiderte sie.

Sie hatten die Mitte des Lochs erreicht. Hamish zog die Ruder ein und sah Elspeth an. »Sie glauben das wirklich, oder?«

»Ja, tue ich.«

»Aber warum? Ist das schon einmal passiert?«, fragte er.

»Nicht bei Mord, nein.«

Verwundert schüttelte Hamish den Kopf.

»Warum sind Sie so erstaunt, Hamish?«, wollte sie schmunzelnd wissen. »Manchmal beschäftigt sogar die Polizei Hellseher.«

»Also sind Sie Hellseherin?«

Elspeth rückte unruhig hin und her. Sie nahm ihren Fischerhut ab und fuhr sich mit der Hand durch ihr dichtes braunes Haar. »Es war bloß ein Scherz, Hamish.«

Doch er dachte, dass sie wirklich glaubte, sie könnte einen Mörder erkennen, wenn sie ihn vor sich hatte. Und sie *hatte* Crystals Tod vorausgesagt.

Hamish wickelte die Schnur ab, bis der silberne Spinner auf dem Wasser abtrieb. Dann ließ er das Boot mit der Strömung gehen. »Macht es Ihnen etwas aus, wenn wir eine Weile nicht reden, Elspeth?«, fragte er. »Ich möchte gern ein bisschen in Ruhe nachdenken.«

»Okay, Sherlock.«

Lugs legte den Kopf auf Elspeths Schoß, und sie kraulte ihm die Ohren.

Hamish versuchte, über den Fall nachzudenken, doch sein Verstand fühlte sich ziemlich leer an. Eigentlich wollte er nur an das Meer, den Himmel und die Ruhe um ihn herum denken. Das Wasser schwappte um das Boot herum, und ein Reiher segelte gemächlich über ihnen.

Zum ersten Mal ertappte Hamish sich bei dem Wunsch, er wäre kein Polizist. Doch Landwirtschaft brachte dieser Tage nichts ein, und er wollte Lochdubh nicht verlassen, also, was blieb ihm sonst? Hätte er doch Johnnys Talent, Möbel zu bauen! Wäre er kein Polizist und hätte ein bisschen Geld, könnte er alle Tage wie jetzt einfach vorüberziehen lassen.

Es gab ein kräftiges Reißen an der Leine, und Hamish begann, sie vorsichtig einzuholen, bevor er mit einem schnellen Ruck sechs Makrelen ins Boot schwang. Rasch entfernte Elspeth die Haken und tötete die Fische, und Hamish warf die Leine wieder aus. Er fing noch einmal sechs, und Lugs sprang auf und ab, wobei er beinahe ins Wasser gefallen wäre.

»Ich denke, das reicht«, sagte Hamish. »Mehr wäre gierig. Wir geben Archie einige ab.«

»Gerade rechtzeitig.« Elspeth zeigte in Richtung Meer. »Der Regen kommt.«

Eine graue Regenwand bewegte sich auf sie zu, als Hamish zurückruderte. Bald waren sie durchnässt, und Lochdubh war nicht mehr zu sehen.

Sie troffen und bibberten, als Hamish das Boot auf den

Strand zog und Elspeth und Lugs heraushalf. »Schnell zur Wache«, schlug er vor. »Da können wir uns trocknen.«

»Was ist mit Archies Fisch?«

»Den bringe ich ihm später«, antwortete er. »Kommen Sie.«

Sie eilten über den Strand und die Stufen zum Hafen hinauf.

Als sie auf der Wache waren, sagte Hamish: »Wollen Sie nach Hause laufen und sich umziehen? Falls nicht, hängt ein Bademantel im Schlafzimmer, den Sie benutzen können.«

»Ich nehme den Bademantel.«

»Das Wasser ist heiß. Ich lasse Ihnen ein Bad ein.« Hamish holte einen roten Samtbademantel. Auf der Tasche war *Olivia* aufgestickt.

»Wer ist Olivia?«, fragte Elspeth.

»Eine traurige Geschichte. Die erzähle ich Ihnen ein anderes Mal.«

Während sie im Bad war, trocknete Hamish sich und zog sich saubere Sachen an. Er schürte das Feuer im Herd in der Küche und begann, die Makrelen zu putzen. Dann ließ er das altmodische hölzerne Wäschegestell über dem Herd herunter und arrangierte seine nasse Sachen darauf.

Elspeth kam aus dem Bad und brachte ihre durchnässte Kleidung mit. »Wo ist Ihr Trockner?«, fragte sie.

»Ich habe keinen. Hängen Sie die Sachen hier auf.«

»So ein Gestell habe ich kürzlich im Museum gesehen«, erwiderte Elspeth. »Meine Mutter hatte auch eines. Sie sagte, all ihre Sachen rochen früher nach Essen.«

»Die werden ein bisschen fischig riechen, aber sie sind bald trocken.« Hamish zog das Gestell unter die Decke. »Setzen Sie sich. Ich bereite uns ein paar von den Makrelen zu. Mir ist nach einem ruhigen, friedlichen Abend. Ohne Polizeiarbeit.«

Drüben in Strathbane fühlte sich Detective Chief Inspector Carson erschöpft. Die Laborergebnisse waren gekommen. Das Haar in dem Hut war von Felicity Pearson. Er nahm den Telefonhörer auf, um Hamish anzurufen und es ihm zu erzählen, beschloss jedoch, stattdessen nach Lochdubh zu fahren.

Auf der schmalen Straße zum Dorf, die von Heide gerahmt war, kam es ihm vor, als würde er eine recht hässliche Welt hinter sich lassen. Der Regen hatte aufgehört, und Sterne funkelten durch zarte Wolken. Als er vor der Wache anhielt, dachte er, er hätte vorher anrufen sollen. Immerhin war die Polizeiwache auch Hamishs Zuhause.

Doch jetzt war er so weit gefahren und hatte keine Lust, wieder umzukehren. Er klopfte an die Tür. Hamish öffnete in einer geblümten Schürze.

»Ah, Sie sind es«, sagte er freundlich. »Möchten Sie Fisch? Ich will gerade Makrelen zubereiten.«

Carson wollte ablehnen und sagen, dass er wegen Polizeiangelegenheiten hier sei, und dann sah er eine junge Frau in einem roten Morgenmantel. »Oh, Verzeihung«, murmelte er. »Ich störe wohl.«

»Ach, nein, wir sind bloß durchnässt worden. Darf ich vorstellen? Elspeth Grant, unsere Lokalreporterin und Astro-

login. Aber sie ist diskret und wird nichts von dem veröffent-
lichen, was Sie sagen. Es wird eine raue Nacht. Die Wetter-
vorhersage ist schrecklich. Kommen Sie rein.«

Carson zog seinen Mantel aus und hängte ihn auf den Haken hinter der Tür, bevor er sich an den Küchentisch setzte.

Hamish stellte ihm ein Glas Whisky hin. »Ich kümmer
mich mal um das Essen, und dann können Sie mir Ihre Neuigkeiten erzählen.«

»Ich dachte, die würden Sie gleich hören wollen.«

Hamish nahm eine riesige Bratpfanne hervor. »Ich finde,
ein wenig Zeit abseits der Polizeiarbeit hilft wunderbar, einen
klaren Kopf zu bekommen.«

»Sie waren angeln«, folgerte Carson halb vorwurfsvoll,
halb amüsiert.

»Ja.«

Carson beschloss zu warten, bis Hamish mit dem Kochen
fertig war. In der Küche war es warm und gemütlich. Elspeth
fragte ihn, wie lange er in Strathbane sei, und als sie erfuhr,
dass er aus Inverness kam, erzählte sie ihm von ihrer Kindheit
dort.

Schließlich stellte Hamish den Fisch und eine Schüssel
Kartoffeln, eine mit Hafermehl und ein großes Stück Butter
auf den Tisch. »Man tunkt die Kartoffeln in das Hafermehl«,
erklärte er, »und gibt eine ordentliche Portion Butter dazu.
Moment. Wein. Ich habe noch einen Weißwein, den ich bei
einer Tombola gewonnen habe. Ich gehe ihn reinholen.«

»Haben Sie draußen noch einen Kühlschrank?«, wollte
Elspeth wissen.

»Nein, der Wein ist im Hühnerstall.«

Hamish ging hinaus und kehrte wenige Minuten später mit zwei Weinflaschen zurück.

»Was ist das?«, fragte Elspeth.

»Tja, das ist schwierig. Ich habe ihn schon so lange, dass die Etiketten abgefallen sind. Im Hühnerstall hatte es reingeregnet, auf die Weinflaschen, und bis ich das repariert hatte, waren die Flaschen schon nass geworden.« Er öffnete eine. »Er ist jedenfalls schön kalt.«

Hamish schenkte ihnen ein. Elspeth nippte daran und tippte auf Chablis.

»Ich habe seit Ewigkeiten keine frische Makrele mehr gegessen«, bemerkte Carson. »Fisch ist nicht dasselbe, wenn man ihn im Laden kauft. Also, ich bin gekommen, um Ihnen zu sagen, dass das Laborergebnis da ist. Das Haar war von Felicity Pearson.«

»Dachte ich mir«, antwortete Hamish. »Hör sich einer den Wind an! Hier oben kommt er aus dem Nichts. Den einen Moment ist alles ruhig, im nächsten stürmt es wie verrückt.«

Carson zog verwundert die Brauen zusammen. »Meine Neuigkeiten scheinen Sie nicht zu überraschen.«

»Nein, weil ich mir sicher war, dass sie es getan hat. Ich frage mich, wer *sie* ermordet hat.«

Carson wollte erwidern, dass es Hamishs Job war, das herauszufinden, doch das Mahl war köstlich, und er war voller gutem Essen und wohliger Wärme. Dies war ein privater Besuch. Alles Offizielle konnte warten.

»Was mich beunruhigt«, fuhr Hamish fort, der eine Kartoffel in Hafermehl stippte, »ist, dass keiner der Leute auf der Liste etwas richtig Schlimmes getan hat. Ich würde denken, dass ein unentdeckter Mord jemanden verleiten könnte, einen weiteren Mord zu begehen. Maisie Gough drüben in Cnothan war zwar beschuldigt worden, Geld vom Mütterverein genommen zu haben, aber es stellte sich heraus, dass sie es einer Freundin zur Aufbewahrung gegeben und es vergessen hatte. Sie ist eine sehr anständige Frau, die von den Fernsehleuten in Angst und Schrecken versetzt wurde, aber keine Mörderin.

Dann ist da die Frau in Bonar Bridge, der man vorgeworfen hat, ihre zwei Babys umgebracht zu haben, doch das war Plötzlicher Kindstod, sonst nichts. Der Mann vom Imbiss hat seine Frau geschlagen, aber im Moment hat er keine Frau, die er verprügeln könnte, und häusliche Gewalt ist leider keine Seltenheit. Mrs. Harrison hat zwei üble Söhne, die allerdings beide Alibis haben. Und die arme Mrs. McClellan, Gott sei ihrer Seele gnädig … Ich kann mir nicht vorstellen, dass es einer von ihnen war. Das Einzige, was mir noch einfällt, wäre, mal nach Mrs. Swithers zu sehen, der Frau des Imbissbesitzers, ob mit ihr alles in Ordnung ist. Mit Ihrer Erlaubnis könnte ich morgen nach Inverness fahren und mir von der Polizei dort ihre Adresse geben lassen. Es wäre ein Anfang.«

Hamish lächelte Elspeth an. »Natürlich könnte auch unsere Astrologin den Fall für uns aufklären.«

»Wie das?«, fragte Carson.

Elspeth wurde rot und sah Hamish wütend an.

Wäre sie in diesem Bademantel nicht so sehr attraktiv,

hätte Hamish nicht weitergemacht. Aber sie verstörte ihn. Er hatte den Frauen abgeschworen und wollte sie auf Abstand halten. »Oh, sie sagt, wenn sie einem Mörder begegnet, erkennt sie es gleich.«

»Glauben Sie das?«, erwiderte Carson ernst. »Ich meine, ich habe schon von Hellsehern gehört, die der Polizei geholfen haben.«

»Ich hatte Hamish bloß aufgezogen«, sagte Elspeth verärgert.

»Sind Sie beide ein Paar?«, wollte Carson wissen.

»Oh nein«, antwortete Elspeth süßlich. »Ich habe mich noch nie für Schürzenjäger interessiert. Ich meine, nehmen Sie zum Beispiel diesen Morgenmantel und den Namen darauf. Wer ist Olivia, und warum ist ihr Morgenmantel hier, Hamish, *Schatz?*«

»Olivia Chater war Detective Chief Inspector Chater aus Glasgow«, antwortete Hamish traurig. »Wir hatten zusammen an einem Fall gearbeitet. Ich hatte gehofft, sie zu heiraten, aber sie ist zurück nach Glasgow gegangen.«

»Ah, ich erinnere mich«, bemerkte Carson. »Die arme Frau ist an Krebs gestorben.«

Elspeth senkte den Blick, denn sie kam sich auf einmal schäbig vor.

Carson wechselte rasch das Thema. »Es ist schwer, einen genauen Todeszeitpunkt bei Crystal festzulegen. Wir denken, dass es früh am Vormittag gewesen sein könnte, und das wäre vor Felicitys offizieller Ankunft in Lochdubh. Man sollte meinen, dass jemand etwas gesehen hat. Ich dachte, in diesen

Dörfern weiß der eine, wann der andere seine Unterwäsche wechselt.«

»Normalerweise ja«, stimmte Hamish zu. »Aber dieser Sandweg dahinten ist von keinem der Cottages aus einsehbar. Und er wird selten benutzt, außer von Willie Lamont, der dort seinen Hund ausführt, an dem Morgen aber nicht. Doch ich überlege gerade. Was ist, wenn jemand doch etwas gesehen hatte und dann versucht hat, sie zu erpressen?«

»Möglich wäre es.« Carson schob seinen Teller von sich. »Sie sind ein hervorragender Koch.«

Es klopfte an der Tür. Hamish öffnete und sah Archie Maclean vor sich. »Kommen Sie rein, Archie. Ist das Wetter zu schlecht, um heute Nacht rauszufahren?«

»Ja«, antwortete der Fischer, »und es wird schlimmer.«

»Ich habe einige Makrelen für Sie.«

»Danke, Hamish, aber deshalb komme ich nicht.«

»Gehen wir ins Wohnzimmer«, sagte Hamish. »Dies ist Detective Chief Inspector Carson, Archie, und Elspeth kennen Sie ja.«

Sie gingen alle ins Wohnzimmer. Hamish machte Feuer, und sie setzten sich, während der Wind immer stärker gegen die Fenster drückte.

»Ich bin gekommen, weil wir ein großes Begräbnis für Mrs. McClellan planen«, erklärte Archie.

Wieder klopfte es. Diesmal waren es Mrs. Wellington und die Currie-Schwestern.

Hamish brachte sie ins Wohnzimmer und stellte sie Carson vor.

»Es ist wegen der Beerdigung«, sagte die Frau des Pfarrers mit ihrer dröhnenden Stimme und sah Carson an. »Wann wird die Leiche freigegeben?«

»Nächste Woche, nehme ich an. Es scheint eindeutig Selbstmord zu sein.«

»Mr. McClellan ist nicht in der Verfassung, sich um alles zu kümmern, deshalb dachten wir, dass wir einen Leichenschmaus im Gemeindesaal organisieren. Das ganze Dorf wird kommen«, sagte Nessie.

»Das ganze Dorf«, echote ihre Schwester.

»Ich werde tun, was ich kann«, versprach Hamish.

»Sie halten die Trauerrede«, informierte Mrs. Wellington ihn.

»So nah stand ich ihr nicht«, erwiderte er erschrocken.

»Das tat keiner«, entgegnete Mrs. Wellington, »und als Dorfpolizist ist es Ihre Pflicht. Wir alle leisten unseren Beitrag.«

Abermals klopfte es. Nun waren es Dr. Brodie und Angela, außerdem Willie Lamont und seine Frau Lucia sowie Mr. und Mrs. Anderson, Willies Nachbarn.

Hamish holte mehr Stühle. Carson war entspannt und amüsiert, als die Dorfbewohner prompt zu vergessen schienen, dass Hamish existierte, und das Begräbnis zu besprechen begannen. Archie zauberte eine Flasche Whisky hervor, der Doktor noch eine und Willie eine dritte. Hamish holte Gläser, und es wurde eingeschenkt. Die Unterhaltung bewegte sich von Fiona McClellans Suizid zu allgemeinem Dorftratsch. Archie ging nach Hause und kehrte mit seinem

Akkordeon zurück. Bald sangen und klatschten sie, und es wurde noch mehr getrunken.

Als sie schließlich gingen, stellte Carson erschrocken fest, dass es zwei Uhr nachts war. Er war nicht mehr in der Verfassung zu fahren.

Während die Besucher zur Tür strebten, zogen die Currie-Schwestern Elspeth beiseite. »Es ist eine Schande«, sagte Nessie.

»Eine Schande«, wiederholte Jessie.

»Er führt Sie hier vor mit kaum einem Fetzen am Leib«, fuhr Nessie fort. »Sorgen Sie dafür, dass er eine ehrbare Frau aus Ihnen macht.«

»Wir waren angeln und sind nass geworden«, erklärte Elspeth unglücklich. »Meine Sachen trocknen in der Küche.«

Nessie umarmte sie. »Dann ziehen Sie die schnell an, Mädchen. Keine Frau ist sicher, wenn Hamish Macbeth in der Nähe ist.«

Als sie gegangen waren, erklärte Elspeth: »Ich ziehe mich lieber um und gehe nach Hause.«

Und Carson sagte: »Ich fürchte, dass ich nicht fahren kann. Zu viel Whisky.«

»Sie können mein Bett haben. Es ist noch eines in der Zelle, das ich benutzen kann.« Neben dem Polizeibüro befand sich eine einzelne Zelle.

»Benutzen Sie die jemals für Verbrecher?«, fragte Carson.

»Nein, nur hin und wieder für einen Trinker, der ausnüchtern muss.«

Hamish wechselte die Laken auf seinem Bett, dann erklärte er Elspeth, die sich ihre getrockneten Sachen angezogen hatte: »Ich begleite Sie lieber nach Hause. Es ist eine üble Nacht.«

Sie begaben sich hinaus in den kreischenden Wind. Der sonst ruhige Loch war voller hoher weißer Schaumkronen, die auf den Strand schlugen. Hamish nahm Elspeths Arm, als eine besonders kräftige Böe sie ins Stolpern brachte.

Vor dem Haus, in dem ihre Wohnung war, blieb er stehen. »Entschuldigen Sie, dass ich Sie vor meinem Chef verspottet habe«, bat er. »Aber ich habe momentan kein Interesse an einer Frau in meinem Leben.«

»Und mir tut leid, dass ich nach Olivia gefragt habe. Haben Sie sie sehr geliebt?«

»Das weiß ich gar nicht mehr. Manchmal denke ich, ich wollte vor allem heiraten. Aber sie war sehr besonders.«

»Ist schon gut.« Sie umarmte ihn.

Er fühlte ihre Körperwärme durch ihre Kleidung und neigte den Kopf, um sie zu küssen, als er wütend dachte: Was in aller Welt tue ich? Schnell wich er zurück. »Gute Nacht«, sagte er mürrisch und schritt am Wasser entlang davon.

Kapitel 11

Bist du blass vor Müdigkeit,
Aufgestiegen gen Himmel, auf die Erde zu schauen,
Einsam wandernd
Inmitten der Sterne von anderer Geburt –
Stets dich verändernd, gleich einem freudlosen Auge,
Das kein Objekt findet, welches deiner Dauer würdig?

PERCY BYSSHE SHELLEY

Carson wachte am nächsten Morgen auf und blickte auf den Wecker neben dem Bett. Zehn Uhr! Wie konnte er so lange geschlafen haben? Er stand auf und stellte fest, dass Hamish sein Hemd gewaschen und gebügelt hatte, ebenso seine Unterwäsche.

Er wusch sich, zog sich an und ging durch in die Küche. Hier war keine Spur von Hamish. Dann ging er ins Büro und rief in der Zentrale an, um Bescheid zu geben, dass er in einer Stunde in der Polizeizentrale sein würde.

Carson hörte, wie die Küchentür geöffnet wurde, und ging hin. Hamish hatte seine geblümte Schürze über die Uniform gebunden und grinste verlegen. »Ich musste nur wieder das Dach vom Hühnerstall ausbessern. Da war einiger Schaden entstanden vom Sturm letzte Nacht.« Er band die Schürze ab und hängte sie an einen Haken. »Haben Sie gut geschlafen?«

»Sehr gut, danke«, antwortete Carson. »Ich muss los. Fahren Sie nach Inverness?«

»Mit Ihrer Erlaubnis, Sir. Ich rufe vorher an.«

»Ich würde gern zu der Beerdigung kommen«, sagte Carson.

»Ich lasse es Sie wissen, sobald Datum und Uhrzeit feststehen.«

Als Carson sich Strathbane näherte, sah er den Ort von einem Hügelkamm aus vor sich und empfand Widerwillen. Es war eine deprimierende, schreckliche Stadt. Er verstand, warum Hamish Macbeth nicht aus Lochdubh wegwollte. Ihm war selbst danach, kehrtzumachen und dorthin zurückzufahren. Doch er verbot es sich.

In Inverness bekam Hamish die Adresse von Ruby Swithers. Die Polizei erzählte ihm, dass sie vor zwei Jahren eine einstweilige Verfügung gegen ihren Mann erwirkt hatte. Sie wohnte in einer Siedlung abseits der Beauly Road.

Hamish fragte sich, ob sie zu Hause war oder bei der Arbeit, um sich ihren Lebensunterhalt zu finanzieren, doch die kleine Frau, die ihm öffnete, bestätigte, dass sie Ruby Swithers war, und fragte: »Ist er tot?«

»Ihr Ehemann? Nein. Wie kommen Sie darauf?«

»Wegen seines Trinkens. Irgendwann bringt es ihn um. Kommen Sie rein.«

Er folgte ihr in ein hübsches Wohnzimmer. Die Möbel waren alt und hatten schon bessere Tage gesehen, aber die Polster waren sauber. Die Tapete war ein wenig schrill mit ihrem bunten Rankrosenmuster und der Teppich eine grelle Mischung von Gelb- und Rottönen, doch alles wirkte gemütlich. Heiter, dachte Hamish. Und was ist schon guter Geschmack?

»Ich wollte Sie fragen, ob er Sie in jüngster Zeit belästigt hat.«

Sie setzte sich auf die Kante eines Sessels und faltete die roten, abgearbeiteten Hände ordentlich in ihrem Schoß. Ihr Gesicht war blass, und sie wirkte unsicher, ihr graues Haar war kurz geschnitten und dauergewellt. »Nein«, antwortete sie. »Meine Freundin Islay hat mir gesagt, dass ich eine einstweilige Verfügung erwirken soll, und das habe ich gemacht. Früher war er hergekommen und hat Sachen gegen die Fenster geworfen. Natürlich betrunken.«

»Ich will nicht um den heißen Brei herumreden. Halten Sie ihn für fähig, einen Mord zu begehen?«

»Denken Sie an diese Frauen vom Fernsehen?«, wollte sie wissen. Dass Felicity den ersten Mord begangen hatte, war bisher noch nicht an die Zeitungen gegeben worden. »Die mit dem vorgetäuschten Selbstmord? Na, das würde einen klaren Kopf voraussetzen. Finlay würde jemandem im Suff eine Flasche über den Schädel schlagen, aber so etwas planen? Dafür hat er nicht den Verstand, und was von seinem bisschen noch übrig ist, ist entweder von Alkohol oder vom Kater vernebelt.«

»Warum hatten Sie ihn letztlich verlassen?«

»Er hatte versucht, mich umzubringen«, antwortete sie.

»Wie bitte? Davon stand nichts in den Berichten.«

»Ich habe es damals nicht gemeldet, weil ich nur weg-wollte.«

»Was hatte er getan?«

Sie seufzte. »Es war eines Abends spät, nachdem der La-den geschlossen hatte. Er wurde ganz romantisch, was ko-misch bei ihm war, und schlug vor, einen Schluck zu trinken. Tja, ich war so froh, dass er gute Laune hatte, dass ich einver-standen war. Er sagte: ›Hol welche von diesen Käsedingern für dazu.‹ Dabei hasst er die, wie heißen die noch gleich?«

»Käsestangen?«, schlug Hamish vor.

»Ja, die. Ich linste durch den Spalt in der Küchentür, und da habe ich gesehen, wie der kleine Dreckskerl etwas in mei-nen Drink geschüttet hat. Ich habe die Käsestangen geholt und bin zurück. ›Trinken wir auf ex‹, sagte er. ›Klar‹, antwor-tete ich und bin wie zufällig ans Fenster und hab getan, als würde ich rausschauen. Da habe ich den Drink in die Topf-pflanze gekippt und das leere Glas an meine Lippen gehoben. Danach hat er mich die ganze Zeit beobachtet. Ich habe vor-gegeben, ohnmächtig zu werden, habe aber aufgepasst, was er machte.

Er ging in die Küche. Ich hörte, wie er das Gas anstellte und mit etwas klapperte. Dann ist er zur Tür raus und die Treppe runtergerannt. Ich bin in die Küche. Er hatte die Fritteuse in Brand gesetzt. Ich habe ein nasses Geschirrtuch draufgeworfen und konnte die Flammen löschen. Ich hatte Todesangst. Da habe ich meine Sachen gepackt, bin nach unten in den Laden und habe alles Geld aus der Kasse genommen. Dann hab ich mir ein Taxi gerufen und bin damit nach Inverness zu meiner Mutter.«

Sie machte eine ausholende Handbewegung. »Dies ist ihr Haus. Sie hat es der Gemeinde abgekauft. Letztes Jahr ist sie gestorben und hat es mir hinterlassen. Dieser Mistkerl hat versucht, mich zu töten.«

»Moment mal.« Hamish kratzte sich verwundert am Kopf. »War er nüchtern, als er das alles gemacht hat?«

»Er hatte schon ein paar Drinks intus, aber nicht zu viele.«

»Und Sie sagen, er könnte keinen Mord planen, erzählen mir dann jedoch, dass er Ihren geplant hatte?«

»Ich konnte mir nicht vorstellen, dass er es wirklich durchziehen wollte«, erwiderte sie, was verrückt klang. »Ich meine, er hat mir ja gerne Angst gemacht.«

Hamish schüttelte den Kopf. »Sie hätten das melden müssen. Die Polizei hätte Ihr Glas untersucht und Spuren von dem gefunden, was immer er benutzt hatte, um Sie unter Drogen zu setzen. Er wäre wegen versuchten Mordes angeklagt und weggesperrt worden.«

»Das sagt meine Freundin Islay auch. Sie ist solch eine starke Frau. Ich hätte nicht einmal die einstweilige Verfügung gegen Finlay beantragt, hätte sie mich nicht dazu gedrängt. Ich dachte sogar daran, zu ihm zurückzugehen.«

»*Was?!*«

Sie zuckte mit den Schultern. »Na, so schlimm war er ja nicht.«

Hamish hatte schon verprügelte Ehefrauen befragt und die gleichen Entschuldigungen gehört, jedoch noch nie von einer, die beinahe ermordet worden war.

»Ich rate Ihnen, nicht mal in die Nähe von Cnothan zu kommen oder wieder irgendetwas mit solch einem Mann zu tun zu haben.«

»Nein, werde ich nicht. Islay würde mich nicht lassen.« Sie lächelte. »Ah, das muss sie sein.« Da war ein Geräusch an der Tür gewesen.

»Wohnt sie mit Ihnen zusammen?«, erkundigte sich Hamish.

»Ja, wir sind sehr gute Freundinnen.«

Islay kam herein. Sie war eine gedrungene, kräftige Frau mit tätowierten Armen. Sie gab Ruby einen Kuss und fragte: »Was ist los? War das Schwein wieder hinter dir her?«

»Nein, nein, Liebes. Der Constable denkt, dass Finlay vielleicht diese Fernsehfrauen umgebracht hat.«

»Gut möglich. Hast du ihm erzählt, dass Finlay dich ermorden wollte?«

Ruby nickte. »Ja, obwohl ich wirklich glaube, dass er mir bloß einen Schreck einjagen wollte.«

»Jetzt hör mal zu.« Islay verschränkte die muskulösen Arme vor der Brust. »Er hat versucht, dich umzubringen, und du hättest es gleich der Polizei sagen müssen. Und jetzt geh und mach mir was zu essen.«

Von einem Tyrannen zum nächsten gewandert, dachte Hamish. Aber ich besuche lieber mal Finlay Swithers.

Als er zurück gen Westen fuhr, wünschte er sich wieder, er könnte einfach nach Hause zurückkehren und die Polizeiarbeit vergessen. Aber wie sollte er, wenn sein Zuhause die Polizeiwache war? Der Sturm war abgeklungen, und große Schäfchenwolken zogen in einem Wind über die Berge, der nicht am Boden ankam. An diesem Tag waren die Berge blau, und die Luft, die durch das offene Seitenfenster in den Land Rover wehte, schien voller Leben und Energie zu sein. Ein großartiger Tag, um eine Angel am Fluss auszuwerfen.

Doch als er sich Cnothan näherte, bezog sich der Himmel wieder. Regen verschmierte die Windschutzscheibe, um Hamish daran zu erinnern, dass das Jahr langsam zur Neige ging und bald die langen Winternächte einsetzen würden. Es war, als reiste man in einem Zug, der sich schnell auf einen langen dunklen Tunnel zubewegte.

Er parkte vor dem Fish-&-Chips-Imbiss und betätigte die Klingel an der Seitentür.

Finlay Swithers öffnete und verzog das Gesicht, als er Hamish erblickte. »Was ist jetzt wieder?«, fragte er barsch.

»Gehen wir nach oben«, antwortete Hamish. »Ich bin hier, um über einen versuchten Mord zu reden.«

»Hat nix mit mir zu tun«, sagte Swithers, der die Treppe hinauf voranging. Hamish rümpfte angewidert die Nase, als ihm der Geruch des Mannes entgegenflog: eine Mischung aus ranzigem Fett, ungewaschener Kleidung und abgestandenem Alkohol.

Im Wohnzimmer blickte Hamish sofort zur Fensterbank, weil er plötzlich hoffte, dass Swithers in all diesem Chaos die Topfpflanze behalten hätte. Sicher hätte sich die Verunreinigung der Blumenerde noch nachweisen lassen. Aber die Fensterbank war leer bis auf Staub und Spinnweben.

»Setzen Sie sich«, befahl Hamish und nahm seinen Notizblock hervor. »Ich bin bei Ihrer Frau gewesen.«

»Und was hat die Ihnen erzählt? Die üblichen Lügen?«

»Sie sagt, dass Sie versucht haben, sie umzubringen und es wie einen Unfall aussehen zu lassen. Sie hatten ihr etwas in den Whisky getan und eine Fritteuse in der Küche in Brand gesteckt, damit sie mit diesem ganzen Laden verbrennt.«

»Das hat sie Ihnen erzählt? Na, das ist ein Haufen Müll«, fuhr Swithers auf. »Wo sind Ihre Beweise?«

»Längst weg, vermute ich.«

»Da haben Sie's. Sie haben nix und sie auch nicht. Ich sage Ihnen, Mann, seit sie mit dieser Lesbe zusammen ist, ist sie pures Gift. Dabei war sie früher mal ein ganz nettes Mädchen.«

Hamish musste an sich halten, nicht laut zu werden. »Die Ihre Prügel klaglos ertragen hat? Ich warne Sie. Nähern Sie sich ihr noch ein einziges Mal, kriege ich Sie dran. Von jetzt an beobachte ich Sie. Apropos, wo waren Sie Montagnacht, als Felicity Pearson an den Docks erschossen worden ist?«

»Hier. Ich habe den Laden um elf zugemacht und bin auf

ein Glas runter zum *Dandy Duck*. Wie ich nach Hause gekommen bin, weiß ich nicht mehr, aber die Leute werden Ihnen bestätigen, dass ich da getrunken habe und danach nicht mehr in der Lage war, nach Strathbane oder sonst wohin zu fahren.« Swithers' blutunterlaufene Augen blitzten siegesgewiss.

»Sie sind ein echter Mistkerl und dreist noch dazu, was?«, sagte Hamish erbittert. »Aber das hier ist erst der Anfang. Ich werde allem nachgehen, was mit Ihnen zu tun hat.«

»Das ist Schikane! Ich melde Sie.«

»Machen Sie das«, antwortete Hamish. »Doch ich komme wieder.«

Nachdem er Finlay Swithers' Alibi im Pub überprüft hatte, fuhr er zurück nach Lochdubh und tippte einen langen Bericht zu allem, was die Swithers' ihm erzählt hatten. Den Vorgesetzten in Strathbane würde nicht gefallen, dass jemand mit versuchtem Mord davongekommen war. Finlay Swithers würde zur Befragung vorgeladen werden.

Eigentlich hätte er Maisie Gough fragen müssen, wo sie war, als Felicity ermordet wurde, fürchtete jedoch, dass sie ein Besuch von ihm zu Tode erschrecken könnte.

Wenig später machte er sich wieder auf den Weg. Es wurde Zeit, mit Barry McSween zu reden. Aus irgendeinem Grund hatte sein Name auf Amys Liste gestanden. Zunächst fuhr Hamish zum *Tommel Castle Hotel*, da der Manager dort immer eine gute Informationsquelle war.

Die junge Frau am Empfang sagte ihm, sie würde Mr.

Johnston für ihn suchen gehen und er solle es sich solange im Büro bequem machen.

Hamish nahm sich eine Tasse Kaffee aus der Maschine in der Ecke. Er erinnerte sich an die Zeiten, als das *Tommel Castle Hotel* nur Tommel Castle gewesen war, das Zuhause der Halburton-Smythes. Als der Colonel in finanzielle Not geraten war, hatte Hamish die Hotelidee vorgeschlagen, was Priscillas Vater inzwischen geflissentlich vergessen hatte und lieber vor aller Welt prahlte, es wäre *sein* Einfall gewesen. Der Colonel hatte in steter Angst gelebt, seine kostbare Tochter könnte Hamish heiraten. Die Gefahr besteht nicht mehr, dachte Hamish.

Mr. Johnston kam ins Büro. »Was kann ich für Sie tun, Hamish?«

»Mich interessiert Klatsch über Barry McSween«, antwortete Hamish. »Jetzt gibt es diesen anderen Mord. Wissen Sie, was die Fernsehleute über ihn herausgefunden haben könnten? Er war in der Folge über die Kleinbauern lächerlich gemacht worden, aber sie wollten ihn auch in der Sendung über Skandale haben.«

Mr. Johnston überlegte. »Da war vor Jahren mal was. Ich glaube, damals waren Sie auf dieser Wellnessfarm draußen auf der Insel. Er wurde vor den Sheriff in Dornoch zitiert.«

»Weswegen?«

»Dynamitfischen nach Lachs.«

»Oh Mann, ich dachte, das machen nur die Gangs aus Glasgow«, erwiderte Hamish.

»Nein.« Mr. Johnston schüttelte den Kopf. »Er wurde

oben auf dem Crumley-Anwesen mit Dynamitstangen in der Tasche ertappt, und die Fische trieben mit den Bäuchen nach oben in einem der Seitenbecken, wo er in einer Wathose gerade dabei war, sie rauszuholen. Der Fischereiaufseher hat Barry geschnappt. Es stand auch eine Kurzmeldung darüber in der Zeitung. Ihm wurde ein saftiges Bußgeld auferlegt, aber keine Gefängnisstrafe, weil es sein erstes Vergehen war.«

»Ich fahre lieber mal zu ihm.«

»Seine Frau hat ihn verlassen«, bemerkte Johnston.

»Jeannie? Warum? Wann war das?«

»Letzte Woche. Eines der Zimmermädchen hat es mir erzählt.«

»Und wo ist sie hin?«, fragte Hamish.

»Nach Strathbane zu ihrer Schwester Elsie.«

»Wissen Sie, wo die Schwester wohnt?«

»Das finde ich heraus, Moment«, versprach der Hotelmanager. »Diese Zimmermädchen wissen alles, was vor sich geht.«

Hamish schenkte sich noch einen Kaffee ein. Plötzlich lechzte er nach einer Zigarette. Es war so stark, dass er staunte, denn er hatte das Rauchen vor Jahren aufgegeben.

Mr. Johnston kam zurück. »Ich habe es aufgeschrieben. Es ist die Barry Road, nahe den Docks. Die Nummer weiß ich nicht.«

»Ah, sieh an«, sagte Hamish langsam. »Wer hätte das gedacht?«

Er beschloss, direkt nach Strathbane zu Jeannie McSween zu fahren und dort nachzufragen, ob Barry in der Nacht in Strathbane gewesen war, in der Felicity getötet wurde. Wobei er sich ein klein wenig schlecht fühlte, denn er sollte die Polizei in Strathbane übernehmen lassen. Es war nicht sein Zuständigkeitsbereich. Doch Carson würde es verstehen – hoffte er zumindest.

Als er die Barry Road in Strathbane erreichte, fragte er sich, ob er Jeannie hier jemals finden würde. Zu beiden Seiten reihten sich deprimierende Wohnblocks aneinander. Er hätte nach dem Nachnamen der Schwester fragen sollen, dann könnte er im Wählerverzeichnis nachsehen. Er rief Mr. Johnston von seinem Handy an. Johnston versprach, sich zu erkundigen, kam aber mit der Nachricht wieder an den Apparat, dass niemand den Nachnamen der Schwester kannte.

Na dann, dachte Hamish müde und stieg aus dem Land Rover. Er hoffte, dass Lugs sich nicht wieder an der Küchentür des italienischen Restaurants ins Koma füttern ließ, denn er hatte vergessen, Willie zu sagen, dass er dem Hund nichts geben sollte. Und er hatte Lugs draußen gelassen, weil er ahnte, dass es ein langer Tag werden würde.

Hamish begann, an Türen zu klopfen. Die Leute in diesen Blocks schienen das Leben aufgegeben zu haben: Müde Gesichter, suchtgezeichnet und verzweifelt, blickten ihm aus Türspalten entgegen. Niemand schien zu wissen, wo er eine Frau namens Elsie finden konnte, deren Schwester kürzlich zu ihr gezogen war. Er fing an, sich albern vorzukommen. Hätte er mit Barry McSween angefangen, wüsste er die genaue Adresse. Er überlegte, Barry anzurufen, wollte den Mann aber nicht vorwarnen.

Jeannie McSween war eine ehrbare Hausfrau. Was in aller Welt bedeutete solch eine Umgebung für sie? Vielleicht wurde es weiter hinten besser. Hamish stieg wieder in den Land Rover und setzte die Fahrt fort, wobei er sich nach links und rechts umschaute. Und tatsächlich machte die Barry Road zum Ende hin eine Biegung, die von den Docks wegführte, in Richtung Stadtzentrum. Die Wohnblöcke verschwanden im Rückspiegel, und die Straße endete mit viktorianischen Einzelhäusern. Hamish parkte wieder und fing erneut an, an Türen zu klopfen.

Bei der vierten Haustür hatte er Glück. Eine Frau erzählte ihm, dass eine Elsie Simms in Nummer fünf wohnte. Hamish ging hin. Es war beinahe ganz am Ende der Straße.

Er klopfte an die Tür. Jeannie McSween selbst öffnete und riss die Augen weit auf, als sie ihn sah. »Hamish! Was führt Sie denn her?«

»Darf ich reinkommen?«, bat er. »Ich wollte Ihnen nur ein paar Fragen stellen.«

»Ja, kommen Sie. Ich packe gerade.«

»Wollen Sie weg?«

»So weit wie möglich«, antwortete Jeannie. »Setzen Sie sich. Es ist doch nicht wegen Barry, oder?«

»Ich überprüfe die Alibis für die Nacht, in der Felicity Pearson ermordet wurde. War Ihr Mann da in Strathbane?«

»Da muss ich überlegen. Das wäre irgendwann in der Montagnacht gewesen, oder?«

Hamish nickte. »Ja.«

»Er hatte hier an die Tür geklopft, aber ich hatte durch den Briefschlitz gerufen, dass ich die Polizei verständige, wenn er nicht verschwindet. Er hat zurückgeschrien, dass er sich scheiden lässt und ich keinen Penny bekomme. Das ist ein Lacher!«

Hamish setzte sich und nahm seine Mütze ab. Jeannie nahm ihm gegenüber Platz. Sie sah sehr glücklich aus, hatte sich ihr braunes Haar stylen lassen.

»Und warum ist das ein Lacher? Haben Sie einen Job gefunden?«, wollte er wissen.

Sie neigte sich vor. »Ich verrate es Ihnen, aber Sie dürfen es keinem erzählen.«

»Das kann ich nicht versprechen, Jeannie, falls es mit dem Mord zu tun hat.«

»Überhaupt nicht. Ich habe im Lotto gewonnen!« Sie strahlte.

»Ist nicht wahr! Was haben Sie gewonnen? Millionen?«

Sie winkte ab. »Nein, nein, es war die zweite Gewinnklasse. Zweihundertfünfzigtausend Pfund.«

»Barry muss richtig wütend sein, dass Sie mit so viel Geld auf und davon sind«, vermutete Hamish.

»Er weiß von nichts! Ich habe immer einen Lottoschein gekauft, wenn ich Elsie in Strathbane besucht habe. Als ich das Geld endlich hatte, habe ich ihn verlassen. Das wollte ich seit Jahren. Ich will zu meiner Tochter, die in den USA lebt.«

»Schön für Sie. Also wann war Barry hier? Um welche Zeit ungefähr.«

Sie überlegte. »Das muss gegen neun gewesen sein.«

»War er jemals gewalttätig?«

»Nicht mit den Fäusten, aber er hat eine teuflische Zunge. Hat von morgens bis abends an mir herumgenörgelt. Ich sage Ihnen, Hamish, ich fühle mich wie ein neuer Mensch, weil ich diese Stimme nicht mehr hören muss.«

Hamish verabschiedete sich und fuhr zurück nach Lochdubh, zu Barry McSweens Hof. Von der Weide direkt am Haus hörte er panisches Blöken, als er aus dem Land Rover stieg. Er lief hin und fand ein Schaf auf dem Rücken liegend. Er richtete das Tier wieder auf, wischte sich die Hände an der Uniform ab und ging zum Haus.

Ein ungepflegter, unrasierter Barry McSween öffnete ihm. »Barry, auf der Weide lag eines Ihrer Tiere auf dem Rücken«, schalt Hamish ihn. »Sie müssten da draußen sein und sich um die Schafe kümmern.«

»Sind Sie deswegen hergekommen?«, fragte Barry streitlustig. »Um mir zu erzählen, dass eines meiner nutzlosen Viecher auf dem Rücken gelegen hat?«

»Gehen wir rein«, sagte Hamish. »Ich habe noch mehr Fragen an Sie.«

Barry zuckte mit den Schultern und stapfte voran. »Die Frau hat mich verlassen.« Er sank in einen Sessel.

»Deshalb bin ich hier«, erwiderte Hamish. »Ich bin bei Jeannie gewesen, und sie hat mir erzählt, dass Sie in der Nacht, in der Felicity Pearson ermordet wurde, unten in Strathbane waren und vor dem Haus ihrer Schwester herumgebrüllt haben.«

»War ich?«, fragte Barry müde. »Ich kann mich nicht erinnern. Ehrlich gesagt hatte ich was getrunken. Ich weiß noch, wie ich zurückgefahren und nahe Sean Fitzpatricks Haus in einem Graben gelandet bin. Ich wollte, dass er mich mit seinem Traktor rauszieht, aber er hat mich gezwungen, in einem Sessel zu schlafen.«

»Und wie viel Uhr war es da?«

»Fragen Sie ihn! Ich kann mich nicht erinnern.«

»Mache ich«, erwiderte Hamish. »Wie haben Sie sich gefühlt, als diese Fernsehfrau, Amy Cornwall, Sie wegen der alten Geschichte mit dem Dynamitfischen auf dem Crumley-Anwesen in die Sendung holen wollte?«

»Was denken Sie wohl, wie ich mich da gefühlt habe? Die hatten mich doch schon zum Idioten gemacht. Ich habe ihr gesagt, ich erwürge sie, wenn sie noch mal herkommt.«

Hamish seufzte. »Ich muss Ihre Waffen mitnehmen, Barry.«

»Ich war das nicht!«

»Trotzdem muss ich die Waffen mitnehmen«, beharrte er. »Ich stelle Ihnen eine Quittung aus.«

Barry stand resigniert auf und holte einen Schlüssel aus einer Schublade. »Die sind im Waffenschrank da drüben. Bedienen Sie sich.«

Hamish schloss besagten Schrank auf, zog sich dünne Latexhandschuhe über und holte zwei Schrotflinten und ein Jagdgewehr heraus. »Haben Sie eine Waffentasche?«

»Unten im Schrank, links.«

Sorgsam steckte Hamish die Waffen in die Tasche und

schwang sie sich über die Schulter. »Die bringe ich zur Zentrale.« Er schrieb eine Quittung und reichte sie Barry. »Und ich überprüfe das mit Sean.«

»Tun Sie das«, brummte Barry. »Warum hat sie mich verlassen, Hamish? Ich bin ein guter Mann gewesen.«

»Es könnte einen Versuch wert sein, sich zu waschen und nüchtern hinzufahren, um sie das zu fragen.«

Hamishs nächstes Ziel war Sean Fitzpatricks Cottage.

»Ich habe gegen zehn gehört, wie er in den Graben gefahren ist«, berichtete Sean. »Ich habe ihm einen starken Kaffee gemacht und gesagt, er soll seinen Rausch im Sessel ausschlafen.«

»Haben Sie sonst noch etwas Interessantes gehört?«, hakte Hamish nach.

»Nein, nichts. Im Dorf haben sie keine Angst. Sie sind sich sicher, dass es einer von den Fernsehleuten war.«

»Das hoffe ich«, gab Hamish voller Inbrunst zurück. »Es wäre furchtbar, wenn es einer von uns war.«

Er fuhr zur Zentrale in Strathbane und gab die Waffen ab, damit das Labor sie untersuchte. Anschließend ging er ins Büro der Detectives und bat, einen der Computer benutzen zu dürfen.

»Bedienen Sie sich«, sagte Jimmy Anderson verkniffen. »Wir müssen ja alles tun, um Carsons Liebling zu helfen.«

»Ich wette, Sie wünschen sich Blair zurück, der mich in meine Schranken weist«, entgegnete Hamish lächelnd. Er setzte sich und tippte seinen Bericht zu Barry McSween.

Als er fertig war, sagte Jimmy: »Dieser Finlay Swithers wurde zur Befragung hergeholt und seine Frau auch.«

»Die können ihm nichts beweisen. Es steht ihr Wort gegen seines, und sie könnte sogar einknicken und alles leugnen.«

»Das bezweifle ich.« Jimmy grinste schief. »Sie ist mit einem Monster von einer Freundin hier aufgekreuzt, die wild entschlossen ist, Swithers ans Kreuz zu nageln.«

»Das spielt keine Rolle. Es ist zu lange her.«

»Und was haben Sie als Nächstes vor?«, wollte Jimmy wissen.

»Ich besuche die Harrisons, und darauf freue ich mich nicht. Ich mag weder die Mutter noch ihre Söhne. Was ist mit Mrs. McClellans Leiche? Wann wird sie zur Beerdigung freigegeben?«

»Ich denke, schon in wenigen Tagen.«

»Rufen Sie mich an, wenn Sie es erfahren«, bat Hamish. »Das Dorf möchte ihr ein großes Begräbnis ausrichten.«

»Das bringt ihr jetzt ja auch viel«, entgegnete Jimmy herzlos. »Oh, übrigens ist diese Polizistin Maggie richtig sauer auf Sie. Sie sagt, Sie haben Sie zum Essen ausgeführt und mit ihr geflirtet, obwohl Sie eine Freundin haben.«

»Das ist Blödsinn!« Hamish wurde rot. »Wo ist sie?«

»Unten in der Einsatzzentrale.«

Hamish lief die Treppe hinunter und in die Zentrale.

Maggie nahm eben ihre Kopfhörer ab und sagte zu einem Kollegen: »Gott sei Dank, die Schicht ist vorbei.« Sie stand auf, drehte sich um und erblickte Hamish.

»Ich möchte Sie kurz sprechen, Maggie, allein«, erklärte

er streng. Sie gingen in den Empfangsbereich, wo sie der Sergeant am Tresen neugierig beäugte. »Draußen«, befahl Hamish. »Nur eine Minute.«

Sie verließen das Gebäude, und Hamish wandte sich zu Maggie. »Was erzählen Sie für einen Unsinn, ich hätte mit Ihnen geflirtet? Ich hatte Sie eingeladen, weil ich Einzelheiten zum Mord an Felicity Pearson wissen wollte, mehr nicht.«

Maggie warf trotzig den Kopf in den Nacken. »Sie haben solche Schwingungen ausgestrahlt.«

»Ach, habe ich das? Ich fand, dass Sie eine attraktive junge Frau sind, ja, aber unsere Verabredung war rein beruflich.«

»Das behaupten Sie«, erwiderte Maggie.

»Weil es so war.«

»Und ist sie Ihre Freundin?«

Hamish erkannte einen einfachen Ausweg und wählte ihn. »Ja, wir wollen heiraten.«

»Hoffentlich werden Sie sehr glücklich«, sagte Maggie steif und ging zurück in die Polizeizentrale.

Frauen, dachte Hamish, ich werde nicht schlau aus ihnen. Willst du sie, wollen sie dich nicht, aber willst du sie nicht, wollen sie dich. Ich bin sie alle gründlich leid.

Er fuhr zurück nach Lochdubh und von dort weiter nach Braikie zum Hof der Harrison-Jungen. Bei seiner Ankunft luden Ian und Jamie Futter aus einem verbeulten Van aus. Sie drehten sich zu ihm um und blickten mürrisch.

»Haben Sie Ma belästigt?«, fragte Iain.

»Noch nicht«, antwortete Hamish. »Wo waren Sie Montagabend, als Felicity Pearson ermordet wurde?«

Sie sahen einander an, bevor Jamie sagte: »Wir waren beide zum Zehn-Pin-Bowling in Strathbane.«

»Welche Uhrzeit?«

»Wir sind gegen acht da gewesen und um elf wieder nach Hause gefahren«, antwortete Jamie.

»Zeugen?«

»Fragen Sie bei der Bowlingbahn. Es war voll. Eine Menge Leute haben uns gesehen«, sagte Iain.

»Das mache ich. Ich brauche Ihre Waffen.«

»Wozu?«, brummte Jamie.

»Ich muss überprüfen lassen, ob sie abgefeuert wurden. Sie bekommen eine Quittung.«

Abermals musste Hamish Waffen einpacken, eine Quittung ausstellen und zurück nach Strathbane fahren. Es wurde dunkel, und Frost glitzerte auf dem Asphalt.

Er gab die Schusswaffen ab und schrieb noch einen Bericht. Zur Bowlingbahn ging er nicht. Sollte das die Polizei von Strathbane überprüfen! Er war müde und müsste morgen früh gleich zu Mrs. Harrison.

Er raste zurück zur Wache, da er sich jetzt um Lugs draußen in der Kälte sorgte. Doch als er ankam, war der Futternapf des Hundes voll und nirgends eine Spur von Lugs zu sehen, auch nicht auf der Decke, die Hamish ihm wieder vor die Tür gelegt hatte.

Er rief im italienischen Restaurant an, wo man ihm sagte, sie hätten den Hund nicht gesehen. Dann ging er zu Elspeths Wohnung und läutete.

»Kommen Sie wegen Lugs?«, fragte sie, als sie öffnete. »Ich bin bei der Wache gewesen, um mit Ihnen zu reden, und habe ihn gefunden. Er sah ganz elend aus, und es war kalt, also habe ich ihn mit zu mir nach Hause genommen.«

»Sie hätten eine Nachricht dalassen können«, murrte Hamish.

»Habe ich. Ich habe sie durch den Briefschlitz geworfen. Wahrscheinlich haben Sie die mit Ihren großen Stiefeln zertrampelt. Kommen Sie rein.«

Sie trug einen kurzen Rock, eine schwarze Strumpfhose und ihre üblichen Stiefel sowie ein Herrenhemd unter einem blauen Pullover. Sie ging voraus die Treppe hinauf zu ihrer Wohnung.

Lugs kam angestürmt, um sein Herrchen zu begrüßen.

»Gemütlich hier«, bemerkte Hamish, der sich umschaute. In dem alten viktorianischen Kamin brannte ein Feuer. Die Möbel sahen ebenfalls alt, aber bequem aus. Das Bücherregal stand voller Taschenbücher, und auf dem Couchtisch lagen lauter Zeitschriften.

»Setzen Sie sich und erzählen Sie mir, wie Sie vorankommen«, sagte Elspeth. »Ich wollte gerade essen. Möchten Sie auch etwas?«

Hamishs Magen knurrte. Seit dem Frühstück hatte er nichts mehr zu sich genommen. »Ja, das wäre großartig. Das heißt, falls Sie genug haben.«

Elspeth lächelte ihn an. Sie hatte nicht vor, ihm zu verraten, dass sie schon kochte, seit sie nach der Arbeit mit Lugs hergekommen war. Sie deckte den Esstisch in der Ecke, holte eine Auflaufform aus dem Ofen und öffnete eine Flasche Wein. »Kommen Sie, setzen Sie sich«, sagte sie.

»Was ist das?«, wollte Hamish wissen.

»*Coq au vin.* Lugs bekommt nichts davon. Er hatte schon zwei Stücke Leber und drei große Würste.«

»Wenn das so weitergeht, rührt er nie wieder Hundefutter an.« Hamish schüttelte seine Serviette aus und machte sich über sein Essen her.

Elspeth wartete, bis er aufgegessen hatte, ehe sie wieder fragte: »Wie kommen Sie voran?«

Hamish seufzte. »Ich befrage endlos Leute, ohne auch nur einen Schritt weiterzukommen.«

»Erzählen Sie mir davon?«

»Behalten Sie es für sich?«

Sie grinste. »Tue ich das nicht immer?«

»Na gut.« Und er erzählte ihr von seinen Befragungen.

Sie stützte die Ellbogen auf den Tisch. »Ich frage mich ...«, begann sie.

»Was?«

»Na, Sie sagen, dieser Finlay Swithers ist ein Frauenprügler und Trinker. Aber er hat es genossen, seine Frau zu schlagen. So ein Mann würde sie nicht umbringen wollen, es sei denn ...« Sie trank einen Schluck Wein.

»Es sei denn was?«, hakte Hamish ungeduldig nach.

»Es sei denn, er hatte sie hoch versichert.«

Kapitel 12

Über deinen tiefen und traumlosen Schlaf
Ziehen die stillen Sterne hinweg.

PHILLIPS BROOKS

Hamish starrte sie an. »Ein interessanter Gedanke. Falls ja, wäre es gut, das herauszufinden. Ich muss morgen früh zu Mrs. Harrison, aber danach fahre ich noch einmal nach Bonar Bridge.«

»Ich kann die Versicherungsunternehmen für Sie abtelefonieren. Morgen habe ich einen ruhigen Tag«, bot Elspeth an.

»Das ist sehr nett von Ihnen. Ich muss sagen, Elspeth, Sie sind echt verlässlich, so wie Sie alles, was ich Ihnen erzähle, aus der Zeitung heraushalten.«

Sie lachte. »Das ist leicht. Wir sind eine wöchentliche Familienzeitung. Die harten Neuigkeiten können die Leute in den überregionalen Zeitungen finden. Von uns erwarten sie lokale Geschichten – Sie wissen schon, Schulsporttage, Highland Games, alles mit so vielen Fotos wie möglich – und Rezepte und Klatsch. Würde ich anfangen zu schreiben, was Sie mir erzählen, verlöre ich einen guten Freund.«

Ihre Augen waren sehr groß und silbern. Hamish empfand ein Ziehen in seinem Herzen, dem sogleich kalter Widerwille folgte. Was hatte es ihm jemals gebracht, sich mit Frauen einzulassen? Er hielt es lieber unbeschwert und freundschaftlich.

Also lenkte er das Gespräch zurück auf Swithers. »Selbst wenn er seine Frau hoch versichert hatte, bekommen wir ihn immer noch nicht dran. Dennoch wäre es gut zu wissen. Denn sollte die Versicherung noch bestehen, könnte er blöd genug sein, es wieder zu versuchen. Aber sollte ich nicht lieber bei den Versicherungen anrufen? Einem Polizisten würden sie es erzählen, Ihnen jedoch nicht.«

»Ich habe nützliche Freunde.«

»Dann lasse ich Sie mal machen«, entschied er, »und wenn Sie nicht weiterkommen, übernehme ich.«

»Kaffee?«

»Nein, ich gehe lieber. Vielen Dank für das fantastische Essen. Wie wäre es, wenn ich Sie morgen Abend ins italienische Restaurant einlade?«

»Sehr gern. Ich treffe Sie dort um acht«, antwortete sie.

Hamish stand auf. »Komm, Lugs. Zeit, nach Hause zu gehen.«

Sie begleitete ihn zur Tür, wo sie eine Hand auf seinen Arm legte und zu Hamish aufschaute.

Er neigte in einer peinlichen Bewegung den Kopf und

sagte schroff: »Na, dann gute Nacht.« Eilig lief er die Treppe hinunter; Lugs trottete hinter ihm her.

Am nächsten Morgen nahm Hamish es mit Mrs. Harrison in ihrem schäbigen Laden auf.

»Ach, Sie wieder«, sagte sie säuerlich.

»Was haben Sie an dem Montagabend gemacht, als Felicity Pearson ermordet wurde?«

»Ich war zu Hause auf dem Hof. Die Jungs waren in Strathbane, wie Sie ja wissen, auf der Bowlingbahn. Ich habe mit meiner Nachbarin ferngesehen, Betty Murray. Gehen Sie sie fragen.«

»Werde ich«, sagte Hamish. »Geben Sie mir noch die Adresse.«

Er verließ Mrs. Harrison und fragte bei Betty Murray nach, die bestätigte, dass ihre Freundin mit ihr bis beinahe Mitternacht auf gewesen war, und ergänzte, dass Mrs. Harrison nicht Auto fuhr.

Anschließend begab sich Hamish wieder auf die Landstraße, um Jessie Gordon in Bonar Bridge aufzusuchen. Doch das Haus wirkte tot und leer, und es öffnete niemand. Er wandte sich wieder zum Gehen, als ihm eine Frau von nebenan zurief: »Suchen Sie nach Jessie?«

»Ja.«

»Die ist im Krankenhaus in Inverness. Ich habe sie in ihrem Garten gefunden und den Krankenwagen gerufen. Und ich habe im Krankenhaus nachgefragt. Sie sagen, sie könnte es schaffen. Ein schlimmer Fall von Alkoholvergiftung.«

»Wann war das?«, fragte Hamish.

»Gefunden habe ich sie am Sonntagmorgen. Sie muss die ganze Nacht da gelegen haben, meinen die Ärzte. Es ist ein Wunder, dass sie noch lebt.«

Hamish bedankte sich bei der Frau und ging zurück zum Land Rover. Lugs kläffte zur Begrüßung vom Beifahrersitz aus. Hamish hatte beschlossen, ihn mitzunehmen, um Gesellschaft zu haben.

Als er zurück zur Wache kam, setzte er sich an seinen Schreibtisch und begann, sich Notizen zu machen. Das Alibi der Harrison-Jungen war nicht wasserdicht. Sie könnten die Bowlingbahn verlassen haben, zu den Docks gegangen sein und Felicity erschossen haben. Er müsste warten, bis das Labor die Untersuchungsergebnisse von den Waffen schickte.

Der Tag schleppte sich dahin. Hamish schrieb seine Berichte am Computer und las sie noch einmal durch. Vielleicht war da etwas, was ihm einen Hinweis gab.

Abends war er froh, Schluss machen zu können und sich für das Essen mit Elspeth umzuziehen. Anstelle seines besten Anzugs zog er ein Hemd, eine Cordhose und ein altes, bequemes Sakko aus Harris-Tweed an. Elspeth hatte ihm letztes Mal das Gefühl gegeben, zu chic gekleidet zu sein. Doch als er das Restaurant betrat, sah er sie in dem kirschroten Kleid, einer schwarzen Feinstrumpfhose und hohen Schuhen.

»Sie sehen sehr elegant aus«, stellte er fest. »Was ist der Anlass?«

»Dies hier.« Sie wies mit der Hand durch das Lokal. »Ich dachte, ich mache mich chic.«

Er wünschte, sie hätte es gelassen. Das Kleid betonte ihre sagenhafte Figur. »Und, wie ist es bei Ihnen gelaufen?«, fragte er, als er sich ihr gegenüber hinsetzte.

»Gleich auf Anhieb ein Volltreffer.«

»Sehr gut. Also?«

»Die *Strong Insurance Company* in Inverness«, erklärte sie. »Ein Freund von mir hat erzählt, dass Finlay Swithers eine Lebensversicherung für seine Frau über einhunderttausend Pfund abgeschlossen hatte.«

Hamishs Augen funkelten. »Hat er das, ja? Das melde ich lieber und warne seine Frau.«

»Bedaure, aber er ist mit den Raten in Verzug geraten, nachdem sie ihn verlassen hatte, und die Police ist gekündigt worden.«

Er seufzte. »Aha, noch eine Sackgasse, so wie die vielen anderen, in die ich mich verrenne.«

Sie bestellten ihr Essen. Beide wählten Kalbsschnitzel mit Marsala-Sauce.

»Ich schätze, es ist fies, Kalb zu essen«, bemerkte Elspeth.

»In diesem Restaurant nicht. Es ist eigentlich Schweinefilet, dünn geklopft. Sie überlegen doch nicht, Vegetarierin zu werden, oder?«, wollte er wissen.

»Manchmal. In der Großstadt meint man, es wäre in Ordnung, wenn man abgepacktes Fleisch im Supermarkt kauft, aber hier sieht man es überall herumlaufen ...«

»Eigentlich ist es andersherum. Die Städter werden ganz sentimental, wenn es um Tiere geht, und faseln was von ›niedlichen Schweinchen‹. Wie dem auch sei, es war ein anstrengender Tag. Ich gehe immer wieder meine Berichte durch und hoffe, etwas Konkretes zu entdecken, aber alles, was ich sehe, ist ein Haufen Vielleichts.«

Hamishs Handy klingelte.

»Oh, ich dachte, das hätte ich ausgeschaltet«, murmelte er und zog es aus seiner Tasche.

Es war Carson. »Ich wollte Ihnen nur sagen, dass Mrs. McClellans Leiche morgen freigegeben wird. Mr. McClellan ist informiert. Geben Sie mir Bescheid, wann die Beerdigung ist.«

»Mache ich.«

»Wie sind Sie vorangekommen?«, wollte Carson wissen.

»Lauter Sackgassen. Ich bin noch einmal bei allen gewesen. Nur eines: Finlay Swithers hatte seine Frau für einhunderttausend Pfund versichert, aber aufgehört, die Versicherung zu bezahlen, nachdem sie ihn verlassen hatte. Da wurde die Police gekündigt.«

Ein abgrundtiefer Seufzer war zu hören. »Könnten wir den Mann doch wegen irgendetwas drankriegen! Was ist das für Musik im Hintergrund, Hamish?«

»Ich bin in dem italienischen Restaurant bei uns im Ort.«

»Taugt das Essen da etwas?«

»Ja, es ist hervorragend.«

»Da würde ich gern zu Ihnen stoßen«, sagte Carson.

»Ich bin mit Elspeth Grant hier. Wir können auf Sie warten, Sir.«

»Aber nur, wenn es Ihnen nichts ausmacht.«

»Überhaupt nicht«, antwortete Hamish.

»Bin unterwegs!«

Hamish wandte sich an Elspeth. »Das war der Chef. Ich sage Willie, dass er mit unserem Essen noch warten soll. Wir können eine Vorspeise nehmen, solange wir warten.«

»Da Sie ihn bereits eingeladen haben, kann ich schlecht widersprechen«, antwortete Elspeth frostig.

»Elspeth, er ist mein Chef, und ich glaube, er ist einsam.«

Sie zuckte mit den Schultern. »Pech.«

Hamish ging in die Küche. Willie folgte ihm mit zwei Speisekarten zurück zum Tisch.

»Suchen Sie eine Vorspeise aus, Elspeth«, bat Hamish sie, »und hören Sie auf, mir ein schlechtes Gewissen zu machen.«

Plötzlich lächelte sie. »Sie sind nicht sehr romantisch, oder?«

»Nein, ist er nicht«, antwortete Willie an Hamishs Stelle. »Pure Zeitverschwendung, wenn Sie mich fragen.«

»Sie hat aber niemand gefragt«, konterte Hamish spitz. »Um Himmels willen, bestellen Sie, Elspeth, damit wir ihn wegschicken können!«

Beide entschieden sich für Parmaschinken und Melone.

Als Nächstes kam Mrs. Wellington an ihren Tisch. »Wann wird Mrs. McClellan freigegeben?«

»Morgen, habe ich eben erfahren«, erklärte Hamish.

»Gut. Je eher die Frau ein christliches Begräbnis bekommt, desto besser.« Sie zog sich ungefragt einen Stuhl heran, setzte sich und zückte ein großes Notizbuch aus ihrer Tasche.

»Wir dachten, anstelle von Sandwiches und Häppchen richten wir nach der Beerdigung ein warmes Büffet aus. Brathähnchen, Kartoffeln, Salat, grüne Erbsen. Trifle zum Dessert. Also, was steuern Sie bei?«

»Ich halte die Trauerrede«, antwortete Hamish.

»Aber jeder muss beim Catering helfen. Meinen Sie, wir sollten Wein anbieten?«

»Eindeutig nicht«, sagte Hamish. »Es wird Whisky erwartet, sonst nichts.«

»Dann trage ich ein, dass Sie ein paar Flaschen mitbringen. Miss Grant?«

»Ich kann ein paar Brathähnchen zubereiten«, bot Elspeth an.

»Sehr gut. Ich notiere das gleich. Angela Brodie macht eine riesige Schüssel Trifle.«

»Ist das klug?«, gab Hamish zu bedenken. »Angelas Kochkunst ist nicht unbedingt berühmt.«

»Bei einem Trifle kann man nichts verkehrt machen«, sagte Mrs. Wellington.

Dann erschienen die Currie-Schwestern, und die Diskussion über die Arrangements ging weiter, bis Carson ankam.

So viel zu dem neuen Lippenstift, dem französischen Parfüm und meinem besten Kleid, dachte Elspeth finster, als Carson sich setzte, nachdem die anderen sich verabschiedet hatten. Sofort begann er, mit Hamish über die Morde zu reden. Immerhin war es ihr ein Trost, dass Carson nur ein Glas Wein trank und sagte, er müsse einen klaren Kopf behalten, um zurück nach Strathbane zu fahren. Vielleicht bat Hamish sie ja noch auf einen Schlummertrunk zu sich nach Hause.

Doch als sie alle vor dem Restaurant standen, bedankte Carson sich bei Hamish für das Essen und fuhr los.

»Das war vergeudete Zeit«, bemerkte Elspeth verärgert. »Sie beide sind alles immer wieder durchgegangen, und es hat nichts gebracht.«

»Tja, das ist Polizeiarbeit«, antwortete Hamish vage. »Gute Nacht, und danke, dass Sie das mit der Versicherung für mich herausbekommen haben.« Er winkte ihr noch einmal zu und schlenderte am Wasser entlang davon.

Der Kellner hatte recht, dachte Elspeth wütend. Hamish Macbeth lohnt die Mühe nicht, und sollte er jemals wieder meine Hilfe wollen, darf er darum *betteln*.

Der Tag von Mrs. McClellans Beerdigung ließ sich kalt und ruhig an. Hamish zog seinen besten Anzug an und schob sich eine schwarze Trauerbinde über einen Ärmel.

Er ging zur Church of Scotland und schloss sich den anderen Trauergästen an, die in dieselbe Richtung strebten. Auf einmal wurde er nervös. Er hatte nichts für die Trauerrede vorbereitet. Nun, sicher würden einige Worte genügen.

Vor der Kirche hielten ihn zwei amerikanische Touristen an. »Verzeihung, Sir«, sagte der Mann höflich, »denken Sie, es würde als unhöflich gelten, wenn meine Frau und ich zum Trauergottesdienst gehen?«

»Nein, ganz und gar nicht. Jeder ist willkommen.«

»Vielen Dank, Sir. Ich bin Brad Kirk, und dies ist meine Frau, Jo Ellen. Wir sind aus Baton Rouge.« Er war ein ernst wirkender kleiner Mann mit schütterem Haar und goldgerahmter Brille. Seine Frau war gleichfalls klein, aber mollig und trug einen langen blauen Kunstpelz.

»Zu welcher Konfession gehört diese Kirche?«, fragte Mrs. Kirk.

»Church of Scotland«, antwortete Hamish.

»Ah, das sollte interessant werden«, erwiderte Brad Kirk. »Wir sind Southern Baptists, aber Jo Ellen und ich interessieren uns für alle Religionen.«

»Ich bin Hamish Macbeth, der hiesige Polizist. Wohnen Sie in Lochdubh«

»Ja, im *Tommel Castle Hotel*.«

»Und was führt Sie außerhalb der Saison so hoch in den Norden?«, wollte Hamish wissen.

»Das Wetter stört uns nie, Sir. Wir mögen ruhige Orte. Und irgendwie sind wir auch Schotten. Mein Urgroßvater war, glaube ich, Schotte, und das macht Jo Ellen zur Schottin durch Heirat.«

»Gehen wir lieber rein«, sagte Hamish, der auf seine Uhr blickte. »Der Gottesdienst fängt gleich an.«

Mrs. Wellington scheuchte Hamish nach ganz vorn. Vor dem Altar stand der von weißer Heide bedeckte Sarg.

Mr. Wellington, der Pfarrer, begann den Trauergottesdienst. Bald war überall in der Kirche Schluchzen zu hören. Hamish hatte wieder vollends vergessen, dass er die Rede halten sollte, bis Mr. Wellington ihn aufrief.

»Fiona McClellan war eine gute Frau, still, die ihren Garten geliebt hat«, begann Hamish. »Sie war ein fester Bestandteil unseres täglichen Lebens.« Er sah, dass die Kirchentür geöffnet wurde und Callum Bissett hereinkam. Hamish überkam eine unsägliche Wut. Er starrte den Mittelgang hinunter zum Geschäftsführer des Senders. »Und Mrs. McClellan wäre noch Teil unserer Gemeinde, hätte *Strathbane Television* nicht alles darangesetzt, ihr Leben zu ruinieren.«

»Das ist wahr!«, rief jemand.

Hamish sprach weiter: »Sie hatte sich ein kleines Vergehen in der Vergangenheit zuschulden kommen lassen, ausgelöst durch eine vorübergehende mentale Erkrankung. Sie wurde erfolgreich behandelt. Doch die Fernsehleute wollten im Dreck wühlen. Und da sie selbst kein Gefühl für Anstand besitzen, haben sie nicht gewusst, welche Wirkung solch eine Bloßstellung auf eine gottesfürchtige Frau haben würde. Sie wollten sie im nationalen Fernsehen anprangern, sie der Lächerlichkeit preisgeben, und deshalb hat Mrs. McClellan sich das Leben genommen.«

Hamish zeigte auf Callum Bissett hinten in der Kirche. »Mich erstaunt, dass Sie sich hier zu zeigen wagen, denn Sie haben diese Frau so sicher umgebracht, als hätten Sie selbst sie vergiftet.«

Callum Bissett sprang auf und eilte nach draußen.

»Wir sollten Fiona McClellan als die charmante Dame in Erinnerung behalten, die wir gekannt haben«, sagte Hamish, »und für sie beten.« Er setzte sich wieder.

Carson rutschte unruhig auf seinem Platz in der Kirchenbank hin und her. Er fragte sich, ob Hamish Macbeth ein klein wenig verrückt war. Doch um ihn herum murmelten alle zustimmend.

Am Ende des Trauergottesdienstes hoben sechs Dorfbewohner den Sarg auf ihre Schultern. Ein Dudelsackspieler ging ihnen voraus und spielte ein Klagelied.

Hinter dem Sarg folgte die Gemeinde dem Weg aus der Kirche, am Wasser entlang und über die Buckelbrücke zum Friedhof.

Hamish sah Elspeth ein kleines Stück weiter vorn. Er fand, dass er am vergangenen Abend unhöflich gewesen war, als er sie einfach vor dem Restaurant stehen gelassen hatte. Er hätte ihr zumindest einen Kuss auf die Wange geben können. Doch das Wehklagen des Dudelsacks, das von den Bergen widerhallte, erfüllte ihn mit Traurigkeit.

Sie scharten sich um das Grab, als der Pfarrer die Tote der Erde übergab. Dann las er den bekannten Abschnitt aus dem *Buch Kohelet*: »*Eine Zeit zum Sterben … eine Zeit zum Lieben.*«

Die Dorfbewohner weinten unverhohlen, als Mr. McClellan die erste Handvoll Erde auf den Sarg warf.

Dann kehrten alle zum Gemeindesaal zurück, schniefend und ihre Augen tupfend.

Neben Hamish tauchten die Amerikaner auf. »Das war sehr berührend«, sagte Mr. Kirk.

»Kommen Sie mit zum Gemeindesaal«, bot Hamish an. »Dort gibt es warmes Essen.«

»Ich bin übrigens fast in der gleichen Branche wie Sie tätig, Sir«, bemerkte Mr. Kirk.

»Bei der Polizei?«

»Nein, Versicherungsermittler.«

Hamish nickte. »Ah, die gleiche Art Arbeit.«

»Manchmal kann sie sehr frustrierend sein«, fuhr Mr. Kirk fort. »Da gab es einen Fall in New Orleans. Ich war mir sicher, dass der Ehemann seine Frau umgebracht hatte, konnte es aber genauso wenig beweisen wie die Polizei.«

»Warum nicht?«, fragte Hamish.

»Der Mann war mit seiner Frau im Ruderboot auf dem Wasser gewesen. Das Boot kenterte, sie konnte nicht schwimmen und ertrank. Er sagte, dass er heroische Bemühungen unternommen hätte, um sie zu retten. Das Problem war, dass er seine Frau hoch versichert hatte.«

Brad Kirk wiegte den Kopf und fuhr fort: »Es war ein ruhiger Tag, und er behauptete, sie hätte herumgealbert, wäre im Boot aufgestanden und hätte es so zum Kentern gebracht. Ich habe mich umgehört und herausgefunden, dass sie keine Frau war, die zu Albernheit neigte, und sie war noch nie zuvor mit ihrem Mann in einem Boot gewesen. Noch dazu wusste jeder, ihr Ehemann eingeschlossen, dass sie nicht schwimmen konnte. Na ja. Das war übrigens eine eindrucksvolle Rede, die Sie in der Kirche gehalten haben.«

Sie waren fast am Gemeindesaal angekommen. Elspeth wartete einen Moment am Eingang, doch Hamish war jetzt ganz damit beschäftigt, Mr. Kirk von den Morden zu erzählen. Sie zuckte mit den Schultern und ging hinein.

Zuerst war alles sehr gesetzt und traurig. Leute holten sich Essen, nahmen an langen Tischen Platz und unterhielten sich leise. Schließlich sagte Dr. Brodie etwas zu Mr. McClellan und führte ihn aus dem Saal.

Dann wurden die Whiskyflaschen herumgereicht. Die Gespräche wurden lebhafter.

»Wie lange geht das hier?«, wollte Mr. Kirk wissen, der neben Hamish saß.

»Bis spätabends. Die Sitten hier oben haben sich geändert. Es ist noch nicht lange her, da wäre es die ganze Woche so weitergegangen.«

Abends sangen die Leute und rezitierten Gedichte. Brad Kirk holte ein großes Notizbuch hervor und fing an, sich Notizen zu machen, als wollte er einen Bericht über einen bizarren Volksstamm verfassen.

Hamish stellte überrascht fest, dass sein Chef noch da war, die Krawatte gelockert hatte und mit den Dorfbewohnern plauderte.

Schließlich sah er einen freien Platz neben Elspeth, stand auf und ging zu ihr. »Jeder ist heute hier«, bemerkte er. »Sind Sie schon Ihrem Mörder begegnet?«

»Ich hatte doch gesagt, dass es ein Scherz war, Hamish. Ich muss gleich los und hierüber schreiben.« Sie verhielt sich kalt und abweisend, und ihre silbernen Augen waren verschleiert.

»Ich habe mein Horoskop nicht gelesen«, bemerkte Hamish. »Gibt es mehr Botschaften für mich?«

Elspeth stand auf. »Nein, die lohnen die Mühe nicht, Hamish«, antwortete sie und verschwand.

Elspeth ging direkt ins Büro.

»Ich habe einen Haufen Fotos gemacht«, sagte Sam Wills. »Die kann ich dir bald geben, und dann darfst du die Bildunterschriften machen. Du kennst jeden im Dorf, also sollte das kein Problem sein.«

Elspeth schaltete ihren Computer ein und begann, ihren Bericht langsam und sorgfältig zu schreiben, denn sie hatte zu viel Whisky getrunken und Angelas Trifle hatte geschwommen vor Sherry.

Sam erschien mit den Fotos. Elspeth trank starken schwarzen Kaffee und nummerierte die Fotos, ehe sie mit den Bildunterschriften begann. Irgendwann runzelte sie die Stirn. Sie konnten nicht alle Fotos in die Zeitung bringen, deshalb hatte sie gleich einige aussortiert und auf einen gesonderten Stapel gelegt. Doch ein Gesicht fehlte, dessen war sie sich sicher. Elspeth nahm die Fotos erneut auf, ging sie ein zweites Mal durch und schüttelte den Kopf. Sie musste sich irren.

Um Mitternacht war sie fertig.

Sie schaltete den Computer aus und trat hinaus an den Hafen. Im Gemeindesaal brannte noch Licht, aber wozu zurückgehen?

Sie begab sich nach Hause und war froh, dass sie sich das Kochen sparen konnte, denn sie hatte im Gemeindesaal viel gegessen.

Sie wusch sich und legte sich ins Bett. Kurz bevor sie die Augen schloss, schwor sie sich, nie wieder an Hamish Macbeth zu denken.

»Ja, Sie können wieder mein Bett haben, Sir«, sagte Hamish geduldig, als er den sehr betrunkenen Carson auf dem Weg zur Wache stützte.

»Hier könnte ich leben!« Carson schwenkte trunken einen Arm in Richtung Loch.

»Es könnte ein bisschen langweilig werden«, entgegnete Hamish.

Er bugsierte seinen Chef ins Bett und ging dann mit Lugs raus. »Ich muss eine bessere Matratze und eine Bettdecke für die Zelle besorgen, Lugs. Denn ich denke, ich werde die häufiger benutzen.«

Als er wieder auf der Wache war, zog er sich müde aus, wusch sich und legte sich auf die harte Zellenpritsche. Aus dem Schlafzimmer war lautes Schnarchen zu hören. Ich komme mir vor wie ein Ehemann, der Krach mit seiner Frau gehabt hat, dachte Hamish.

Elspeth fuhr im Bett hoch. Sie konnte Rauch riechen, noch das Knacken von brennendem Holz hören und das Heulen eines Hundes. Was für ein Traum! So real!

»Ich mache mich lächerlich«, murmelte sie. Sie stand auf, ging zum Telefon und rief auf der Polizeiwache an.

Hamish wäre nicht rangegangen, hätte Lugs ihn nicht schon mit seinem lauten Bellen geweckt. Das Bellen wurde zu einem Heulen, als Hamish den Hörer aufnahm.

»Hier ist Elspeth«, hörte er. »Hamish, wahrscheinlich bin ich verrückt, aber sehen Sie mal draußen nach, ob jemand versucht, die Polizeiwache in Brand zu stecken.«

»Ist gut.« Er knallte den Hörer auf. »Still«, befahl er Lugs, schlich durch die Küche und spähte durchs Fenster. Links von sich sah er eine tiefere Dunkelheit, und er roch Benzin.

Er nahm eine große Taschenlampe vom Regal, entriegelte leise die Küchentür und begab sich lautlos hinaus in die Dunkelheit. Lugs, der keinen Mucks von sich gab, war direkt hinter ihm.

Auf einmal preschte der Hund in die Finsternis. Es war ein Fluchen zu hören, gefolgt von einem lauten Schmerzensschrei.

Hamish leuchtete mit der Taschenlampe hin. Dort stand Finlay Swithers, neben sich einen Benzinkanister, und versuchte, Lugs abzuwehren, der die Zähne in seinem Bein versenkt hatte.

»Schaffen Sie mir den Hund vom Leib!«, brüllte Swithers. »Mein Bein. Aua, mein Bein!«

Hamish war rasch bei ihm und drehte ihm den Arm auf den Rücken, ehe er Lugs das Kommando gab loszulassen. Dann schaffte er Swithers in die Zelle in der Wache und sperrte ihn ein.

Danach weckte er Carson. »Stehen Sie lieber auf«, sagte Hamish. »Es ist Finlay Swithers. Er hat eben versucht, uns zu verbrennen.«

Carson sprang aus dem Bett, griff nach seiner Hose und zog sie an.

»Hier.« Hamish warf ihm einen Pullover zu. »Ihr Hemd ist in der Wäsche.«

»Wo ist er?«, fragte Carson.

»In der Zelle.«

»Schon offiziell verhaftet?«

»Nein, wir sehen uns erst mal die Beweise an.« Hamish gab

Carson eine zweite Taschenlampe, und sie gingen nach draußen. Unter dem Küchenfenster fanden sie benzingetränkte Strohballen, ebenso vor der Tür vorn zur Wache. Carson rief in Strathbane an und beorderte ein Team nach Lochdubh.

Danach ging er zur Zelle, und während Hamish mitschrieb, verhaftete Carson Finlay Swithers wegen versuchten Mordes und Brandstiftung.

»Warum haben Sie das getan?«, fragte Carson.

»Ich wollte diesen Drecksack loswerden.« Swithers sah wütend zu Hamish. Er stank nach Schnaps.

»Tja, damit dürften Sie für lange Zeit einwandern.«

Sie mussten warten, bis das Team aus Strathbane eintraf. Die benzingetränkten Strohballen mussten fotografiert und als Beweismittel eingeladen werden, zusammen mit dem Kanister, der neben Swithers gestanden hatte, als Hamish ihn ertappt hatte, und weiteren leeren Benzinkanistern, die in seinem Truck gefunden worden waren.

»Wie wollte er damit davonkommen?«, fragte Carson sich laut.

»Er wusste von der Beerdigung«, antwortete Hamish. »Ihm war klar, dass die meisten noch im Gemeindesaal sein würden. Er hat einen günstigen Moment gewählt.«

»Ich glaube, ich bin nüchtern genug, um nach Strathbane zu fahren«, sagte Carson müde. »Stecken Sie meine Sachen einfach in eine Tüte. Die werden noch nicht trocken sein. Wie gut, dass Sie rechtzeitig aufgewacht sind!«

Hamish war unsicher, ob er ihm von Elspeth erzählen

sollte. Sie musste etwas gesehen haben, oder konnte sie tatsächlich hellsehen? Er beschloss, es vorerst auf sich beruhen zu lassen.

»Der Mann hat vielleicht Nerven!«, bemerkte Carson, als sie hinaus zu seinem Wagen gingen. »Er hat gedroht, Sie zu verklagen, weil Ihr Hund ihn gebissen hat.«

»Wenigstens kommt er ins Gefängnis, wo er schon längst hingehört«, antwortete Hamish. »Gute Nacht, Sir.«

»Habe ich mich gestern Abend blamiert? Ich erinnere mich nicht, wie ich ins Bett gekommen bin.«

»Ach nein, Sie waren der vollkommene Gentleman.«

»Bis dann, Hamish. Übrigens heiße ich Pat, die Kurzform von Patrick.«

»Fahren Sie vorsichtig, Pat.«

»Werde ich. Passen Sie auf sich auf«, gab Carson zurück.

Er fuhr los, und Hamish grinste. Blair würde überschnappen, sollte er erfahren, dass er seinen Vorgesetzten mit dem Vornamen ansprach.

Er ging in die Wache und wählte Elspeths Nummer. Sie meldete sich verschlafen. »Ich vermute, dass Sie mich im Morgengrauen anrufen, um mir zu erzählen, wie bescheuert ich bin.«

»Nein, Sie hatten recht. Woher haben Sie es gewusst?«, fragte er.

»Ich hatte einen Traum, und der kam mir so real vor. Flammen, Rauch, ein heulender Hund … Ich dachte an Lugs, und dann habe ich an Sie gedacht.«

»Also sind Sie hellseherisch veranlagt, haben das Zweite

Gesicht, genau wie der Seher es gesagt hat. Ist so etwas früher schon mal passiert?«

»Zweimal. Aber mir wird jedes Mal schlecht und bange davon. Ich will nicht darüber reden.«

»Ich bin Ihnen sehr dankbar, Elspeth. Tut mir leid, dass ich ein bisschen … na ja … manchmal kalt bin, aber ich will keine Verwicklungen. Ich möchte niemandem zu nahe sein.«

»Wer kommt Ihnen denn nahe?«, erwiderte Elspeth verärgert.

»Ich meine, ich fände es schön, wenn wir befreundet sein könnten«, sagte Hamish.

»Okay. Darf ich jetzt weiterschlafen?«

Kapitel 13

Oh, diebische Nacht,
Warum solltest du, wenn nicht zu einem schurkischen Ende,
in deiner dunklen Laterne so nahe den Sternen,
Welche die Natur an den Himmel hängte und
ihre Lampen füllte,
Mit ewig währendem Öl, das nötige Licht
Dem verirrten und einsamen Wanderer schenken?

JOHN MILTON

Jedweder Ehrgeiz, den Mord an Felicity Pearson aufzuklären, war verebbt. Hamish machte seine normalen Runden, versorgte seine kleine Landwirtschaft und ging hin und wieder seine Notizen durch, ob ihm etwas auffiel, was er bisher übersehen hatte.

An seinem freien Tag, zwei Wochen nach der Beerdigung, rief er spontan Grace Witherington an und fragte, ob er sich noch einmal mit ihr unterhalten dürfe. Sie lud ihn für nachmittags um drei zu sich zum Kaffee ein.

Er nahm Lugs mit und ermahnte den Hund, sich von seiner besten Seite zu zeigen. Die mobile Ermittlungseinheit vor dem Haus war fort. Hamish wusste nicht, was die Polizei in Strathbane gerade in der Mordermittlung unternahm. Jimmy hatte seine Anrufe gemieden, und Carson war nicht wieder in Lochdubh gewesen.

»Kommen Sie rein«, sagte Grace, die ihm die Haustür öffnete. »Ich wohne oben.«

»Ist es in Ordnung, wenn mein Hund mitkommt?«

»Ja, sicher. Ich mag Hunde, auch wenn ich selbst keinen mehr habe«, erwiderte sie und ging voraus die Treppe hinauf. »Meine Hündin Queenie ist vor zehn Jahren gestorben, und ich wollte mir nicht wieder einen Hund anschaffen. Sie brauchen so viel Liebe und Aufmerksamkeit, und ich konnte nicht reisen. Natürlich hätte ich Queenie in eine Pension geben können, wie es alle anderen tun, wenn sie verreisen, aber ich wusste, dass ich meinen Urlaub dann nicht genießen kann. Ich würde mir dauernd Sorgen machen, wie sie zurechtkommt. Hier wären wir.«

Sie führte ihn durch einen kleinen Flur in ein Wohnzimmer mit lauter Bücherregalen an den Wänden. »Machen Sie es sich bequem, und ich hole den Kaffee.«

Lugs streckte sich vor dem Feuer aus. Plötzlich ertappte Hamish sich dabei, wie er in seiner Tasche nach einer Zigarettenschachtel suchte. Wie komisch, dass er nach all der Zeit immer noch automatisch nach einer Zigarette greifen wollte.

Grace kam mit einem beladenen Tablett herein, das sie auf den niedrigen Tisch vor ihm stellte. »Nehmen Sie sich selbst

Milch und Zucker, und erzählen Sie mir, warum Sie hier sind. Ich bin neugierig.«

»Es geht um Felicity Pearson«, antwortete Hamish. »Ich habe ein Bild von einer eitlen, schwachen, nicht liebenswerten Frau im Kopf, und dennoch waren Sie mit ihr befreundet. Deshalb versuche ich zu erfahren, wie sie wirklich war.«

»Jetzt machen Sie mir ein schlechtes Gewissen«, gab Grace zurück. »Ich war nie mit ihr befreundet, das habe ich Ihnen doch erzählt. Tatsache ist, dass mir die Fernsehsendung, die sie produziert hat, ein sehr willkommenes Nebeneinkommen beschert hat. Deshalb wollte ich, dass sie mir wohlgesonnen blieb. Doch ich fürchte, sie war all das, was Sie sagen. Und wenn ich es genau bedenke, war die Sendung, die sie gemacht hat, auch die Stunden nicht wert, die ich mir anhören musste, wie sie über sich redete. Kennen Sie den alten Schauspielerwitz? ›Jetzt aber genug über mich. Reden wir über meine Vorstellung.‹«

Hamish nickte. »Demnach gab es niemanden, dem sie richtig nahestand?«

»Haben Sie es bei Rory MacBain versucht?«

»Ich denke, ihm war es egal, wie sie war oder aussah. Er wollte nichts weiter als eine schnelle Nummer auf dem Bürofußboden, wenn ihm danach war.«

»Du liebe Güte! Sie sollte mir leidtun, aber das tut sie nicht. Ehrlich gesagt, habe ich einen richtigen Widerwillen gegen sie entwickelt. Heute Morgen habe ich in der Zeitung gelesen, dass ihr der Mord an Crystal French nachgewiesen werden konnte.«

»Also haben sie das endlich öffentlich gemacht. Wie ist es Ihnen gegangen, als Sie das gelesen haben?«, fragte Hamish.

Grace seufzte. »Darf ich offen sein? Ich war nicht überrascht. Hätte ich sein müssen. Ich meine, wenn sie mit mir gesprochen hat, habe ich nie gedacht: Oh, hier habe ich eine Mörderin vor mir. Aber wenn der Mord aufgeklärt ist, warum wollen Sie mehr über sie wissen?«

»Weil der Mord an ihr noch nicht geklärt ist«, antwortete Hamish.

»Sie wurde unten an den alten Docks umgebracht. Und keiner hat etwas gehört oder gesehen?«, hakte Grace nach.

»Ich weiß nicht, was sie in Strathbane herausgefunden haben, aber ich denke nicht, dass sie Zeugen aufgetrieben haben.«

Grace runzelte die Stirn. »Warten Sie mal. Trinken Sie Ihren Kaffee, ehe er kalt wird. Da ist etwas. Wir hatten mal eine Programmbesprechung über Drogen und die Gefahren von Crack und Heroin in Strathbane. Professor Tully sagte etwas, dass die alten Docks abgerissen werden sollten, um Platz für Wohnhäuser am Wasser zu machen, weil dort sehr viel gedealt würde. Ich meine, das ist weit hergeholt, aber in der Nacht könnte jemand dort gewesen sein, der grundsätzlich nichts mit der Polizei zu tun haben will.«

Hamish nickte nachdenklich. »Es könnte tatsächlich eine Spur sein. Ich spreche lieber erst mal mit Professor Tully. Er könnte es eingeworfen haben, um vorzugeben, dass er Insiderwissen besitzt, das er eigentlich nicht hat.«

»Wie zynisch Sie sind und wie gut Sie ihn kennen!«

»Ich kenne ihn gar nicht, aber er ist ein Highlander«, erwiderte Hamish.

»Und die kennen einander?«

Hamish schmunzelte. »Genau.«

Hamish fuhr nach Bonar Bridge. Es dämmerte schon, und kalte kleine Sterne blinzelten vom Sutherland-Himmel.

Professor Tully wohnte in einem alten georgianischen Haus gleich außerhalb der Stadt. Es war einer dieser schottischen georgianischen Bauten aus dem achtzehnten Jahrhundert, kastig und schmucklos. Im Vorgarten wucherte Unkraut.

Zu Hamishs Erleichterung war der Professor zu Hause. Er bat Hamish ins Haus, bestand jedoch darauf, dass Lugs draußen blieb. »Ich habe Katzen«, erklärte er.

»Lugs ist sehr nett zu Katzen«, wandte Hamish ein.

»Kein Hund ist nett zu Katzen«, erwiderte der Professor, also musste Hamish Lugs zurück in den Land Rover bringen.

Danach betrat er das Haus. Der Professor dirigierte ihn durch eine dunkle und schmutzige Küche, in der sich seit dem achtzehnten Jahrhundert nicht viel verändert zu haben schien. Es gab zwei alte steinerne Spülbecken und ein riesiges Büffet, dessen einst weiße Lackierung mit den Jahren vergilbt war. Eine spärliche Vierzig-Watt-Glühbirne hoch oben an der Decke spendete ein wenig Licht.

»Wie kann ich Ihnen helfen?«, fragte Professor Tully.

»Bei einer Ihrer Programmbesprechungen hatten Sie gesagt, die alten Docks in Strathbane sollten abgerissen werden, weil sie zu einem Handelsplatz für Drogen geworden sind.«

Der Professor lehnte sich in seinem Sessel zurück und starrte an die Decke. »Ich erinnere mich noch an die Docks, als der Hafen florierte. Sogar an Strathbane, bevor es zu einem Sündenpfuhl wurde, diesem Furunkel im Gesicht der Highlands.«

»Aber was ist mit Drogen?«, hakte Hamish nach.

»Ich möchte niemanden in Schwierigkeiten bringen.«

»Mich interessiert nur, mögliche Zeugen für den Mord an Felicity Pearson zu finden.«

Der Professor senkte den Blick zum zerkratzten Küchentisch, auf dem noch die Reste seines Mittagessens standen.

»Nun«, begann er schließlich, »da ist dieser Bursche in Bonar Bridge. Er ist inzwischen clean. Aber ich bin eines Tages mit ihm ins Gespräch gekommen, als ich in der Stadt eingekauft habe. Da sagte er, dass er seinen Stoff früher unten an den Docks gekauft hat und dass der Ort nachts zu einer Art Marktplatz wird. Er meinte, es wäre sicherer als die Clubs, weil die Polizei da so gut wie nie unterwegs ist.«

»Wie heißt der Bursche?«, fragte Hamish.

»Ich möchte nicht …«

»Wenn er clean ist, bekommt er keinen Ärger, und sollte er mir Informationen geben, werde ich die Quelle schützen.«

»Es ist Barry Williams, ein junger Engländer«, erklärte der Professor. »Seine Familie ist vor einigen Jahren hergezogen.«

»Und wo wohnt er?«

»Irgendwo oben in der Sozialsiedlung.«

Hamish dankte ihm und ging. Er wollte die örtliche Polizei nicht nach der Adresse fragen und riskieren, dass der Junge aus Angst schwieg. Stattdessen erkundigte er sich in den Läden und stellte fest, dass Barry Williams in der Nähe von Mrs. Gordon wohnte.

Eine Frau öffnete die Tür und wirkte erschrocken, als Hamish bat, Barry zu sprechen. »Mein Sohn ist ein guter Junge«, erklärte sie trotzig.

»Das bezweifle ich nicht«, entgegnete Hamish geduldig. »Ich möchte ihn nur kurz sprechen.«

Sie drehte sich um und rief: »Barry!«

Ein hagerer Jugendlicher in einer zerrissenen Jeans und einer Bomberjacke kam die Treppe hinter ihr herunter. »Ich wollte gerade weg«, sagte er mürrisch.

»Dann kommen Sie, ich gehe ein Stück mit Ihnen.«

Gemeinsam traten sie nach draußen auf die Straße.

»Ich habe nichts getan«, erwiderte Barry, der in der Kälte die dünnen Schultern hochzog.

»Weiß ich. Barry, Sie hatten Professor Tully erzählt, dass an den Docks mit Drogen gehandelt wird. Ich weiß, dass Sie das alles hinter sich gelassen haben, aber ich brauche den Namen Ihres Dealers.«

»Den kann ich nicht verraten!«

»Barry, ich muss es wissen. An den Docks wurde ein Mord begangen, und ich suche nach Zeugen. Keiner wird erfahren, dass Sie es mir erzählt haben. Aber wenn Sie es mir nicht sagen, muss ich offiziell werden und Sie zur Befragung nach Strathbane mitnehmen.«

Verdrossen trat Barry nach einer Cola-Dose auf dem Gehweg. »Das bleibt wirklich unter uns?«

»Ich gebe Ihnen mein Wort.«

»Das war Big Drip.«

»Kommen Sie schon«, erwiderte Hamish. »Ein Name bitte.«

»Sage ich doch. So heißt er.«

Hamish seufzte. »Wie sieht er aus?«

»Irgendwie groß, so groß wie Sie, und mit gebleichtem, stachelig gegeltem Haar und einem Nasenring. Hat mit Heroin gedealt.«

»Und Sie kennen nur seinen Spitznamen?«, hakte Hamish nach.

»Ja. Den kannten alle nur.«

Als er wieder auf der Wache war, rief Hamish Carson an. Es war nicht lange her, da hätte er Jimmy Anderson angerufen, doch jetzt war ihm klar, dass Jimmy die Information als seine ausgeben würde.

Carson hörte aufmerksam zu und sagte: »Ich gehe dem nach. Bleiben Sie in der Nähe Ihres Telefons.«

Hamish kochte Abendessen für sich und Lugs. Er fragte sich, wie Elspeth wohl ihre Zeit verbrachte. Sie war schon seit Tagen nicht mehr vorbeigekommen.

Er machte sich gerade fürs Bett bereit, als das Telefon klingelte. Es war Carson. »Hab ihn«, verkündete er munter. »Hughie Fraser, auch genannt Big Drip, weil er über einen Meter achtzig groß ist.«

»Besteht die Chance, ihn zu finden?«

»Oh ja. Er sitzt seit Kurzem wegen Dealens im Gefängnis von Strathbane«, antwortete Carson. »Wir besuchen ihn morgen früh.«

»*Wir*, Sir?«

»Ja, Sie können mitkommen. Ich treffe Sie um halb zehn vor dem Gefängnis.«

Carson wartete vor dem Gefängnisgebäude, als Hamish vorfuhr. »Was ist das?«, fragte Carson und blickte auf seine Uhr. »Highland-Zeit?«

Hamish schaute auf seine Armbanduhr. Es war neun Uhr einunddreißig. »Tut mir leid, dass ich eine Minute zu spät bin, Sir. Der Verkehr war furchtbar.«

Da sich das Gefängnis am Stadtrand befand, wusste Carson, dass wahrscheinlich kein Verkehr geherrscht hatte, abgesehen von dem einen oder anderen Schaf auf der Straße. Hamish machte sich lustig über ihn. Und ihm war bewusst, dass er es verdiente. Doch allmählich wollte er ein wenig Abstand zu diesem seltsamen Constable gewinnen. Er wusste auch, dass er nicht nach Protokoll vorging, indem er Hamish heute mitnahm. Er müsste eigentlich einen Detective bei sich haben, keinen Dorfpolizisten.

Das Gefängnis war ein viktorianischer Bau aus glänzend rotem Backstein. Drinnen waren die Wände behördengrün gestrichen. Sie wurden kahle Korridor entlang- und eine Eisentreppe hinaufgeführt.

Ein Wärter öffnete eine Tür zu einem dunklen Raum, der

einzig mit einem Tisch und drei Stühlen möbliert war. »Ich gehe ihn holen, Sir«, sagte er.

Carson und Hamish saßen nebeneinander auf einer Tischseite, warteten schweigend und blickten zu dem leeren Stuhl ihnen gegenüber. Gefängnislärm drang durch die dicke Tür: scheppernde Gittertüren, laute Rufe, Fluchen.

Dann kam ein großer Mann in einem Gefängnisoverall mit dem Wärter herein. Hughie Fraser hatte ein längliches, blasses Gesicht, einen sehr roten Mund und wässrige Augen. Der Wärter bezog an der Tür Posten.

»Setzen Sie sich, Hughie«, befahl Carson.

Hughie Fraser nahm Platz und sah sie an. Er hatte diesen seltsam abwesenden Blick von jemandem, der nicht seine erste Haftstrafe verbüßte. »Haben Sie Zigaretten?«, fragte er.

Hamish zog eine Packung und eine Streichholzschachtel hervor, die er eigens für diesen Besuch besorgt hatte, behielt sie jedoch auf seiner Seite des Tisches. »In einer Minute«, antwortete er. »Sehen wir erst mal, ob Sie uns helfen können.«

Carson neigte sich vor. »Wir glauben, dass Sie unten bei den Docks gedealt haben. Waren Sie jemals nachts an Dock zwei?«

Hughie blickte gierig zu den Zigaretten, sagte aber nichts.

Zu Carsons Überraschung brüllte Hamish: »Wir wissen, dass Sie da waren, Mann, also helfen Sie uns!« Er schob die Zigaretten etwas näher zu Hughie.

»Und wenn schon?« Hughie zuckte mit den Schultern.

»Wir interessieren uns für die Nacht, in der Felicity Pearson ermordet wurde«, sagte Carson. Er nannte Wochentag und Datum.

»Damit hatte ich nichts zu tun. Geben Sie mir eine Zigarette.«

Hamish zog die Packung zu sich zurück und legte seine Hand darauf. »Sie haben etwas gesehen«, erwiderte er. »Und Sie erzählen uns lieber, was es war. Wir werden Ihre Fingerabdrücke und die Sohlenprofile all Ihrer Schuhe nehmen und beweisen, dass Sie dort gewesen sind.« Hamish setzte auf die geradezu abergläubische Furcht eines Häftlings vor der Kriminaltechnik. »Und wenn Sie nichts sagen, werden wir annehmen, dass Sie den Mord begangen haben, weil Felicity Pearson sich in Ihr Revier gewagt hatte. Wir wollen den Fall dringend aufklären.«

»Ich war das nicht«, versicherte Hughie sichtlich panisch. »Das können Sie mir nicht anhängen.«

Hamish grinste träge. »Ach nein? Warten Sie's ab.«

Hughie beugte sich vor. »Geben Sie mir eine Kippe, und ich erzähle Ihnen alles.«

Hamish nahm eine Zigarette aus der Packung, reichte sie ihm und zündete ein Streichholz an.

Hughie zog ausgiebig an der Zigarette, blies Rauch aus und sagte schmollend: »Ich war da. Ich habe den Knall gehört, das ist alles. Ich bin raus und habe eine Leiche auf dem Boden gesehen. Ich war in dem Lagerhaus. Mann, da bin ich nichts wie weg.«

»Aber haben Sie den Mörder gesehen?«, fragte Hamish.

»Ich habe kurz wen wegrennen gesehen. Es war ja dunkel,

Mann. Leichte Schritte. Könnte ein Mann oder eine Frau gewesen sein.«

»Wohin ist die Person gerannt?«, hakte Hamish nach.

»Raus auf die Straße. Wer das auch war, ist nach links, und ich bin nach rechts und hab mich nicht noch mal umgedreht.«

»Rock oder Hose?«

»Hose und eine Art Jackett«, antwortete Hughie.

»Also war es ein Mann?«

»Das ist ja das Schräge«, sagte Hughie Fraser. »Ich dachte, dass es eine Frau ist. Keine Ahnung, warum. Gesehen hab ich nur wen mit einem Gewehr. Es war etwas an dem Gang. Die leichten, schnellen Schritte.«

Hamish schob ihm die Zigaretten und die Streichhölzer hin. »Fällt Ihnen sonst noch etwas ein? Hatten Sie auf einen Kunden gewartet?«

Hughie sah zur Seite. »Ich hab da bloß abgehangen und gehofft, dass jemand kommt.«

Hamish beobachtete ihn aufmerksam. »Sie haben nicht auf einen Kunden gewartet. Sie haben auf *Ihren* Lieferanten gewartet. Sie sind bloß der Straßenverkäufer. Wer war das?«

»Nee, nee«, antwortete Hughie verzweifelt. »Das kann ich Ihnen nicht erzählen. Wenn ich das verrate, finden die mich demnächst aufgehängt in meiner Zelle.«

Carson übernahm die Befragung, konnte ihm aber keine weiteren Informationen entlocken. Hughie wollte seinen Lieferanten nicht preisgeben, und zum Mord konnte er nicht mehr sagen, als er schon erzählt hatte.

Als sie draußen waren, brummte Carson: »Um die Ecke ist ein Café. Da gehen wir hin und besprechen das eben.«

Das Café war voller müde aussehender Frauen und quäkender Kinder. Offensichtlich hatten sie auf die offizielle Besuchszeit im Gefängnis gewartet, denn um Punkt zehn Uhr standen sie alle auf und gingen. Carson und Hamish fanden einen Tisch.

»Also«, begann Carson. »Glauben Sie irgendetwas von dem, was Hughie erzählt hat?«

»Ja, er war dort. Ja, er hat den Schuss gehört und die Leiche gesehen. Ja, er dachte, es wäre eine Frau, die weggelaufen ist.«

»Dann müssen wir nach weiblichen Verdächtigen suchen? Wer fällt Ihnen da als Erstes ein?«

»Ich würde mit Amy Cornwall anfangen. Wo war sie am Abend des Mordes?«, erkundigte Hamish sich.

»Wir haben sie alle befragt. Ich meine, dass sie gesagt hat, sie sei spät nach Hause gegangen, habe sich die Haare gewaschen, ein bisschen ferngesehen und sei ins Bett gegangen. Warum sie? Und auf keinen von ihnen ist eine Waffe zugelassen.«

»An die kommt man leicht«, erwiderte Hamish.

»Aber warum Amy Cornwall?«

»Crystal French hat Felicity dazu getrieben, sie umzubringen. Felicity könnte Amy auch das Leben schwer gemacht haben.«

Carson winkte ab. »Aber Amy Cornwall ist nur ein hübsches kleines Ding.«

»Sie hat kein Gewissen.«

»Kommen Sie, Hamish. Wir haben alle eines.«

»Nein, einige werden ohne Gewissen geboren. An allem ist für sie immer jemand anders schuld.«

»Ich setze Jimmy Anderson darauf an«, erklärte Carson. »Danke, dass Sie hergekommen sind, aber sicher haben Sie in Ihrem Zuständigkeitsbereich genug zu tun, um sich zu beschäftigen.«

Hamish sah gekränkt aus.

»Hören Sie«, sagte Carson. »Es ist doch so: Sie haben sich entschieden, Dorf-Constable in Lochdubh zu sein. Und es muss ein bestimmtes Prozedere eingehalten werden. Ich darf die Talente Ihrer Ranghöheren nicht weiter ignorieren. Dies ist ein Job für das CID. Falls Sie allerdings eine Beförderung wünschen, werde ich alles tun, was ich kann, um Ihnen zu helfen. Doch solange Sie ein Dorf-Constable bleiben wollen, kann ich nicht mit Ihnen zusammenarbeiten und das CID außen vor lassen.«

Carson schwieg einen Moment. Dann fügte er ernst hinzu: »Ich muss Sie warnen, Hamish. Im ganzen Land werden kleine Wachen geschlossen. Im Süden ist es so schlimm geworden, dass die Farmer klagen, ganze Mähdrescher würden ihnen von den Feldern gestohlen. Sie drohen, eine Bürgerwehr zu bilden. Sollte die Wache in Lochdubh geschlossen werden, bleibt Ihnen keine andere Wahl, als sich nach Strathbane versetzen zu lassen. Fangen Sie jetzt an, sich befördern zu lassen, sonst macht man Sie am Ende hier zum Streifenpolizisten.«

»Ich werde es mir merken«, antwortete Hamish mit der geballten Überheblichkeit eines ernsthaft beleidigten Highlanders, »und fahre zurück zu meiner Streife.«

»Überlegen Sie es sich«, sagte Carson.

»Dann bin ich raus aus dem Fall?«

Carson gab einen gereizten Laut von sich. »Sie hören mir nicht zu.«

Auf der Heimfahrt war Hamish immer noch verärgert. Mal bat Carson ihn, ihn Pat zu nennen, im nächsten Moment führte er sich wie der Allmächtige auf.

Vor der Wache stieg Hamish aus dem Land Rover und schnupperte. Es war einer dieser lauen Herbsttage, an denen sanfte Winde vom Golfstrom heranwehten.

Er fütterte Lugs und erzählte dem Hund, was für ein Dämlack Carson doch war. Lugs wedelte zustimmend mit dem Schwanz, während er sein Gesicht im Futternapf versenkte.

Hamish beschloss, sich zu entspannen und einen faulen Tag einzulegen, vielleicht seine Angel zu nehmen und einen Lachs vom Colonel zu wildern. Seine gelegentliche Wilderei betrachtete Hamish nicht als Straftat. Es war das Recht eines jeden Highlanders, Wild vom Hügel oder Fisch aus dem Fluss zu nehmen.

Er holte gerade seine Angel hervor, als er ein Martinshorn hörte und vor Schreck erstarrte. Lugs bellte laut.

Hamish rannte hinaus zum Hafen. Vor Patels Laden stand ein Krankenwagen, und Hamish lief hin. Er drängte sich durch die Menge in das Geschäft. Dort waren zwei Sanitäter über Elspeth gebeugt, die krank und bleich aussah.

»Was ist passiert?«, fragte Hamish.

»Das arme Mädchen hat geschrien und ist umgekippt«, sagte Mrs. Wellington.

»Mir geht es gut. Ich bin nur ohnmächtig geworden«, versicherte Elspeth zittrig. »Ich muss nicht ins Krankenhaus.«

»Ich finde, Sie sollten mitfahren und sich untersuchen lassen«, widersprach Mrs. Wellington. »Ihr jungen Frauen heute seid alle ein bisschen verrückt. Entweder hungert ihr euch aus oder erbrecht dauernd.«

»Nein, es ist nichts in der Art.« Elspeth stand auf. Sie sah Hamish an. »Könnten Sie mich nach Hause bringen? Mir geht es wieder prima.«

»Wenn Sie sicher sind, dass Sie nicht ins Krankenhaus sollten«, antwortete Hamish zögernd.

Sie lächelte ihn matt an. »Mrs. Wellington hat mich hier fast eine Stunde gefangen gehalten, um auf den Krankenwagen zu warten. Ich hatte reichlich Zeit, mich zu erholen.«

Hamish nahm ihren Arm und führte sie aus dem Laden. »Wenn sie schwanger ist«, hörte er Nessie Currie sagen, als sie weggingen, »macht er lieber eine ehrbare Frau aus ihr.«

Hamish nahm Elspeths Schlüssel und schloss ihre Wohnungstür auf. Lugs, der ihm zum Laden gefolgt war, trottete hinter ihnen her in die Wohnung.

Elspeth hatte wieder etwas Farbe im Gesicht.

»Möchten Sie, dass ich Ihnen ein Bad einlasse?«, fragte Hamish.

»Nein, machen Sie uns nur Tee.«

Hamish ging in die Küche, brühte Tee auf und stellte die Kanne zusammen mit Milch, Zucker und einigen Keksen auf ein Tablett, das er ins Wohnzimmer trug. »Also«, sagte er, als er das Teetablett abstellte, »wie kam das?«

»Ich habe Angst, Hamish. Ich muss verrückt sein.«

Er umfing ihre Hand mit seinen und drückte sie, dann ließ er sie wieder los. »Sie sind nicht verrückt. Ich schenke Ihnen mal Tee ein. Mit viel Zucker? Sie scheinen eine Art Schock erlitten zu haben.« Hamish reichte ihr eine Tasse, bevor er sich selbst Tee einschenkte. »Was hat Ihnen Angst gemacht?«

»Erzählen Sie es auch keinem?«

»Versprochen«, antwortete er.

»Meine Freundin Sally kommt für einige Tage aus Inverness zu Besuch. Ich hatte nicht viel Essen im Haus … Oh, da fällt mir ein, ich habe alle meine Einkäufe bei Patel gelassen.«

»Die können Sie später holen, oder ich mache das für Sie.«

»Ich hatte sie noch nicht bezahlt. Wahrscheinlich hat er alles wieder einsortiert.«

»Vergessen Sie die Einkäufe, Elspeth. Trinken Sie den Tee. Er ist schön heiß. So ist es gut. Jetzt erzählen Sie weiter.«

»Es war sehr voll im Laden. Ich habe gerade eine Packung Frühstücksflocken in meinen Einkaufskorb gelegt, als auf einmal alles dunkel wurde und es einen Knall gab, wie einen Gewehrschuss. Ich fühlte, wie er auf meine Brust traf, und der Schmerz war furchtbar. Das ist alles, woran ich mich erinnere. Oh, Hamish, ich hatte einen Anfall!«

»Aber, aber.« Er legte einen Arm um sie. »Ich will Sie nicht beunruhigen, Elspeth, doch Sie sagten, sollten Sie dem Mörder begegnen, würden Sie es erkennen.«

»Ach, Sie sind ja genauso verrückt wie ich«, erwiderte sie.

»Spekulieren wir einfach mal. Irgendwo in dem Laden war die Person, die Felicity Pearson ermordet hat, und deshalb *waren* Sie für den Bruchteil einer Sekunde Felicity Pearson und fühlten den Schuss in Ihre Brust. Wer war in dem Laden?«

Elspeth dachte einen Augenblick nach. »Da schien das halbe Dorf herumzuwuseln. Komisch, aber ich hatte nach der Beerdigung ein Spiel gespielt. Ich hatte die Bildunterschriften zu den Fotos gemacht und einen großen Stapel Fotografien zur Seite gelegt, den wir nicht benutzen würden. Sam übertreibt es immer. Manchmal veröffentlicht er so viele Fotos, dass kaum noch Platz für Text bleibt. Ich erinnere mich, dass ich dachte, jemand würde fehlen, was mich wunderte, denn selbst die alte Mrs. Syme, die halb blind ist und nicht mehr gehen kann, war in ihrem Rollstuhl bei der Beerdigung.«

»Und Sie haben gedacht, wenn Sie herausfinden, wer fehlt, empfangen Sie vielleicht Schwingungen zu dem Mörder?«, fragte Hamish.

Sie nickte. »Etwas in der Art. Jetzt kommt es mir albern vor. Ich meine, auch wenn meine Mutter das fahrende Volk verlassen hatte, war sie ein bisschen abgehoben und abergläubisch. Sie hat mir lauter krauses Zeug eingeredet.«

»Ich bin bereit, alles zu versuchen«, sagte Hamish. »Auf der Wache habe ich ein Wählerverzeichnis. Wenn Sie sich ausgeruht und ein bisschen geschlafen haben, könnte ich mit dem zu Ihrem Büro kommen und die Fotos durchgehen, um die fehlende Person zu finden.«

»Mir geht es jetzt gut«, antwortete Elspeth. »Ich komme direkt mit Ihnen.«

»Sind Sie sicher?«

»Ja«, sagte Elspeth widerstrebend, denn lieber würde sie länger hier mit ihm sitzen, seinen Arm um sie gelegt.

»Trinken Sie erst mehr Tee«, schlug er vor. »Brauchen Sie eine Aspirin oder so?«

»Nein, Hamish«, antwortete sie. »Ich bin wieder dieselbe wie vor dem Anfall.«

»Ich benutze nur schnell Ihr Telefon und rufe Mr. Patel an. Ich will ihn bitten, mir eine Liste von allen Leuten zu machen, an die er sich aus dem Laden erinnert, als Sie dort waren.«

»Er hatte so viel am Tresen zu tun, Hamish. Da erinnert er sich vielleicht nicht an viel.«

»Einen Versuch ist es wert«, entgegnete er. Er telefonierte mit Patel, kam zurück und reichte ihr die Hand. »Dann hoch. Mal sehen, ob Sie laufen können.«

Kapitel 14

Er gelangte in mittlere Höhe und betrachtete das Sternennetz,
Sank auf die Knie angesichts des Himmels Gehirn.
Das da in Reih und Glied den uralten Pfad abschreitet,
Als Armee zum unveränderlichen Gesetz.

GEORGE MEREDITH

Hamish ging als Erstes zur Wache, um das Wählerverzeichnis zu holen, und dann weiter zu Elspeth in die Zeitungsredaktion.

Sie hatte dort einen Raum, sofern man die Nische mit der halbhohen Riffelglasabtrennung als »Raum« bezeichnen konnte. Dort saß sie mit Bergen von Fotos der Beerdigung vor sich.

»Ich habe die Liste«, sagte Hamish, der sich neben sie setzte. »Ich lese die Namen vor, und Sie haken sie ab.«

»Übrigens habe ich nachgedacht. Es könnten einige Mitarbeiter vom *Tommel Castle Hotel* dabei gewesen sein. Sie müssten da Dienst gehabt haben, und einige von denen sind nicht aus der unmittelbaren Gegend und vielleicht nicht in dem Verzeichnis.«

»Versuchen wir es trotzdem«, schlug Hamish vor.

Und so fingen sie an. Der Tag verstrich. Sam schaute herein und fragte, was sie da machten, worauf Elspeth ausweichend antwortete, sie würde Hamish helfen, jemanden zu identifizieren.

»Falls da eine Story drin ist, gib mir Bescheid«, sagte Sam. »Wir mögen nur eine Lokalzeitung sein, aber ich könnte eine Story an die Überregionalen verkaufen.« Bei der Bemerkung begriff Hamish einmal mehr, wie viel er Elspeth schuldig war, weil sie kein Wort von allem gesagt und veröffentlich hatte, was er ihr erzählt hatte.

»Wie weit sind wir?«, wollte Elspeth nach mehreren Stunden wissen. »Ich habe Hunger.«

»Wir sind zu drei Vierteln durch«, antwortete Hamish. »Machen wir das fertig, und dann gehen wir einen Happen essen.«

»So lange kann ich nicht warten. Hamish, fragen Sie mal Willie im Restaurant, ob er uns Sandwiches machen kann.«

»In Ordnung«, sagte Hamish. »Und ich hole dann gleich die Liste von Mr. Patel ab.« Er ging, gefolgt von Lugs.

Elspeth arbeitete weiter. Draußen begann es zu dämmern. Sie stieß auf noch einen Namen und ging die Fotos erneut durch. Kein einziges Bild. Stirnrunzelnd lehnte sie sich zurück. Natürlich könnte Sam schlicht jemanden beim Fotografieren ausgelassen haben. Doch bei dem Empfang im

Gemeindesaal hatte er den Raum in Abschnitten aus allen Winkeln geknipst, um alle Anwesenden abzulichten. Elspeth sah noch einmal alles aufmerksam durch.

Hamish kehrte mit einer Thermoskanne Kaffee und einer Platte mit Sandwiches zurück. »Lugs ist dageblieben«, berichtete er. »Ich habe Willie gesagt, dass er nur dieses eine Mal etwas fressen darf. Der Hund soll nicht an Verfettung sterben.«

»Hamish, ich habe etwas gefunden«, erwiderte sie, ohne auf seine Worte einzugehen. »Oder vielmehr etwas nicht.«

Er setzte sich neben sie. »Was? Wen?«

»Mary Hendry.«

»Was? Die mit dem Kunsthandwerksladen?«

Elspeth nickte. »Genau die.«

Hamish stand auf, holte ein paar Becher von einem Regal und schenkte ihnen Kaffee ein. »Essen Sie«, befahl er. »Wir müssen nachdenken.« Er nahm einen Bissen von einem Sandwich und sprach mit dem Mund voller Schinken, Ei und Brot: »Ich hätte sie mir genauer ansehen müssen.«

»Reden Sie nicht mit vollem Mund. Ich kann Sie kaum verstehen.«

Hamish kaute und schluckte. »Felicity Pearson hatte eine volle Stunde mit ihr verbracht. Sie verstanden sich angeblich. Aber niemand hat sich mit Felicity Pearson verstanden oder wollte Zeit mit ihr verbringen. Ich frage mich, worüber sie tatsächlich geredet haben.«

Elspeth dachte einen Augenblick nach. »Sagen wir, Felicity wollte sich bei Crystal einschleimen und hatte etwas über Mary Hendry herausgefunden. Sie könnte zu der Folge *Hin-*

ter den Spitzengardinen recherchiert haben. Aber was gab es da über Mary Hendry herauszufinden?«

»Ihr Mann ist vor ein paar Jahren gestorben«, antwortete Hamish. »Zu der Zeit war ich im Urlaub.«

»Wie ist er zu Tode gekommen?«

»Er war am Anstey zum Angeln, oberhalb des Wasserfalls. Er war betrunken und ist über die Felskante in den Tod gestürzt.«

Sie beide aßen stumm weiter.

Schließlich fragte Elspeth: »Und sie hatte genug Geld, um den Laden aufzumachen?«

»Ja, aber ihr Mann Frank stand in dem Ruf, ein Geizhals zu sein. Also nahmen alle an, dass er ihr ziemlich viel hinterlassen hat.«

»War er oft betrunken?«

Hamish nickte. »Ziemlich oft. Ich musste ihm einige Male die Autoschlüssel abnehmen.«

»Hamish, Trinker sind nicht berühmt für ihre Sparsamkeit.«

»Worauf wollen Sie hinaus, Elspeth?«

»Weiß ich nicht. Ich überlege nur.«

Lugs kam hechelnd angelaufen – offenbar hatte Hamish eben die Tür offen gelassen –, ließ sich auf den Boden fallen und fing wenig später an zu schnarchen.

»Gute Nacht, ihr zwei«, rief Sam hinter der Trennwand. »Schließt ab, wenn ihr geht.«

Hamish saß mit halb geschlossenen Augen da. Lugs schnarchte noch lauter, und draußen am Wasser frischte der

Wind hörbar auf. Hamish öffnete die Augen wieder. »Wie wäre es hiermit? Falls Felicity etwas gegen Mary Hendry in der Hand hatte, hätte die sich nicht eine Stunde lang freundschaftlich mit ihr unterhalten.«

»Sie könnte sie angefleht haben, sie in Ruhe zu lassen«, schlug Elspeth vor.

»Ich kann mir nicht vorstellen, dass das bei Felicity gewirkt hätte, wenn sie einmal glaubte, auf einer Spur zu sein. Was ist, wenn – nur wenn – Mary Hendry etwas wusste, was Felicity schaden konnte, und sie einen Deal gemacht haben? Nach dem Motto: Du lässt mich in Frieden und ich dich. Und dann, als in der Zeitung stand, dass Felicity die *Spitzengardinen*-Folge als Moderatorin übernimmt, denkt sich Mary, dass es gut wäre, sie zum Schweigen zu bringen. Sie ruft Felicity an und sagt etwas wie: ›Ich kann nicht mehr mit der Schuld leben.‹ Mary schlägt ihr vor, sie bei den Docks zu treffen, um ihr alles zu erzählen. Felicity ist viel zu begeistert, um sich zu fragen, warum Mary die Docks als Treffpunkt wählt. Und in ihrer Eitelkeit hält sie sich für immun gegen jede Gefahr. Sie denkt nur daran, was für ein Knaller es wäre, eine echte Mörderin vor der Kamera zu einem Geständnis zu bewegen.«

»Aber als Sie damals aus dem Urlaub zurückgekommen sind … Hätte es da nicht im Dorf von Polizei gewimmelt, falls es eine Mordermittlung gab?«, wandte Elspeth ein.

»Stimmt. Aber angenommen, es hat wie ein Unfall ausgesehen und die Autopsie hatte ergeben, dass Frank Hendry sturzbetrunken war …« Er sah sich die Liste von Mr. Patel an. »Mary war im Laden, als Sie ohnmächtig geworden sind, Elspeth.«

»Das muss das erste Mal gewesen sein, dass sich unsere Wege gekreuzt haben«, sagte sie. »Ich bin noch nie in Mary Hendrys Kunsthandwerkladen gewesen. Vor Weihnachten wollte ich mal hin, um mir Ideen für Geschenke zu holen. Wollen Sie, dass ich jetzt mal hingehe? Ich mache es, aber ich habe Angst.«

»Nein, lassen Sie das. Wir brauchen handfeste Beweise gegen sie, keine hellseherischen. Lassen Sie mich noch ein bisschen überlegen. Etwas ist da in meinem Hinterkopf. Ich bekomme es nur nicht zu fassen.«

Elspeth unterdrückte ein Gähnen. Auf einmal war sie sehr erschöpft und wollte nur noch schlafen.

Hingegen fiel Hamish plötzlich der Amerikaner ein, Brad Kirk, der gesagt hatte, seine Arbeit als Versicherungsermittler sei Hamishs sehr ähnlich.

Er setzte sich kerzengerade auf. »Ich frage mich, ob Frank Hendry versichert war. Ich meine, betrachten wir es einmal so, Elspeth: Die Polizei hat so viel zu tun, dass sie jede Chance ergreift, etwas als eindeutigen Unfall einzustufen. Aber eine Versicherung würde das nicht so einfach akzeptieren. Was ist mit Ihrem Freund bei *Strong Insurance?* Denken Sie, Sie könnten ihn anrufen? Oh, nein, so spät wird da niemand mehr im Büro sein.«

Elspeth nahm ein dickes Buch aus ihrer Schreibtisch-schublade. »Ich habe seine Privatnummer.«

»Ein Ex-Freund?«

»Könnte man sagen«, antwortete sie. »Ich mache einen Termin für Sie für morgen aus. Welche Zeit?«

»Wann es ihm passt. Aber es ist eine lange Fahrt nach Inverness, also vielleicht gegen zehn, falls es geht.«

Elspeth wählte, und Hamish hörte sie sagen: »George, ich bin's, Elspeth. Ja, mir geht's gut. Nein, ich komme in absehbarer Zeit nicht nach Inverness. Unser hiesiger Polizist würde dich gerne sprechen. Ich lasse es ihn erklären. Könnte er dich morgen gegen zehn besuchen? Nein, ich muss dann arbeiten, aber wir machen bald mal ein Treffen aus. Der Polizist heißt Hamish Macbeth.« Sie verabschiedete sich, streckte sich und gähnte.

Sie blickte Hamish an. »So, das wäre erledigt.«

»Wollen Sie nicht mitkommen?«

Elspeth lächelte. »Nein. George – er heißt George Earle – klammert sehr.«

»Na gut. Danke, Elspeth. Und halten Sie sich von Mary Hendry fern.«

»Oh, das werde ich. Ich bin morgen bei einem Schulkonzert drüben in Braikie, also fast den ganzen Tag nicht im Dorf. Es wird schwierig, nach so langer Zeit noch etwas zu beweisen, Hamish.«

»Vielleicht kann George mir helfen.«

»Frank Hendrys Lebensversicherung könnte bei einer anderen Gesellschaft abgeschlossen worden sein, nicht bei *Strong Insurance*. Aber eventuell hat George etwas von einer der anderen Versicherungen gehört. Wenn Sie wollen, kann ich Lugs morgen mit nach Braikie nehmen.«

»Das wäre super. Der Schlüssel zur Polizeiwache ist in der Regenrinne über der Küchentür.«

George Earle war anders, als Hamish erwartet hatte. Er hatte mit einem Bürotypen gerechnet, einem Mann mit schütterem Haar und Brille. Doch George Earle war sonnengebräunt und durchtrainiert, hatte dichtes blondes Haar und blaue Augen.

»Mich interessiert, ob eine Mary Hendry aus Lochdubh bei Ihnen eine Lebensversicherung für ihren Mann hatte. Er ist vor ungefähr zwei Jahren gestorben.«

»Alles klar.« George schaltete seinen Computer ein. »Geht es Elspeth gut?«

»Ja, sehr gut.«

»Ich verstehe nicht, warum sie so hoch in den Norden gezogen ist. Ist sie mit jemandem zusammen?«

»Nein«, antwortete Hamish.

»Tja, das ist immerhin etwas. Mal sehen. Ja, bei uns war ein Frank Hendry versichert.«

»Wie hoch?«, fragte Hamish.

»Hundertfünfzigtausend Pfund.«

Hamish stieß einen Pfiff aus. »Dann müsste sich Ihr Versicherungsermittler den Fall angesehen haben. Könnte ich den sprechen?«

»Ich lasse meine Sekretärin nachhören, ob er im Büro ist. Er heißt Matthew Thorne.«

Hamish wartete geduldig. Nach rund einer Viertelstunde kehrte George mit einem kleinen, adretten Mann zurück. Alles an ihm war gepflegt, von dem dünnen, sorgsam gekämmten Haar über die scharfen Bügelfalten in seiner Hose bis hin zu den auf Hochglanz polierten Schuhen.

»Ich lasse Sie dann mal in Ruhe reden«, sagte George. »Sie können mein Büro nutzen.«

»Also.« Matthew Thorne setzte sich und zupfte sorgfältig seine Hosenbeine höher. »Sie möchten etwas zu dieser Hendry-Geschichte wissen?«

»Ja, bitte.«

»Es ist ja so. Wenn eine Frau in einem Highland-Dorf ihren Mann für eine hohe Summe versichert und dann behauptet, er sei einen Wasserfall hinuntergestürzt, werde ich natürlich misstrauisch. Ja, Frank Hendry war zum Angeln in einem der Becken oberhalb des Wasserfalls. Ja, er war betrunken. Aber den Einheimischen zufolge war er oft betrunken angeln. Und für solch einen großen Mann war er nicht übermäßig alkoholisiert. Er hätte nicht mehr Auto fahren dürfen, das nicht, doch ich würde sagen, dass er noch nicht getorkelt ist. Kennen Sie die Gegend oberhalb des Wasserfalls?«

Hamish nickte. »Ja.«

»Nun, so wie das Wasser dort über die Felsen rauscht, könnte es einen Mann hinüberreißen. Andererseits ist das Wasser flach. Mrs. Hendry sagte, ihr Mann könnte einen Lachs an der Angel gehabt haben, der über die Kante ist und ihn mitgerissen hat. Die Polizei fand seine Angelrute. Die war in dem Becken unten. Und es hing kein Fisch an der Schnur. Dann war da noch etwas anderes. Seitlich vom Wasser oberhalb des Falls wurden Reste eines Imbisses gefunden. Ein halb voller Becher Kaffee und ein nur zur Hälfte gegessenes Sandwich sowie zwei unangerührte.«

»Wenn er beim Essen gewesen war, wie konnte ihn dann eine kleine Frau wie Mary Hendry dazu bringen aufzustehen, damit sie ihn ins Wasser stoßen konnte?«

»Eben«, stimmte Matthew Thorne ihm zu. »Es schien unmöglich zu sein. Aber wie wäre es damit? Sie taucht oben an dem Wasserfall auf, wo einige flache Felsen sind. Sie geht in die Mitte und ruft dann, dass ihr Fuß in einer Felsspalte eingeklemmt ist oder sie Angst hat. Er steht auf und watet zu ihr. Sie versetzt ihm einen kräftigen Schubs. Er fällt über die Kante. Sie weiß, was sie tut und dass die Felsen unten scharfkantig sind. Sie nimmt seine Angelrute und wirft sie ihm hinterher. Ich denke, etwas muss sie gestört haben, sonst hätte sie die Reste seines Imbisses nicht dort gelassen.«

»Es ist zwei Jahre her«, erwiderte Hamish. »Ich nehme an, die Polizei hat alles durchkämmt, jeden Felsen, jeden Flecken Heide, das Wasser.«

»Tatsächlich hat sie nichts davon getan«, antwortete Thorne. »Ich hatte mit Detective Chief Inspector Blair zu tun. Kennen Sie ihn?«

»Oh ja«, murmelte Hamish finster.

»Er hat herumgezetert, wir Versicherungsermittler seien alle gleich und würden alles tun, um nicht bezahlen zu müssen. Seiner Meinung nach war es ein Unfall, und wir mussten zahlen.«

»Und wie war Ihr Eindruck von Mary Hendry?«, fragte Hamish.

»Schwer zu sagen. Sie ist jedes Mal in Tränen ausgebrochen, wenn sie mich gesehen hat. Ich konnte nicht erkennen, ob es gespielt war oder nicht. Leider wüsste ich nicht, was Sie noch tun können.«

»Da fällt mir hoffentlich etwas ein«, erwiderte Hamish. »Falls sich etwas ergibt, lasse ich es Sie wissen.«

»Hier ist meine Karte mit meiner Mobil- und Privatnummer.«

Hamish stand auf und ging zur Tür, drehte sich jedoch noch einmal um. »Ich war zu jener Zeit im Urlaub. Wer war damals bei Mary Hendry? Ich meine, wer im Dorf ist bei ihr gewesen, um sie zu trösten?«

»Die Pfarrersfrau, Mrs. Wellington.«

Hamish bedankte sich und ging raus.

»Oh, Mr. Macbeth«, sagte die Sekretärin. »Eine Minute noch.« Sie gab ihm einen großen Strauß roter Rosen. »Mr. Earle fragt, ob Sie die hier Miss Elspeth Grant mitnehmen können.«

»Ja, ich sehe sie später sowieso.« Hamish nahm die Blumen.

Als er wieder in Lochdubh war, ließ er die Blumen für Elspeth in der Zeitungsredaktion und machte sich auf den Weg zum Pfarrhaus, um mit Mrs. Wellington zu sprechen.

»Was führt Sie her, Hamish?«, wollte sie wissen. »Ich will gleich weg und habe keine Zeit, Ihnen Tee zu machen.«

»Ich wollte Sie nach Mary Hendry fragen. Kennen Sie sie näher?«

»Nein, nicht näher«, antwortete sie.

»Aber nach dem Tod ihres Mannes sind Sie bei ihr gewesen?«

»Das gehört zu meinen Pflichten als Frau des Pfarrers.«

»Würden Sie sagen, dass sie einen schlimmen Schock hatte?«

»Ja, würde ich. Und sie hatte auch große Angst.«

»Warum?«, fragte Hamish.

»Diese furchtbaren Versicherungsleute hatten einen Mann geschickt, der sie nicht in Ruhe lassen wollte. Ich habe ihm gesagt, dass Frank Hendry sturzbesoffen einen Unfall hatte und sie gefälligst ihrer Vertragspflicht nachkommen sollten, anstatt einer armen Witwe das Leben zur Hölle zu machen. Ich bin froh, dass sie bald danach den Laden aufgemacht hat. Das hat sie von der Tragödie abgelenkt. Zeitweilig dachte ich schon, sie würde den Verstand verlieren.«

»Ach, wirklich? Warum?«

»Eines Nachts konnte ich nicht schlafen und bin nach unten, um mir heiße Milch zu machen. Die habe ich mit ins Wohnzimmer genommen und nach draußen gesehen. Es war eine sternenklare Nacht, und da war ein Leuchten vom Loch. Ich sah Mary, die am Wasser entlangging, und bin raus, nur in Nachthemd und Morgenmantel.«

Sie fröstelte bei der Erinnerung. »Ich habe gefragt: ›Mary, wo wollen Sie denn hin? Es ist zwei Uhr nachts.‹ Sie hat gemurmelt: ›Ich muss es finden. Ich muss es finden.‹ Ich habe gefragt, was sie finden muss, ganz vorsichtig, denn ich hatte Sorge, dass sie nicht bei Sinnen war. Sie sagte, sie hätte das silberne Keltenkreuz verloren, das sie an einer Kette um den Hals getragen hatte. Ich nahm ihren Arm, führte sie zurück nach Hause, wo ich sie ins Bett bugsierte, und gab ihr eine Schlaftablette. Die arme Frau! Ich gebe dieser Versicherung die Schuld. Die haben sie halb in den Wahnsinn getrieben.«

Hamish fuhr zum *Tommel Castle Hotel*, am Hoteleingang vorbei und einen holprigen Sandweg entlang, der quer über das Anwesen führte. Vor dem Cottage des Fischereiaufsehers hielt er an.

Joe Kennedy, der Fischereiaufseher, war zu Hause. »Was wollen Sie?«, fragte er mürrisch. Seit Jahren versuchte er vergeblich, Hamish beim Wildern zu ertappen.

»Ich möchte den Bereich oberhalb des Wasserfalls absuchen und will nicht, dass Sie sich mittendrin auf mich stürzen und alles zertrampeln.«

»Nur zu«, antwortete Joe. »Aber wenn ich Sie mit einer Angel erwische, kriege ich Sie dran.«

Hamish wanderte nach oben zum Wasserfall und zog seine Wathose an, die er aus dem Land Rover mitgenommen hatte. Das torfig braune Wasser des Anstey wirbelte um die Felsen. Brachvögel pfiffen traurig in der Heide. Hamish bewegte sich langsam durch das Wasser. Wie in aller Welt konnte er nach all der Zeit noch hoffen, etwas zu finden? Noch dazu war dies eine hübsche Stelle. Hotelgäste kamen zum Angeln her oder einfach, um die Aussicht zu bewundern.

Die Wasserströmung zurrte an Hamishs Beinen, war jedoch nicht stark genug, um einen Mann über die Felskante zu ziehen.

Na gut, dachte Hamish, angenommen, es war so, wie es sich der Ermittler vorgestellt hatte. Wäre ich eine kleine Frau, die einen groß gewachsenen Mann aus dem Gleichgewicht bringen wollte, wo stünde ich? Er bewegte sich zur Flussmitte direkt über dem Wasserfall. Ja, hier müsste es richtig sein. An dieser Stelle fiel das Flussbett ab.

Er bückte sich und begann, das Wasser abzusuchen, tastete um und unter Steinen, bis seine Hände vom eisigen Wasser taub waren.

Moment mal, dachte er. Die Silberkette wäre nicht einfach so abgerissen. Frank könnte nach Mary gegriffen und die Kette erwischt haben. In dem Fall wäre sie eher in dem Becken unten.

Hamish stapfte seitlich vom Wasserfall nach unten, wo das Wasser unter lautem Rauschen in das Flussbecken krachte. Ratlos schaute er hin.

Plötzlich fiel ihm ein, dass Ian Chisholm tauchte. Er ging zurück zum Land Rover und fuhr zu Ians Werkstatt in Lochdubh.

Hamish erklärte ihm, was er wollte, und versprach: »Ich bezahle Sie auch für Ihre Zeit.«

Ian winkte ab. »Ach, das mache ich doch zum Spaß, Hamish. Und ich schulde Ihnen sowieso noch was, weil Sie diese Schuljungen geschnappt haben. Sie suchen nach einem silbernen Keltenkreuz an einer Kette? Ich probier's mal.«

»Es dämmert bald«, wandte Hamish ein.

»Macht nichts. Da unten ist es eh dunkel. Ich habe eine Unterwasserlampe.«

»Gut. Wie lange brauchen Sie, um sich bereit zu machen?«

»Ich hole jetzt gleich meine Sachen.«

Elspeth stand mit Lugs am Wasser. Sie war gerade aus Braikie zurückgekommen und beobachtete nun interessiert, wie Hamish und Ian eine Taucherausrüstung in den Land Rover packten. »Was ist los?«, rief sie.

»Ich halte es für besser, wenn Sie es nicht wissen«, antwortet Hamish, der sich sorgte, dass Elspeth womöglich Mary Hendry zur Rede stellte, sollte er ihr mehr erzählen.

Elspeth sah, wie er losfuhr, lief mit Lugs zu ihrem Wagen und folgte dem Land Rover.

Hamish wartete neben dem Becken unterhalb des Wasserfalls, während Ian sich seinen Taucheranzug anzog und ins Wasser sprang. Er konnte Licht von Ians Lampe unter der Oberfläche tanzen sehen.

Auf einmal hörte er eine Stimme: »Wonach sucht er?«

Erschrocken drehte Hamish sich um. Elspeth stand ein Stück oberhalb von ihm, den hechelnden Lugs neben sich. »Wenn Sie es unbedingt wissen müssen: Mary Hendry hat ein silbernes Keltenkreuz an einer Kette verloren, und es besteht eine geringe Chance, dass es hier ist.«

Elspeth hockte sich neben ihn und schlang die Arme um ihre Knie. »Und warum haben Sie mir das vorhin nicht gesagt?«

»Weil ich Angst hatte, Sie würden zu Mary Hendry gehen und wieder umfallen. Haben Sie die Blumen von Ihrem Liebsten bekommen?«

»Ja, danke«, antwortete sie. »Also war Frank Hendry versichert?«

»Sehr hoch sogar.«

»Hatten die Polizeitaucher den Fluss damals nicht abgesucht?«, fragte sie verwundert.

»Nein. Blair hat *Unfall* auf die Fallakte geschrieben, und das war es.«

»Aber Sie glauben, Frank könnte nach der Kette seiner Frau gegriffen haben, bevor er über die Kante gestürzt ist?«, hakte Elspeth nach.

»Etwas in der Art.«

Mary Hendry wartete geduldig hinter dem Fischereiaufseher Joe Kennedy in Patels Laden, als der eine Flasche Whisky kaufte.

»Ich gehe lieber nach oben zum Fluss«, sagte Joe. »Ich habe so ein Gefühl, dass unser langes Elend von Polizist etwas im Schilde führt.«

»Unser Hamish?« Mr. Patel grinste. »Was soll er denn vorhaben?«

»Ich habe ihn gesehen, bevor ich hergekommen bin. Er lässt Ian Chisholm in dem Flussbecken unter dem Wasserfall tauchen. Ich wette, dass der Taucher für ihn Lachse von Hand fangen und sie ihm zuwerfen soll.«

»Das halte ich für sehr unwahrscheinlich«, entgegnete Mr.

Patel. »Hier ist Ihr Whisky. Oh, Mrs. Hendry! Sie haben Ihre Einkäufe fallen gelassen. Warten Sie, ich komme rum und helfe Ihnen, alles aufzuheben.«

»Wenn er das nächste Mal auftaucht, lassen wir es gut sein«, murrte Hamish. »Sonst erfrieren wir hier alle noch.«

»Sehen Sie sich die Sterne an!«, sagte Elspeth. »Wie hell sie sind! Und es ist Neumond.«

»Ach, zum Teufel mit den Sternen«, erwiderte Hamish schroff. »Das hier ist völlig sinnlos.«

Elspeth packte seinen Arm. »Sehen Sie!«

Eine Hand reckte sich aus dem dunklen Wasser, und im Sternenlicht funkelte ein silbernes Keltenkreuz an einer Kette.

Kapitel 15

Zwei Liebende unter schlechtem Stern.

WILLIAM SHAKESPEARE

Als das Kreuz sicher in einer Beweismitteltüte verstaut war und Ian sich umzog, fragte Elspeth aufgeregt: »Was jetzt? Gehen wir und stellen sie zur Rede?«

»Nein, wir halten das Prozedere ein, Elspeth. Ich rufe Strathbane an, und Carson kommt mit Detectives.«

»Aber Ihnen gebührt das Lob!«, protestierte sie.

»Zu viel Lob beschert mir eine Versetzung nach Strathbane. Es gibt einen Grund, warum ich mich an die Vorschriften halte.«

Sie fuhren zurück zur Wache. »Machen Sie sich lieber zur Aussage bereit, Ian«, empfahl Hamish. Er rief in Strathbane an und sprach mit Carson.

»Gute Arbeit«, sagte Carson. »Rühren Sie sich nicht vom Fleck. Wir sind gleich da.«

»Was machen wir, bis sie hier sind?«, fragte Elspeth. »Essen wir etwas?«

»Ich denke, sie werden wohl den Polizeihubschrauber nehmen und sehr schnell da sein. Aber ich kann uns ein paar Eier und Schinken braten.«

»Das kann ich übernehmen«, bot sie an.

»Nein, dies ist meine Küche, ich mache es.« Irgendwie wollte Hamish nicht, dass eine Frau seine Küche übernahm. Es wäre für einige Frauen der Anfang, um sein Leben zu übernehmen und ihm das Herz zu brechen.

Sie hatten eben aufgegessen, als Hamish den Hubschrauber hörte. »Da sind sie«, sagte er.

Sie gingen nach draußen, wo ein Polizeihubschrauber am Wasser landete. Carson stieg mit Jimmy Anderson, Detective Harry MacNab und einer Polizistin aus. »Verstärkung ist unterwegs«, sagte Carson. »Wo wohnt diese Mary Hendry?«

»Da drüben. Die Wohnung über dem Kunsthandwerkladen.«

»Gut. Gehen Sie zurück zur Wache, Macbeth, und überlassen Sie es uns«, befahl Carson.

»Aber ich war es, der alles herausgefunden hat«, entgegnete Hamish.

»Ich komme hinterher vorbei und berichte Ihnen, was als Nächstes passiert«, erwiderte Carson, wobei er es vermied, ihn direkt anzusehen.

»Das ist eine Unverschämtheit!«, rief Elspeth, die Hamish zum Helikopter gefolgt war.

Er zog sie weg. »Es ist zwecklos«, sagte er. »Bleiben wir hier stehen und schauen zu.«

Carson, die Detectives und die Polizistin marschierten zum Kunsthandwerkladen und stiegen die Treppe seitlich zur Wohnung hinauf. Der Detective Chief Inspector klingelte. Dann hämmerte er an die Tür. Nichts. Er trat zurück und nickte Jimmy zu. Jimmy und Harry warfen sich zusammen gegen die Tür, die sich jedoch nicht bewegte.

»Vielleicht ist gar nicht abgeschlossen«, sagte die Polizistin.

Carson drehte den Knauf, und die Tür schwang auf. Sie stürmten hinein. Im Schlafzimmer lagen zwei volle, offene Koffer auf dem Bett, doch von Mary Hendry keine Spur.

Ian kam zu Hamish und Elspeth.

»Sie ist weg«, murmelte Hamish. »Ich weiß es.«

»Ich glaube, ich ahne, wo sie sein könnte, wenn sie denkt, dass es aus ist. Den Hubschrauber konnte man kilometerweit hören«, gab Elspeth zurück.

Hamish drehte sich zu ihr. »Wo?«

»Es ist nur geraten. Am Wasserfall.«

»Fahren wir hin«, sagte Hamish. »Einen Versuch ist es wert.«

Carson kam die Treppe von Mary Hendrys Wohnung herunter und sah gerade noch, wie Hamish davonraste. Er war wütend, weil er wusste, dass er Hamish hätte mitnehmen sollen. Er hätte nie auf die Beschwerden des CID hören dürfen.

Hamish, Ian und Elspeth kletterten kurz darauf nach oben zum Wasserfall. Ihre Taschenlampen warfen gelbe Lichtkeile auf die Heide. Am unteren Flussbecken blieben sie stehen, um zu verschnaufen.

Hamish leuchtete mit seiner Taschenlampe nach oben. »Da ist sie«, rief er. »Tun Sie es nicht, Mary!«

Sie stand im Wasser, gleich am Rand der Kante, wo sie nach Hamishs Schätzung gestanden haben musste, als sie ihren Mann nach unten gestoßen hatte.

Hamish kämpfte sich neben dem Wasserfall nach oben, Elspeth und Ian dicht hinter sich.

Vorsichtig watete er durch das wirbelnde Wasser zu Mary.

»Kommen Sie nicht näher!«, rief sie.

Sie trennten nur noch zwei Schritte.

»Ich wusste, dass es vorbei ist, als Joe Kennedy im Laden erzählte, dass Sie hier tauchen«, sagte sie. »Und ich werde nicht den Rest meines Lebens im Gefängnis verbringen.«

»Warum haben Sie es getan?«, fragte Hamish.

»Weil er ein Schwein war, deshalb. Er hat mich praktisch in Lumpen laufen lassen, damit er immer mehr trinken konnte, und mich verprügelt.«

»Aber warum haben Sie Felicity umgebracht?«

Mary schnaubte. »Die Schlampe hatte es verdient. Ich war hinten auf dem Sandweg spazieren, um einen klaren Kopf zu bekommen, und habe sie gesehen. Ich wusste, dass sie zu mir kommen wollte, weil sie den Tag vorher angerufen hatte. Und als sie da war, habe ich ihr gesagt, dass ich sie beobachtet habe. Wenn sie den Mund über mich hielte, würde ich nichts von ihr und dem Mord sagen. Sie schien froh zu sein, reden zu können.«

Elspeth hockte am Ufer und hörte aufmerksam zu. Trotz des Wasserrauschens verstand sie jedes Wort.

»Sie sagte, dass sie einfach genug hatte. Dass sie es schon geplant hat, seit Crystal aufgekreuzt war. Ich habe ihr erzählt, dass ich Frank umgebracht habe. Wir waren quasi Komplizinnen. Aber als ich gelesen habe, dass sie diese Sendung machen sollte, habe ich Angst bekommen. Ich hatte nichts gegen sie in der Hand, aber sie hätte mir die Polizei und die Versicherung auf den Hals hetzen können.«

Mary Hendry schwieg einen Moment, dann sprach sie weiter. »Ich habe sie angerufen und gesagt, dass ich bereit bin, vor der Kamera zu gestehen, weil es mir zu sehr auf dem Gewissen lastet. Sie war so eitel! Ich glaube, sie hatte sogar vergessen, dass ich beobachtet hatte, wie sie jemanden ermordete. Deshalb hat sie bekommen, was sie verdient hat, mitten in die Brust. Frank hatte ein Gewehr, das er nie angemeldet hatte.«

»Mary, wenn Sie beweisen können, dass Frank ein schlimmer Ehemann war, wird man milde urteilen. Seien Sie nicht dumm«, beschwor Hamish sie. »Ich besorge Ihnen einen guten Anwalt.«

»Ich musste es Jahre aushalten«, erwiderte Mary verbittert. »Jahre! Mein Leben war die Hölle.«

»Kommen Sie, Mary, springen Sie nicht. Es ist ein fieser Tod. Nehmen Sie meine Hand.« Hamish streckte ihr seine Rechte hin.

»Haben Sie es gefunden?«, fragte sie.

»Was? Das Kreuz? Ja.«

»Ich wusste, dass es schiefgehen würde, seit ich bemerkt habe, dass ich das Keltenkreuz verloren habe.«

»Mary«, sagte Hamish. »Es ist ein sehr kalter Abend, und das Wasser ist eisig. Wenn Sie im Gefängnis sind, werden Sie zumindest noch leben. Kommen Sie. Nehmen Sie meine Hand.« Er neigte sich näher zu ihr, und Elspeth und Ian hielten den Atem an.

Plötzlich fiel ein greller Lichtschein auf Mary und Hamish. Durch ein Megafon rief eine sehr laute Stimme: »Mary Hendry, Sie sind verhaftet.«

»*NEIN!*«, schrie Hamish.

Und Mary sprang.

Ihr Körper stürzte den Wasserfall hinunter und prallte unten auf die zerklüfteten Felsen. Das prasselnde Wasser riss an dem Körper, der sich bald von den Felsen löste und im Strudel des unteren Beckens versank.

Langsam watete Hamish zurück ans Ufer und sank neben Elspeth auf den Boden. »Diese Idioten«, sagte er. »Diese verdammten Idioten.«

Auf der Wache tippte Hamish grimmig seinen Bericht und legte ihn zusammen mit dem kleinen Kreuz auf den Schreibtisch. Die Polizeitaucher hatten Mary Hendrys Leiche geborgen. Er wusste, dass Carson bald hier sein würde, und hatte bereits die Aussagen von Elspeth und Ian getippt, die in der Küche warteten.

Er ging nach nebenan. »Danke«, sagte er. »Sie können

jetzt beide nach Hause gehen. Sicher wird unser berühmtes CID morgen zu Ihnen kommen.«

»Möchten Sie nicht, dass ich bleibe?«, fragte Elspeth traurig. »Zur moralischen Unterstützung?«

Hamishs Züge wurden weicher. »Nein, Sie haben Ihren Teil getan, Mädchen. Gehen Sie nach Hause und schlafen Sie sich aus.«

Elspeth stand fröstelnd auf. »Ich glaube nicht, dass ich das Bild jemals vergessen werde, wie sie den Wasserfall hinuntergestürzt ist. Hätten die sie doch bloß in Ruhe gelassen.«

Carson kam herein.

Elspeth und Ian erhoben sich zum Gehen. »Sie sind ein blöder Mistkerl«, fuhr sie Carson an. Die beiden verließen die Wache.

»Den Bericht habe ich hier, Sir«, sagte Hamish, »und das Kreuz als Beweismittel.«

»Sie hätten uns Bescheid geben müssen, wohin Sie wollten.« Carson setzte sich.

»Ich wünschte, Sie wären nie gekommen«, erwiderte Hamish, der sich ebenfalls hinsetzte. »Ich hatte sie beinahe.«

»Wenigstens erspart es dem Staat ein Gerichtsverfahren. Wie sind Sie darauf gekommen, dass sie es war?«

»Bei Mrs. McClellans Beerdigung war ein Versicherungsermittler aus Amerika. Das hat mich auf Versicherungen gebracht, und als ich herausgefunden habe, dass Mary Hendry ihren Mann sehr hoch versichert hatte, habe ich mich umgehört. Mrs. Wellington erzählte, dass Mary direkt nach Franks Tod verrückt vor Sorge wegen einer Kette mit einem Keltenkreuz war, die sie verloren hatte. Also habe ich Ian gebeten, in dem Becken zu tauchen. Ach, das steht alles in dem Bericht«, sagte Hamish müde. »Ich hole ihn.«

Er ging ins Büro und kehrte mit dem Polizeibericht zurück, den er Carson hinlegte. »Das ist Ihre Kopie. Ich habe schon eine Ausfertigung an die Zentrale geschickt.«

»Danke. Sehr gute Ermittlungsarbeit.«

»Und warum hatten Sie mich dann von dem Fall abgezogen? Hätten Sie es nicht, hätte ich Ihnen von meiner Vermutung erzählt, dass sie beim Wasserfall sein müsste, und vorgeschlagen, dass Sie sie mir überlassen.«

»Ich habe mich an das Prozedere gehalten«, antwortete Carson matt. »Beim CID hat es Beschwerden gegeben, dass ich die Detectives zu wenig einbeziehe. Es ist Ihre Schuld, weil Sie unbedingt Dorf-Constable bleiben wollen.«

»Weil ich Dorf-Constable bin, konnte ich die Morde für Sie aufklären. Ich kenne die Leute besser als das Polizei-Prozedere. Mit Ihrer Erlaubnis, Sir, würde ich jetzt gern zu Bett gehen. Es war ein langer Tag.«

»Natürlich«, antwortete Carson. »Wir sehen uns morgen. Ich muss über Nacht hierbleiben.«

»Ich glaube, im *Tommel Castle Hotel* haben sie noch Zimmer frei, Sir.«

Carson stand auf und sah ihn seltsam an. Doch Hamish, der sich gleichfalls erhoben hatte, stand stocksteif da und starrte über Carsons linke Schulter.

Lugs, der die Wut seines Halters spürte, knurrte im Hintergrund leise.

»Gut, dann gehe ich mal.« Carson wandte sich zur Tür. Hamish blickte ihm wütend nach.

Plötzlich sprang Lugs in seiner Ecke auf und schnappte nach dem Hinterteil des Detective Chief Inspectors.

Carson fuhr erbost herum.

Hamish sah ihn vollkommen ruhig an. »Gute Nacht, Sir«, sagte er.

Carson verschwand.

»Komm, Lugs.« Hamish bückte sich und hob seinen Hund hoch. »Das hättest du nicht tun dürfen, aber ich bin sehr froh, dass du es gemacht hast. Gehen wir zu Bett.«

Carson war ein regelmäßiger Kirchgänger und hatte ein intaktes Gewissen, das ihn nun plagte. Er musste sich eingestehen, dass es nicht bloß die Beschwerden vom CID gewesen waren, die ihn bewegt hatten, Hamish auf Abstand zu halten, sondern auch seine eigene Eitelkeit. Er wollte die Lösung des Falls ganz für sich beanspruchen.

Er bezweifelte nicht, dass es Hamish gelungen wäre, Mary Hendry vom Sprung abzuhalten. Und er erinnerte sich an die guten Zeiten, die er auf der Wache in Lochdubh erlebt hatte. Ihm war, als hätte er einen Freund verloren.

Am nächsten Tag nahm Jimmy Anderson die Aussagen von Elspeth und Ian auf und gab sich recht kleinlaut. Beide ließen ihn unmissverständlich wissen, was sie von der fatal plumpen Einmischung in einem Fall hielten, den Hamish für sie aufgeklärt hatte.

Normalerweise würden sich Carson, Jimmy und der Rest

des Strathbane-Teams unter solchen Umständen auf der Dorfwache treffen. Doch sie waren stillschweigend übereingekommen, lieber im *Tommel Castle Hotel* zusammenzukommen. Dort waren sie sich der bösen Blicke der Hotelmitarbeiter bewusst, denn Elspeth und Ian hatten überall im Dorf verbreitet, was geschehen war.

Frank Hendrys Gewehr war unter Marys Bett gefunden worden, und sie hatten nicht den geringsten Zweifel, dass es vom Labor als Tatwaffe im Mord an Felicity nachgewiesen würde.

Hamish für seinen Teil ging seinen üblichen Aufgaben nach und wunderte sich kein bisschen, dass sich niemand bei ihm blicken ließ. Allerdings musste er sein Zutun zu dieser Situation eingestehen. Er hätte Mary zur Rede stellen und verhaften müssen und dann seinen Bericht an Strathbane schicken sollen.

Es war sinnlos, Carson die Schuld an ihrem Tod zu geben, wenn ihn selbst eine große Mitschuld traf. Hatte sich jemals ein Mann so extrem vor einer Beförderung gefürchtet?

Er wusch sich die Hände am Außenwasserhahn auf der Rückseite der Wache, als Elspeth erschien.

»Geht es Ihnen gut?«, fragte Hamish.

»Ein bisschen zittrig. Um ehrlich zu sein, werde ich diesen Körper, der den Wasserfall hinunterstürzt, für den Rest meines Lebens vor mir sehen.«

»Kommen Sie rein. Ich mache uns Kaffee«, bot er an.

»Ich dachte, die wären alle hier.«

»Nein, ihr schlechtes Gewissen hält sie fern. Aber mich trifft genauso viel Schuld.«

»Warum?«, fragte Elspeth, die ihm in die Küche folgte.

Hamish nahm die Klampe, öffnete die Herdklappe oben und warf Torf hinein. »Wäre ich nicht so darauf bedacht gewesen, Lochdubh nicht zu verlassen und nicht befördert zu werden, hätte ich sie selbst verhaftet. Ich hätte ihr den Sprung ausreden können.«

»Vielleicht. Aber eines vergessen Sie: Mary Hendry hatte zwei Menschen ermordet. Wenn ihr Mann sie so schlecht behandelt hatte, könnte es ihren Geisteszustand in dem ersten Mord beeinflusst haben. Aber kaltblütig den Mord an Felicity Pearson zu planen? Ich meine, nachdem sie Felicity bei ihrer Tat beobachtet hatte, hätte sie es Ihnen nur erzählen müssen. Felicity wäre verhaftet worden, doch sie wäre noch am Leben. Und keiner wäre um einen Deut schlauer, was Mary selbst anging. Andererseits finde ich nicht, dass jemand ungestraft damit davonkommen darf, ein Leben zu nehmen.«

Hamish stellte den Kessel auf den Herd. »Sie sind ein wahrer Trost, Elspeth. Das ist eine rare Gabe, die Sie da haben. Es war Ihre Ohnmacht bei Patel, die mich auf Mary gebracht hat.«

»Erzählen Sie das niemandem, Hamish«, bat sie. »Es steht nicht in Ihrem Bericht, oder?«

»Nein, keine Silbe.«

»Danke. Himmel, schon so spät? Meine Freundin Sally kommt jeden Moment mit dem Bus. Den Kaffee muss ich auf ein anderes Mal verschieben.«

Hamish brachte sie zur Küchentür. »Nochmals danke.«

Plötzlich nahm sie ihn in die Arme. Sie schloss die Augen und hob das Gesicht zu ihm, damit er sie küsste.

Nichts geschah. Sie öffnete die Augen wieder und stellte fest, dass Hamish sie unverwandt ansah.

Elspeth wurde feuerrot, ließ ihn los und wich einen Schritt zurück. »Ich muss los«, murmelte sie und senkte den Kopf. Dann eilte sie aus dem Haus.

Ihre Freundin Sally lauschte Elspeths Erzählung fasziniert. Schließlich sagte sie: »Du scheinst scharf auf diesen Hamish Macbeth zu sein.«

»War ich, ja. Tatsächlich habe ich heute einen Annäherungsversuch unternommen. Und wurde zurückgewiesen.«

»Tja, es ist deine Schuld, wenn du einen umwerfenden Mann wie George Earle an der Hand hast, der sich nach dir verzehrt.«

Elspeth winkte ab. »Ach, George ist bloß George.«

»Und George ist genau das, was du brauchst. Zeig diesem Dorfpolizisten, dass es dir egal ist. Sag George, er soll nach der Arbeit herkommen. Na los. Ruf ihn an, oder ich mache es.«

»Na schön«, gab Elspeth widerwillig zurück. »Warum nicht?«

Später an dem Tag stand Carson verlegen in der Polizeiwache. »Blair kommt nächste Woche zurück, also verschwinde ich wieder nach Inverness.«

»Aha«, sagte Hamish, der mit einem Topf auf dem Herd hantierte.

»Ich wollte nicht weg, ohne mich zu verabschieden und für Ihre Gastfreundschaft zu bedanken.«

»Ah ja.«

»Hamish, kommen Sie, setzen Sie sich und hören Sie mir zu!«, bat Carson.

Hamish nahm ihm gegenüber am Küchentisch Platz.

»Es war nämlich so«, begann Carson betrübt. »Ich will ehrlich zu Ihnen sein. Ja, ich wollte das CID nicht raushalten, aber ich hätte Sie mitnehmen sollen. Mary Hendrys Tod lastet auf meinem Gewissen.«

Hamish stand auf und holte eine Flasche Whisky und zwei Gläser aus dem Schrank. Dann setzte er sich wieder und schraubte den Flaschendeckel ab. »An dem Tod bin ich genauso sehr schuld wie Sie«, erwiderte er. »Wäre es mir nicht so wichtig gewesen, eine Beförderung zu vermeiden, hätte ich alles allein geregelt. Aber Elspeth hat mich daran erinnert, dass Mary Hendry zwei Menschen ermordet hatte. Sie hätte nichts weiter tun müssen, als zu melden, dass sie Felicity bei deren Mord an Crystal gesehen hatte. Felicity wäre eingebuchtet worden, und wir hätten uns Mary überhaupt nicht näher angesehen. Trinken Sie einen Schluck.«

»Danke.« Carson griff nach dem Glas. »Also werden wir nie wissen, wie genau der Mord an Crystal verübt wurde.«

»Ich denke, den hatte Felicity gründlich geplant. Ich glaube, sie hat an einer ruhigen Stelle auf der Strecke nach Lochdubh gewartet, nicht weit außerhalb von Strathbane.«

Hamish dachte kurz nach und fuhr dann fort: »Sie könnte ihren Wagen in Lochdubh gelassen haben, sagen wir, den Abend vorher, und mit dem Bus zurückgefahren sein. Es geht einer um sieben Uhr abends. Ich kann das prüfen, nur aus Neugier.«

Er wiegte den Kopf. »Also wartet sie, bis sie den grünen BMW kommen sieht. Vielleicht hatte sie zuvor von einer Telefonzelle aus angerufen und Crystal gefragt, wann sie losfahren wollte. Felicity sieht sie also kommen und winkt sie ran. Erzählt ihr was von wegen, dass sie eine Wagenpanne hatte und zu Fuß weitergegangen ist. Dann behauptet sie zum Beispiel, bei Crystals Auto wäre auch ein Reifen vorn platt.

Crystal steigt aus, um nachzusehen. Felicity schlägt sie bewusstlos, mit einem Wagenheber oder so. Crystal könnte noch getorkelt sein, bevor sie neben der Straße in die Heide gefallen ist. Felicity hievt sie auf die Rückbank, setzt sich den Hut und die Brille auf und fährt wie der Teufel weiter. Zuerst denkt sie an die Strecke nach Glenanstey, aber dann fällt ihr dieser verlassene Sandweg in Lochdubh ein, der so gut wie nie benutzt wird.«

Hamish überlegte kurz und fügte dann hinzu: »Bei ihrer Gälisch-Sendung muss sie eine Menge Lokalwissen aufgeschnappt haben. Sie zieht Crystal aus dem Wagen, hebt sie auf den Fahrersitz und arrangiert alles so, dass es wie Selbstmord aussieht. Danach geht sie los und macht ihre Interviews. Es muss ein Schock für sie gewesen sein, als Mary Hendry ihr erzählte, dass sie sie gesehen hatte. Und Mary wiederum muss es als Erleichterung empfunden haben, nach all der Zeit einer anderen Mörderin alles sagen zu können. Wir werden es nie wissen, aber so stelle ich es mir vor.«

Carson betrachtete Hamish. »Ich bin noch einmal all Ihre Notizen durchgegangen. Zuerst konnte ich verstehen, warum Sie hier leben wollen. Ein nettes, einfaches Leben ist das. Aber da tritt ein hässliches Bild zutage von brutalen Ehen, Bagatelldelikten und abscheulichen kleinen Geheimnissen. Eigentlich ist Lochdubh nicht anders als Strathbane.«

»Hier gibt es richtig nette Menschen«, verteidigte Hamish sein Dorf.

Carson lächelte vielsagend. »Ihre Freundin ist ein nettes Mädchen.«

»Sie ist nicht meine Freundin.«

»Warum nicht? Haben Sie ein Keuschheitsgelübde abgelegt?«

»Ach, nein, aber ich habe momentan nichts mit Frauen am Hut«, antwortete Hamish.

»Das Problem dabei, wenn man den Frauen abschwört, ist«, sagte Carson, »dass womöglich eine richtig umwerfende daherkommt und man es nicht einmal merkt.«

»Sprechen Sie aus Erfahrung?«

»Vor einer ganzen Weile habe ich so etwas erlebt, ja«, gab Carson zu. »Ich erholte mich gerade von einer unglücklichen Affäre. Ich sagte mir, ich würde nie wieder eine andere Frau auch nur ein zweites Mal ansehen. Aber ich brauchte eine Begleitung für den Polizeiball in Inverness, also fragte ich die Tochter eines Nachbarn, Anna. Tatsächlich nahm ich sie gar nicht richtig wahr, bis alle anderen auf dem Ball ganz verzückt von ihr waren. Das hat mir die Augen geöffnet. Heute ist sie meine Frau, und wir sind seit zwanzig Jahren glücklich verheiratet. Man stelle sich vor, ich hätte diese Chance verpasst!«

»Also fahren Sie zurück nach Inverness.«

»Ja.« Er zückte eine Karte. »Das ist meine Privatadresse und Telefonnummer. Sollte Ihnen jemals der Sinn danach stehen, uns besuchen zu kommen, sind Sie herzlich willkommen.«

»Danke.«

»Ist mir verziehen?«, fragte Carson.

»Ja, sicher. Wir müssen einander und uns selbst vergeben.«

Carson leerte sein Glas und stand auf. »Hören Sie auf meinen Rat, und lassen Sie dieses Mädchen nicht gehen.«

Als er weg war, nahm Hamish seine Ausgabe der *Highland Times* zur Hand. Er fragte sich, wie es mit Elspeths Horoskopen weiterging. *»Waage«*, las er halblaut. *»Niemand ist blinder als die, die nicht sehen wollen. Sie stehen an einer Weggabelung in Ihrem Leben. Ein Weg führt zu Romantik und Gemeinschaft, der andere zu Einsamkeit. Welchen wählen Sie?«*

Das Problem ist, dachte Hamish, dass ich Elspeth weggestoßen habe, weil ich mir nach wie vor Verpflichtung und Ehe ausmale. Aber es hatte doch keinen Grund gegeben, so rigide zu sein. Nichts hielt ihn von einer unbeschwerten, genussvollen Romanze ab, bei der er schlicht abwartete, wohin sie führte.

Hamish ging ins Schlafzimmer und legte seinen besten Anzug heraus. Dann nahm er ein langes Bad und wusch und föhnte sich das Haar, bis es glänzte. Er zog sich sorgfältig an, tätschelte Lugs und ging zu Patels Laden, wo er eine große Pralinenschachtel kaufte.

Mit der machte er sich auf den Weg zu Elspeths Wohnung. Er war beinahe dort angelangt, als er sie im grünlichen Licht der Laternen am Hafen sah. Sie kam ihm entgegen. Am Arm von George Earle. Die beiden lachten miteinander, und George strahlte über das ganze Gesicht. Elspeth hatte Hamish noch nicht bemerkt.

Er sprang über die nächste Gartenhecke und duckte sich dahinter.

»Komm schon, Elspeth«, hörte er George sagen. »Wie wäre es, wenn du wieder nach Inverness ziehst? Vielleicht könntest du eine Stelle beim *Courier* bekommen?«

»Ja, vielleicht versuche ich das«, antwortete sie. »Hier ist es ein bisschen tot. Es passiert nichts.«

Außer zwei Morden, dachte Hamish verärgert.

Eine Stimme hinter ihm ließ ihn zusammenzucken. »Was tun Sie in meinem Garten, Hamish Macbeth!«

Nessie Currie blickte zu ihm herab, die Arme vor der schürzenverhüllten Brust verschränkt.

Hamish richtete sich auf und hielt ihr die große Pralinenschachtel hin. »Ich wollte Sie überraschen. Die sind für Sie.«

»Oh, Hamish, vielen Dank! Damit hätte ich nie gerechnet. Ich meine, eine alte Frau wie ich! Aber in der *Elle* war ein interessanter Artikel über Sommer-Winter-Beziehungen …«

»Nessie!«, rief ihre Schwester. »Was ist da draußen los? Da draußen los?«

»Nichts«, antwortete Nessie. Sie zwinkerte Hamish zu

und lächelte verschlagen. »Das soll unser kleines Geheimnis bleiben.«

Hamish quiekte erschrocken, sprang zurück über die Hecke und eilte so schnell von dannen, wie er konnte.

Er lief direkt zum Cottage der Brodies. Angela ließ ihn rein. »Was ist denn, Hamish? Sie sind ja ganz durch den Wind! Kommen Sie rein.«

»Sie müssen mir helfen, Angela. Ich sitze furchtbar in der Patsche.« Er folgte ihr in die Küche und erzählte ihr von seiner Begegnung mit Nessie Currie.

Angela lachte, dass ihr Tränen übers Gesicht liefen.

Als sie sich wieder beruhigt hatte, fragte Hamish: »Wie komme ich da wieder raus?«

»Ich glaube nicht, dass Elspeth eine Liebesbeziehung mit diesem George hat. Ja, er ist bei ihr zu Besuch, aber sie hat auch gerade eine Freundin bei sich. Ich würde abwarten, bis er wieder wegfährt, und dann hingehen und Elspeth erzählen, was passiert ist. Bitten Sie sie, Ihre Freundin zu spielen, um Ihnen auszuhelfen. Auf die Weise wird Nessie sich von einer Jüngeren ausgestochen fühlen. Sie hält Sie ohnehin für einen Schürzenjäger, also wird sie nur eine Weile lang giftig sein. Und solange Elspeth Ihre Freundin mimt, lernen Sie sie besser kennen, und die Sache könnte sich zu etwas entwickeln.«

Hamish nickte. »Ich versuch's.«

»Dieser George fährt einen Volvo, der vor ihrer Wohnung parkt«, sagte Angela. »Ich gebe Ihnen Bescheid, wenn ich sehe, dass er wegfährt.«

Am nächsten Tag gegen Mittag rief Angela an, um zu melden, dass George eben eine kleine Reisetasche in den Volvo geladen hatte und weggefahren war. Elspeths Freundin hatte im Wagen neben ihm gesessen.

Hamish wollte die Wache verlassen, als er sah, wie Nessie sehr zielstrebig in seine Richtung kam. Er rannte zur Hintertür hinaus, sprang über Trockenmauern und lief über matschige Felder, um in einem weiten Bogen zurück ins Dorf zu gelangen. Dort ging er direkt zur Zeitungsredaktion. Sam sagte ihm, dass Elspeth in Drim sei, um über ein Konzert zu berichten, aber jeden Moment zurückkommen müsste.

Hamish wartete und wartete. Es wurde rasch dunkel. Die Sonne ging bereits sehr früh unter, da nun die Winternächte eingesetzt hatten.

Schließlich sah er Elspeths Wagen draußen vorfahren und lief ihr entgegen.

»Hamish«, sagte sie. »Warten Sie auf mich?«

»Ja, ich muss Sie sprechen.«

»Hat es noch Zeit, bis ich meinen Bericht getippt habe?«, wollte sie wissen.

»Ja, ich warte. Aber machen Sie bitte schnell.«

Hamish setzte sich auf einen der Stühle vorn im Redaktionsbüro. Es war großartig, endlich aktiv zu werden. Und es wurde Zeit weiterzuleben.

Nach einer Stunde kam Elspeth zu ihm. »Also, was gibt's?«

»Gehen wir ein Stück, und ich erkläre es Ihnen.«

Sie verließen das Gebäude. Es war Vollmond, und der schwarze Himmel stand voller Sterne.

»Es ist so, Elspeth«, begann Hamish, blieb stehen und sah sie an.

»Sie sind so ernst. Es gibt doch nicht etwa noch einen Mord, oder?«

»Gott bewahre!«, antwortete er. »Nein, ich habe was Blödes gemacht. Es ist so …«

»Hamish!«, erklang in diesem Moment eine säuselnde Stimme.

Er erstarrte. Nessie Currie kam sehr verliebt dreinblickend auf ihn zugelaufen. »Ich habe einen Auflauf vor die Küchentür gestellt … Liebling«, sagte sie. »Komm mit.«

Elspeth starrte Hamish an.

»Kann der nicht warten, Nessie?«, fragte er verzweifelt.

»Nein, komm schnell, ehe Jessie uns sieht.« Sie hakte sich energisch bei ihm ein und zog ihn mit sich.

Hamish drehte sich zu Elspeth um.

»Hamish Macbeth«, sagte sie sehr klar und deutlich, »Sie sind *schräg*.«